연작 타로 소설
타로의 신

타로의 신

초판 1쇄 인쇄 | 2025년 07월 12일
지은이 | 이승훈
펴낸이 | 이재욱(필명:이승훈)
펴낸곳 | 해드림출판사
주　소 | 서울 영등포구 경인로82길 3-4(문래동1가 39)
　　　　센터플러스빌딩 1004호(우편07371)
전 화 | 02-2612-5552
팩 스 | 02-2688-5568
E-mail | jlee5059@hanmail.net

등록번호　제2013-000076
등록일자　2008년 9월 29일

ISBN　979-11-5634-638-8

연짝 타로 소설 ──────── 이승훈 지음

타로의 신
Tarot

해드림출판사

펴내는 글

타로카드 한 장이,
누군가의 삶을 바꿀 수 있다면

타로 전문소설로서는 국내 최초가 아닌가 싶다. 영화든, 드라마든, 소설이든 타로에는 무궁무진한 소재들이 있다. 이 소설은 단순한 타로 판타지가 아니다. 흔히 타로라고 하면 미래를 점치는 신비한 도구쯤으로만 생각하기 쉽다. 하지만 『타로의 신』은 타로카드를 심리상담의 언어로 풀어내며, 삶의 가장 어두운 순간에 놓인 사람들에게 '들어주고, 이해하고, 함께 걸어줄 누군가가 필요하다'라는 사실을 조용히 이야기한다.

작품 속 주인공 승우는 '타로 심리상담사'라는 독특한 직업을 가진 인물이다. 하지만 그는 그저 카드를 읽어주는 사람이 아니다. 절망의 문턱에 선 사람들에게 마지막 끈이 되어주고자 하는, 한 사람의 상담자이자 인생의 동반자다. 그의 손에서 펼쳐지는 카드들은 누군가의 내면에 잠들어 있던 고백을 끌어내고, 침묵 끝에 머물던 눈물을 흘리게 하며, 끝내 포기하려던 손을 다시 붙잡게 만든다.

『타로의 신』의 가장 큰 특징은 '실제 심리상담 현장'의 공기를 그대로 담아냈다는 점이다. 등장인물들은 모두 각자의 현실적인 고통을 안고 있다. 타로는 언어보다 빠르게 마음속 상처의 지도를 펼쳐 보여주는 거울이다. 승우가 내담자들의 마음을 읽어가는 과정은 타로카드의 상징성을 빌려 독자들에게도 마치 한 편의 상담을 받는 듯한 깊은 울림을 준다.

필자는 타로가 예언이 아니라 '마음을 읽어주는 도구'임을 알려주고 싶었다. 따라서 『타로의 신』속 타로 리딩 장면들은 허구적이면서도 실제 상담 현장에 근거한 리얼리티가 살아 있다. 챕터에 등장하는 타로카드는 소설 끝부분에 간단히 정리해둠으로써, 타로카드를 이해하고 공부하는데, 도움이 되도록 하였다.

이 소설이 독자들에게 전하고 싶은 궁극적인 메시지는 명확하다.

누구도 쉽게 무너지지 않았으면 한다는 것.

그리고 어느 순간이라도, 다시 시작할 수 있다는 것.
『타로의 신』은 "절망의 순간에 누군가 손을 내밀어 줄 수 있다면, 그 순간부터 인생은 바뀔 수 있다"라는 믿음 위에서 쓰인 소설이다.
지금도 어딘가에서 고통스러운 선택을 고민하고 있을 누군가에게, 이 소설이 작은 등불이 되기를 소망한다.
마지막으로, 누군가의 마음속을 묵묵히 지키고 있는 모든 타로 심리상담사들에게 이 책을 바친다.

2025년 여름

이승훈

목차

펴내는 글
타로카드 한 장이, 누군가의 삶을 바꿀 수 있다면   4

Ⅰ. 타워   10

Ⅱ. 열차 안에서 만난 여자   45

Ⅲ. 그림자 아이   59

Ⅳ. 고립   79

Ⅴ. 딸의 분노　　　　103

Ⅵ. 파묘　　　　167

Ⅶ. 동반자살　　　　205

Ⅷ. 순환　　　　259

I. 타워

지훈과 수진이 도서관에서 걸어 나왔다. 저녁 7시가 다 되어 가는 시각, 한여름보다 낮이 훨씬 짧아진 탓인지 캠퍼스 곳곳이 저뭇하다. 풀벌레 소리가 마지막 여름의 흔적처럼 사방에서 들려왔다.

"배고프니?"

"아니, 오빠는 배고파?"

"아니야. 그럼 우리 저기 좀 앉았다 갈까?"

"그래, 오빠."

지훈과 수진은 대학 본부 건물을 지나오다 자그마한 숲 벤치를 향해 걸어갔다. 선선한 바람이 수진의 머리카락을 흔들어 상큼한 샴푸 향을 지훈에게 날렸다.

"요즘 오빠는 무슨 책 읽어?"

"응, 그리스 신화를 다시 읽고 있어."

무슨 생각을 하는지 지훈의 얼굴이 잠시 어두워졌지만, 수진은 알아챌 수 없었다.

"겨울 밤하늘에서 잘 보이는 별자리인데 오리온자리 알지? 별 세 개를 허리띠로 두른 별자리… 오늘 읽은 신화 가운데 오리온자리 신화가 자꾸만 떠올라."

"나도 어렴풋이 알고는 있는데 어떤 내용이야?"

"응, 오리온은 사냥꾼이야. 키도 엄청나게 크고 힘도 세고, 되게 잘생겼다고 해. 그런데 그가 어느 날 사냥의 여신 아르테미스를 만나. 아르테미스는 누구도 사랑하지 않겠다고 맹세한 여신이었는데 이상하게 오리온한테는 마음이 열렸대."

"나처럼?"

지훈이 싱긋이 웃었다.

"신이 인간을 사랑한 거지. 둘은 함께 숲을 뛰어다니고, 별빛 아래서 사냥을 하며 마음을 나눴어. 근데 문제는 아르테미스의 오빠인 태양신 아폴론이야. 여동생이 인간이랑 가까워지는 게 싫었던 거지."

"그래서?"

"아폴론은 아르테미스를 속여 없애기로 한 거야. 하루는 오리온이 멀리 바다에서 헤엄치고 있었는데, 아폴론이 여동생한테 물었어. 저기 보이는 작은 점, 네가 명중시킬 수 있겠느냐고. 아르테미스는 자존심이 있잖아. 활을 들어서 그 점을 쐈지. 그런데… 그게 바로 오리온의 머리였어."

"진짜로?"

"응. 그걸 알고 아르테미스는 무너졌어. 자기가 사랑하는 사람을 직접 죽인 거니까. 아무리 신이라도 죽은 자는 되살릴 수 없었대. 그래서 아르테미스는 오리온을 영원히 잊지 않기 위해 하늘로 올려서 별자리로 만들어줬어. 그게 바로 오리온자리야."

"슬프다…. 별이 된 사랑이라니… 그런 사랑, 너무 아파!"

"나도 이 신화를 다시 읽었을 때 울컥했어. 사랑은 결국 사라져도, 누군가의 마음속엔 오리온 별자리처럼 오래오래 남을 수 있겠구나 싶었거든."

"그러면… 나중에 나도 하늘에서 오빠 찾을 수 있을까?"

"뭐? 그럴 일 없을 거야.

별이 되기 전에, 오래오래 네 옆에 있을 거니까."

수진이 지후를 빤히 바라보며 잠시 침묵이 흘렀다.

"오빠."

"응."

"나 오늘 오빠랑 키스하고 싶어."

지훈이 조금 놀란 듯 눈을 깜박거렸다.

"왜?"

"이 순간이 오래오래 기억에 남았으면 해서."

지훈이 천천히 얼굴을 가까이 가져가자, 수진은 자신의 숨결을 맡기듯 살며시 고개를 들어 올리며 입술을 내주었다. 두 사람의 입술이 맞닿는 순간, 캠퍼스의 모든 풍경이 숨을 죽였다.

수진의 혀가 지훈의 입에서 달콤한 전율을 일으키고 있었다. 숨 가빠진 수진이 단내를 풍길 때마다 지훈은 심장이 터질 것 같았다. 지훈은 수진의 손을 잡아 깍지를 끼면서 힘을 주었다. 지훈은 눈을 감은 채 속삭이는 듯한 그녀의 숨결을 느꼈다.

수진의 입술은 따뜻하고도 서늘한 느낌이었으며, 그 안엔 그들이 나눈 모든 시간이 담겨 있었다. 마치 그 순간이 영원의 입구처럼 느껴졌다.

키스는 조심스럽고 깊으면서도 부서질 듯 부드럽게 계속 이어졌다. 수진의 한 손이 지훈의 허리를 감싸 안았고, 지훈의 다른 손은 수진의 어깨를 끌어안았다. 두 사람은 서로의 영혼을 입맞춤으로 건네주듯, 천천히, 그리고 긴 호흡으로 키스를 나눴다. 서늘한 밤바람이 불어왔고, 떨어진 나뭇잎 몇 장이 두 사람 주위를 맴돌았다. 두 사람의 입술이 천천히 떨어졌다.

"오빠, 사랑해"

수진이 지훈의 목을 두 팔로 와락 껴안으며 속삭였다.

"응, 나도 사랑해"

지훈이 수진의 등을 가만가만 쓰다듬었다. 모든 소리가 사라진 채 오직 두 사람만이 존재하는 시간이었다. 수진이 지훈에게서 떨어지며, 두 사람은 다시 벤치에서 하늘을 바라보고 있었다.

"오빠, 어느 날 말이야. 우리가 늘 보던 별이나 달이 사라져 버리면 우리에게 밤하늘은 어떤 느낌일까?"

"왜 그런 생각을 해? 별과 달이 없는 밤하늘을 아직 한 번도 상상 안 해봤는데…. 음, 근데 좀 끔찍하다. 세상이 무너진 느낌? 달이나 별과 관련된 모든 이야기가 한순간 사라져 버릴 것이고, 어둡고 슬픈 이야기들만 새롭게 태어날지 몰라."
"그치?"
별처럼 빛나던 그날, 두 사람의 기억은 거기까지였다. 단 한 통의 전화로, 지훈의 세상은 산산이 부서져 버린 것이다.
지훈과 헤어진 수진이 버스에서 내려 건너편 아파트 단지를 향해 횡단보도를 건널 때였다. 만취 운전자가 몰던 차량이 질주하면서 수진을 그대로 치어버렸다. 구급차가 병원으로 달리던 중 수진은 차 안에서 숨을 거두고 말았다.
지훈은 수진과 마지막 메시지를 수십 번 되풀이해 들여다보았다.
"열차 탔어? 조심해서 올라와.
하늘에서 별들이 쏟아질 거 같아.
빨리 보고 싶어 오빠."
그 말이 너무 평범해서, 너무 다정해서, 더욱 가슴을 찔렀다. 지훈은 천장을 보며 숨을 참듯 꺽꺽 밤새 울어댔다. 장례식 날, 지훈은 수진의 부모 앞에서 고개를 들 수 없었다. '집 앞까지 바래다주었어야 했는데…'

넋이 나간 지훈은 그 말만 수없이 되풀이하고 있었다. 어깨를 토닥이는 친구들의 손길이 두려움으로 느껴졌다. 수진이 웃고 있는 영정 사진은 현실을 강하게 부정하고 있었다. 이건 꿈이다. 꿈에서 깨어나면 수진이 다시 웃으며 다가올 것이다. 세상의 소리는 전부 이명처럼 들렸다. 수업은 물론이고, 누가 말을 걸어와도 제대로 알아들을 수가 없었다.

지훈은 학교를 그만두기로 하였다. 캠퍼스의 모든 풍경이 수진으로 보였다. 앞에서 다가오는 한 무리의 학생들 틈에서 수진이 손을 흔들고 있었다. 뒤에서 자꾸 '오빠' 하며 수진이 부르는 소리가 들렸다. 매일 아침 지나던 도서관, 손을 잡고 웃던 커피숍, 그리고 강의실 창문으로 스며들던 햇살까지도 모두 수진의 흔적으로 가득 차 있었다. 캠퍼스를 거니는 자체가 지훈에게는 고통이었다. 휴학을 결정한 날도 지훈은 도망치듯 정문을 빠져나왔다.

눈을 뜨면 숨이 막히고, 밤이 되면 눈을 감을 수 없었다.

수진과 함께한 모든 시간이 갈기갈기 찢겨나가고 있었다. 지훈은 하루에도 몇 번씩 중얼거렸다. '내가 데려다줬다면 어땠을까.' '그날 그냥 같이 있었으면…' 하지만 시간을 되돌릴 수는 없었다. 그저 무기력하게 무너질 수밖에 없었다. 사랑을 잃는다는 건, 자신조차도 허물어진다는 의미였다. 지훈은 점점 사회로부터 멀어졌다. 친구들과의 연락도 끊겼고, 밖에서는 애타하는 부모님 전화도 안 받았다. 핸드폰에는 수진과 찍은 사진들로 가득 차 있었고, 핸드폰 메모장에는 둘이 함께 만든 여행 계획표가 여전히 저장되어 있었다. 지훈은 그것들을 지우지 못했다. 아니, 지울 용기가 없었다.

세상은 여전히 돌아가고 있었지만, 지훈에게는 시간조차 멈추어 있었다. 그렇게, 그에게는 사라진 한 사람이 아닌, 사라진 세계 전체가 밤마다 찾아와 가슴을 짓눌렀다. 지훈의 시간은, 수진이 사라진 날로부터 한 발짝도 나아가지 못하고 있었다.

소나기가 쏟아지던 날이었다. 지훈은 우산도 없이 밤길을 걸었다. 셔츠는 속까지 젖었고, 운동화는 물속에서 거치적거렸다. 지나가는 차량이 지훈에게 연달아 물탕을 뒤집어씌워도 지훈은 걸음을 멈출 수 없었다. 걸음을 멈추면 마음이 더 무너져 내릴 것만 같았다. 지훈의 모습은 끝없이 자신을 학대하는 사람 같았다. 한참 걷다가 어느 골목길로 들어선 지훈은 물초가 된 채 가로등 불빛 아래 오랫동안 멍하니 서 있었다. 서서히 눈앞이 흐려지고 현기증이 일었다.

지훈은 날마다 죽지 못한 하루를 살아냈다. 낮에는 무기력하게 누워 있다가 밤이 되면 술집을 떠돌았다. 수진과 종종 가던 홍대 입구보다는 낯선 문래동을 찾았다. 소주잔을 비운 뒤엔 가끔 노상에서 쓰러져 잠이 들곤 하였다.

하루는 꿈을 꿨다. 빗속에서 울고 있는 아이가 있었다. 지훈은 너무나 애처로운 그 아이에게 다가가려고 애썼지만, 발이 무거워 움직일 수가 없었다. 아이가 지훈을 향해 손을 뻗어도 소리만 지를 뿐 아이의 손을 잡을 수 없었다. 잠에서 깨어나 보니 베개가 눈물로 젖어있었다.

지훈은 뉴스에서 음주운전 사고 소식을 볼 때마다 분노로 손이 떨렸다. 수진을 죽인 그 남자가 1심에서 집행유예를 받았다는 소식은 그를 절망의 끝으로 몰아넣었다. 정의는 없었고, 분노는 갈 곳이 없었다. 지훈은 한강으로 나가 미친 사람처럼 욕을 내뱉었다. 그 자리에서 털썩 주저앉은 지훈은 자신의 무력함을 곱씹으며 짐승처럼 울음을 토해 냈다. 수진의 목숨을 앗아간 그 사람을 찾아내 어떤 방식으로든 반드시 보복하겠다는 다짐을 하면서….

어머니는 매번 울며 지훈을 달랬다.

"수진이도 네가 이러는 거 원하지 않을 거야. 수진이를 위한다면 제발 이러지 마."

하지만 어머니의 말은 지훈의 상처를 더 헤집는 것 같았다.

'그래서? 난 살아야 해?'

차마 어머니에게 그리 소리칠 수는 없었다. 그즈음 날마다 악몽이 지훈을 괴롭히고 있었다. 어떤 무덤 위에서 흙탕물이 쏟아져 내리는데 갈라진 무덤에서 뼈와 살점들이 쓸려 내려가거나, 길을 걸어가는데 갑자기 사방에서 물이 차올라 어쩔 줄 몰라라 하는 꿈이었다. 또 어떤 날 악몽에서는, 어둠 속에서 지훈의 방 창밖으로 웅크린 사람들이 지나가다가 모두 무표정한 얼굴로 방안을 노려보았다. 그러다 갑자기 유리창 하나가 산산조각이 나면서, 금세 또 다른 창문이 금이 가 깨져 나갔고, 깨진 유리 사이로 차가운 바람이 비명을 지르며 들어와 방안을 휘감았다. 누군가 창밖에서 빨리 빠져나와야 한다며 소리를 쳤지만, 지훈은 움직일 수가 없었다. 지훈은 간신히 몸을 움직이다가 꿈에서 벗어났다.

하루하루 의미 없는 시간 속에서, 지훈은 자신이 점점 사라지고 있음을 느꼈다. 거울 속 얼굴은 낯선 사람이 되어갔다. 그 누구도 자신을 알아보지 못할 것 같았다. 골목에서 쓰러져 잠이 들어도, 사람들은 그를 노숙자로 여길 뿐이었다. 다행히 그날은 문래동 골목길에서 잠이 들었다가 누군가가 깨워 비틀거리며 일어났다. 자정이 다 되어 집으로 돌아왔다. 다음 날 아침 지훈은 호주머니에서 낯선 명함 하나를 발견했다. 하지만 어디에서, 누구에게 받은 것인지 전혀 기억이 없었다. 지훈이 명함을 살펴보았다.

'타로 카페 해꿈'

주소는 문래동이었고, 명함 주인은 전화번호와 '승우'라는 이름만 적혀 있었다. 언젠가 몇 번 만났던 사람처럼 이름이 친근하게 다가왔다. 명함을 살펴보는 동안 지훈은 명함에서 자신의 영혼을 끌어당기는 어떤 기운이 느껴졌다. 더구나 이 사람이 자신을 부르는 소리가 이명처럼 들렸다. 하지만 이 모든 느낌은 몇 달 동안 마셔댄 술로 허약해진 정신에서 오는 환영이라 치부하였다. 그런데 며칠이 지나도 머릿속에는 명함 이미지가 계속 따라다녔다. 아니, 꼭 들러야 할 것 같은 마음이었다.

승우의 카페는 문래동 우체국 골목 끝에서 오른쪽으로 꺾인 곳에 자리하고 있었다.

문을 열고 들어선 카페에는 청량한 새소리와 계곡물 소리가 들리는 사이로 고요한 음악이 섞여 흐르고 있었다. 마음을 차분하게 하는 이향이 풍기는 가운데, 자그마한 다기가 놓인 테이블 여기저기에는 몇몇 젊은이가 앉아 있었으나, 누구도 대화를 나누는 사람은 없었다. 대부분 눈을 감은 채 음악을 들으며 무언가에 집중하는 모습이었다. 벽 사방에는 다양한 타로카드 이미지가 그려진 액자들이 조명을 밝히며 걸려 있었고, 카페 안은 어둠이 은은하게 감돌았다. 며칠 후 안 사실이지만 그곳은 단순한 타로 카페가 아니라 심신이 지친 이들이 찾아오는 명상 카페이기도 하였다.

잠시 머뭇거리는 지훈에게 한 남자가 다가와 눈인사를 건네며 가만히 팔을 잡아 이끌었다. 카페 주인 승우였다. 지훈은 승우가 마치 자신을 알고 있는 사람처럼 느껴졌다. 지훈이 승우를 따라 들어간 곳은 카페 안의 작은 상담실이었다. 승우는 지훈에게 찻잔을 내밀었다.

"마셔봐요. 기분이 좀 나아질 거예요."

승우의 눈빛은 맑고 깊어 보였고 목소리는 나지막하지만 또렷했다. 차를 마시던 지훈이 명함 이야기를 꺼냈다.

"호주머니의 명함은 그날 내가 넣어둔 거예요.

골목에서 쓰러져 잠든 모습을 보니 그대로 두면 안 될 것 같았어요."

사실 잠든 지훈을 발견하기 며칠 전부터 승우는 같은 꿈을 반복해서 꾸고 있었다. 승우가 길을 걸으면 어떤 여자애가 멀리서 승우를 바라보다가 사라지는 것이었다. 꿈을 꾸고 난 이후 승우는 타로카드를 뽑아 리딩해 보았다.

상실과 후회를 상징하는 컵 5(Five of Cups), 이 사람은 어떤 충격에서 벗어나지 못한 채 계속해서 엎질러진 세 개의 컵만 바라보고 있는 사람, 두 개의 컵이 남아있다는 사실조차 인식하지 못하고 끊임없는 자책의 감정만 흐른다. 밤마다 덮치는 불면과 죄책감, 그리고 정신적 고통이 느껴지는 소드 9(Nine of Swords), 이 사람은 감정의 붕괴로 자신조차 감당하기 힘든 내면의 소용돌이를 겪고 있다. 마지막으로, 현실로부터 도피하며 혼란과 환상에서 머무는 컵 7(Seven of Cups), 추억이 현실인 듯 착각하며 살아가고 있다.

승우는 세 장의 카드로 이미지화된 이 사람에게 깊은 연민이 느껴졌다.

테이블에서 찻잔을 거둔 승우가 타로카드를 테이블 위에 올렸다. 잠시 눈을 감고 심호흡을 하던 승우는 두 손으로 카드를 사르륵 섞더니 한순간 바람처럼 타원형으로 펼쳤다. 테이블 위에서 카드가 움직이는 소리는 마치 작은 벌레가 종이 위를 사각사각 기어가는 소리처럼 가볍게 들려왔다. 펼쳐진 타로카드는 자로 잰 듯, 한 치의 흐트러짐 없이 똑같은 간격으로 등을 보이고 있었다. 승우는 내담자를 자신에게 특별히 집중시킬 필요가 있을 때면 현란한 손동작으로 카드를 다루었다.

"자, 마음이 가는 데로 세 장만 뽑아봐요."

지훈은 떨리는 손으로 아주 천천히 세 장을 뽑았다. 승우가 한 장 한 장 카드를 뒤집어 나란히 정리했다. 지훈이 뽑은 카드는 컵 5(Five of Cups), 달(The Moon), 심판(Judgement) 카드였다.

승우가 카드를 가리키며 천천히 말을 이었다.

"컵 5 카드가 먼저 나왔네요. 다섯 개의 컵 중 세 개는 쓰러져 있고, 두 개는 여전히 남아있어요.

지금 당신 마음속에는 잃어버린 사랑에 대한 슬픔과 후회가 너무 큽니다. 여자 친구에게 그간 미처 다하지 못한 말들이 남아있어요.

하지만 여자 친구는 그런 당신의 마음을 누구보다 잘 알고 있어요. 그래서인지… 이 카드가 말해요. '괜찮아, 나는 다 알고 있어. 당신 사랑은 나에게 충분했어.' 라고요."

승우의 말을 들은 지훈은 급격히 눈이 충혈되면서 금방이라도 울음을 터트릴 표정이었다.

"두 번째 달 카드는 당신이 밤마다 꾸는 꿈, 혹은 설명할 수 없는 불안함을 보여주는 상징이에요. 요즘 이상한 꿈을 자주 꾸었을 거예요. 주로 무슨 뜻인지 모를 악몽 같은… 달빛은 모든 걸 명확히 보여주지 못하잖아요. 당신은 그녀를 떠나보냈지만, 그 마음은 여전히 현실과 꿈, 과거와 현재 사이를 오가며 혼란스럽죠. 흘러간 기억 속에서 자꾸 길을 잃고 계신 거예요. 그런데 말이에요… 나는 이 카드에서, 그녀가 어둠 속에서 조용히 당신을 감싸 안고 있는 모습을 느껴요. 직접 다가갈 수는 없지만, 꿈속 어딘가에서 계속 당신 곁을 지키고 있는 거죠."

지훈은 테이블 카드를 응시하며 복받쳐 오르는 감정을 억누르느라 애쓰고 있었다.

"이 심판 카드는 아주 특별해요.

영혼의 울림, 그리고 다시 살아갈 힘을 의미하거든요.

당신이 나에게 온 것도, 어쩌면 그녀가 당신에게 어떤 메시지를 전하고 싶어 이끌었을 거예요.

이 카드는 나지막이 속삭이고 있어요.

'이제는 당신 시간이야. 그냥 살아가도 돼. 나는 늘 당신 곁에 있을게.' 라고요.

그녀는 여전히 당신을 사랑하고, 무엇보다도 당신이 조금씩이라도 행복해지길 바라고 있어요.

슬픔은 쉽게 사라지지 않아요.

하지만 사랑은 형태를 바꾸어도 이어질 수 있죠.

그녀의 영혼은 분명 당신 곁에서 따뜻하게 지켜보고 있어요. 오늘 당신이 그녀의 마음을 조금이나마 전해 들었기를 바랄게요."

갑자기 숨을 몰아쉬던 지훈은 끝내 푹 고꾸라지듯 테이블 위로 쓰러졌다. 그의 입에서 무언가가 으깨어지는 듯한 신음이 흘러나왔다. 몇 달 동안 신열을 내며 눌러왔던 슬픔이 터져 나왔다. 지훈의 어깨는 떨림을 그칠 줄 몰랐다. 그 울음에는 그리움과 죄책감, 그리고 살아 있다는 고통이 모두 섞여 있었을 것이다. 승우는 혼자 실컷 울도록 지훈을 내버려 둔 채 상담실을 나왔다. 울음은 무너지려는 게 아니라, 다시 살아보겠다는 몸부림이다. 울 수 있다는 건 아직 내가 나를 놓지 않았다는 뜻이다. 한참을 울고 나면, 지훈도 아주 조금은 숨이 쉬어질 것이다. 어쩌면 그 울음이, 아픔을 치유하는 첫걸음일지도 모르니까….
승우는 카페 문을 나서는 지훈의 어깨를 토닥거렸다.
"당신의 여자 친구는 지금 당신을 보면서 몹시 슬퍼하고 있어요.
정말 여자 친구를 사랑한다면 여자 친구가 원하는 모습을 보여주세요.
당장은 힘들겠지만 내가 도와줄게요.
시간 나는 대로 언제든 찾아와요.
지금, 이 순간이, 아주 작은 회복의 첫걸음이 될 수 있어요."

비가 오락가락하던 여름 끝자락. 지훈은 다시 해꿈의 문을 열었다. 처음 만났을 때보다 훨씬 깔끔한 모습의 지훈, 이번에는 눈빛도 뭔가 달라져 보였다. 승우는 적이 안심되었다. 승우가 카드를 꺼냈다. 셔플 하는 손동작이 정교하고도 유려한 승우는 단 한 번도 카드를 흘리거나 엇갈리게 하는 일이 없었다. 카드들은 승우의 손에서 살아 움직이는 듯하고, 카드를 펼쳐지는 순간마다 정확히 상대방의 내면이 비치는 거울처럼 자리를 잡았다. 인간의 손이 아니라, 시간의 틈을 가르는 신의 손길이 카드 위로 미끄러지는 듯한 감각. 지켜보던 이들은 숨소리조차 잊은 채 그 신묘한 광경으로 빠져들었고, 눈앞에서 펼쳐진 것은 단순한 카드 선택이 아닌 운명이라는 이름의 연금술이었다.

"이번엔 제가 먼저 카드를 고를게요."

승우는 고개를 끄덕였다. 지훈은 천천히 세 장을 골랐다. 카드들은 테이블 위에서 조용히 뒤집혔다.

   첫 번째 카드 : 절제(Temperance)

   두 번째 카드 : 펜타클 기사(Knight of Pentacles)

   세 번째 카드 : 완드 퀸(Queen of Wands)

승우는 카드들을 잠시 바라보다가 지훈을 향해 시선을 돌렸다.

"이제, 조율이라는 단어를 마음속에 떠올려봐요.

절제 카드는 지금 당신이 감정과 이성, 현실과 이상 사이에서 균형을 되찾아 가고 있다는 걸 말해줘요.

격정적으로 흔들리던 내면이 이제는 조금씩 조화를 찾아가고 있어요."

지훈은 아무 말 없이 고개를 끄덕였다. 지훈이 처음 승우를 만나고 돌아가던 날, 승우가 자신에게 해준 말이 머릿속을 떠날 줄 몰랐다. '정말 여자 친구를 사랑한다면 여자 친구가 원하는 모습을 보여주세요'. 갑자기 감정이 격해질 때면 어김없이 승우의 말이 귓전을 때렸다. 지훈은 요즘 악몽을 꾸는 횟수가 훨씬 줄어들었다. 꿈속의 그리움은 슬픈 정조가 아니라, 가슴 설레는 기다림으로 비치기도 하였다.
승우는 두 번째 카드를 가리켰다.
"펜타클 기사는 당신의 내면 깊은 곳에서 오는 느리고 끈질긴 치유의 에너지를 의미해요.
지금 당신이 하는 노력은, 비록 눈에 띄지 않더라도 분명히 의미가 있어요.
당신이 이곳에 오고, 또 삶을 붙잡고 있는 그 자체가 아주 귀중한 변화예요."
지훈은 가만히 카드를 바라보다가 중얼거렸다.
"전에는 그냥 하루하루를 버텼어요. 그런데 요즘은… 가끔, 내일을 생각해요."
승우는 미소를 지었다.

"그게 바로 이 카드의 힘이에요. 펜타클 기사는 아무도 주목하지 않을 때도 묵묵히 씨앗을 심는 사람이죠.

그리고 마지막, 완드 퀸. 이 카드는 당신 안에 잠들어 있는 생명력과 열정을 말해줘요.

아직은 겉으로 드러나지 않았지만, 당신 안에는 다시 사랑할 수 있는 능력, 창조할 힘이 있어요. 그리고 언젠가, 그 힘은 누군가에게 빛이 될 거예요."

지훈은 말없이 눈을 감았다. 처음으로 수진이 없는 자신의 삶이 떠올랐다. 공허감은 없었다. 어딘가 깊은 곳에서 불씨가 살아나고 있는 듯한 느낌이 들었다.

지훈은 매주 승우를 찾아갔다. 처음에는 단순히 내면을 점검하는 상담이었지만, 어느새 작은 의식처럼 자리 잡았다. 매번 새로운 카드를 뽑았고, 매번 자신의 마음과 마주하며 스스로 어루만져 주었다. 카드 리딩은 때로는 날카롭고 때로는 다정했다.

지훈은 조금씩 달라졌다. 금세 삶이 바뀌지는 않았지만, 아주 작은 변화가 잔물결처럼 퍼져나갔다. 하루 한 번씩 창문을 열어 하늘을 올려다보는 일도 그의 새로운 습관이 되었다. 날이 흐려 별이 안 보이는 날에도, 그 자리엔 언제나 별이 있다는 사실을 되새겼다.

승우와의 상담은 계속 이어졌다. 단풍이 시들어가던 어느 날, 지훈이 승우 앞에서 카드를 뽑았다.

첫 번째 카드 : 소드 6(Six of Swords)

두 번째 카드 : 펜타클 3(Three of Pentacles)

세 번째 카드 : 완드 에이스(Ace of Wands)

승우가 입을 열었다.

"이제 당신은 자신을 과거에서 천천히 옮겨가는 중이에요. 소드 6은 감정적인 아픔을 등에 지고 새로운 곳으로 나아가는 여행자예요.

때로는 그 여행이 혼자 같지만, 보이지 않게 누군가의 도움도 있어요."

지훈은 고개를 끄덕였다.

"요즘은 수진의 친구들과 연락을 가끔 해요. 그 애가 살아 있을 때 나눴던 이야기를 듣는 게 이상하게도 위로가 돼요."

"그게 바로 펜타클 3이 말하는 협력의 에너지예요.

회복은 혼자만의 일이 아니에요.

당신은 이제 자신만의 고통을 벗어나 조금씩 타인과 감정을 나누기 시작했어요."

지훈은 마지막 카드, 완드 에이스를 바라보다가 웃었다.

"이건, 새 출발인가요?"

"그래요. 그것도 아주 불꽃 같은 출발. 무언가 해보고 싶은 게 생겼죠?"

지훈은 고개를 끄덕였다.

"수진을 기억하는 글을 써보고 싶어요. 그 아이가 좋아했던 계절, 말투, 습관들… 그냥 누군가에게 보여주기보다는 나 자신에게 말하고 싶어서요. 아직은 생각뿐이지만."

몇 달 뒤, 겨울이 오기 전 마지막 가을비가 내리는 날. 지훈은 다시 카페를 찾았다. 이번에는 자신이 쓴 한 묶음의 원고를 들고 있었다.

"이걸 썼어요. 모든 걸 정리한다는 마음으로… 선생님께 보여드리고 싶었어요."

승우는 말없이 원고를 받아들고 고개를 숙였다. 그리고 마지막 카드 세 장을 준비했다. 이번에는 승우가 지훈을 위해 카드를 뽑았다.

　첫 번째 카드 : 세계(The World)

　두 번째 카드 : 컵 9(Nine of Cups)

　세 번째 카드 : 소드 왕(King of Swords)

"이건 당신의 완성이에요.

세계 카드는 고통과 상실, 방황을 지나 하나의 순환을 마무리하고 새로운 세계로 나가는 것을 말하죠.

당신은 수진과 함께한 시간을 잘 간직했고, 이제는 새로운 삶을 향해 첫걸음을 내디딜 수 있어요."

지훈은 조용히 눈을 감았다. 처음 이곳에 왔을 때의 자신이 떠올랐다. 무기력하고, 말도 없고, 모든 것을 포기한 눈빛. 그때와 지금의 자신은 분명 달랐다.

"컵 9는 바람이 이뤄지는 카드예요.

꼭 거창한 게 아니어도 좋아요. 지금처럼 자신을 다시 사랑하고, 다시 숨 쉬는 것만으로도 충분해요.

그리고 소드 킹은…

이제 당신도 누군가의 이야기를 들어줄 수 있는 사람이 되었다는 뜻이에요."

"선생님, 마지막으로 부탁 하나 드려도 될까요?"

"네, 무슨 부탁이든 말해봐요."

"지금 우리 수진이 영혼은 어떤 상태인지 알 수 있을까요?"

"좋아요."

승우가 커다란 사발에 세이지를 태우자 가느다란 연기가 허공으로 하늘하늘 퍼졌다. 승우는 세이지 향기로 카드를 정화한 후, 자신도 눈을 감은 채 세이지 향기를 들이마시며 몸과 마음을 정화하였다. 그리고 카드 세 장을 뽑아 차례로 펼쳤다.

승우가 여사제(The High Priestess) 카드를 가리켰다.

"이 카드는 깊은 내면의 고요, 영혼의 침묵, 그리고 신성한 직관을 상징해요.

수진 씨는 이제 말로 표현할 수 없는 조용하고 깊은 세계에 머물고 있어요.

그곳은 고통도, 두려움도 없는 곳이죠.

세상과 단절된 게 아니라, 모든 것을 맑은 눈으로 바라보는 상태라고 보면 돼요.

당신이 조금씩 삶을 향해 다시 발걸음을 떼는 모습을 지켜보며, 수진 씨는 아무 말 없이 그저 고요히 미소 지었을 거예요.

그건 신의 침묵처럼, 사랑의 가장 깊은 형태죠."

지훈은 눈을 감았다. 마치 누군가의 따뜻한 시선이 어딘가에서 자신을 오래도록 바라보고 있었던 것 같은 기분이 들었다.

"완드 9(Nine of Wands), 이건 상처 입은 자의 인내와 회복을 상징하는 카드죠.

그리고 이 카드가 수진 씨의 감정으로 나왔다는 건, 그녀가 당신의 고통을 오랫동안 함께 겪어왔다는 뜻이에요.

당신이 깊이 무너져 있을 때, 수진 씨의 영혼도 그 아픔을 함께 견디고 있었던 거죠.

하지만 이 카드가 정방향이라는 건, 그 시간이 이제 지나갔다는 의미이기도 해요.

그녀는 버텨줬고, 당신도 버텼고, 이제는 서로를 놓아줄 수 있는 순간이 온 거예요.

당신의 사랑을 그녀는 깊이 감사하고 있어요."

지훈의 눈에서 눈물이 주르륵 흘러내렸다. 승우가 지켜봐 온 지훈은 영혼이 순수하고 감성이 맑은 청년이었다.

"펜타클 10(Ten of Pentacles), 이건 매우 의미 있는 카드예요.

가정, 유산, 영적 전통, 완성된 순환을 상징해요.

수진 씨는 이제 영혼의 안식처로 돌아갔어요.

그곳에서 그녀는, 당신과 함께한 시간이 정녕 허무하지 않았다는 걸 느끼고 있어요.

수진 씨에게 당신은 '가족'이었고, 지금도 그 연결은 끊어지지 않았어요.

그녀는 당신이 앞으로 살아갈 인생에, 오래된 나무 그늘처럼 조용히 머물게 될 거예요.

그것이 '끝'이 아니라, 새로운 연결의 형태라는 걸… 이제 당신도 알게 되길 바라고 있어요."

지훈은 고개를 끄덕였다.

"지훈 씨, 수진 씨는 지금, 언어를 초월한, 고요 속에서 당신을 지켜보고 있어요.

슬픔을 견뎌낸 당신의 시간을 그녀는 모두 알고 있고,
이제는 그 모든 순간을 받아들이며 당신을 응원하고 있어요.
죽음은 끝이 아닙니다.
사랑은 모양을 바꿔, 당신 안에 살아가게 되죠.
수진 씨는… 그걸 남기고 떠났어요."

카페 밖, 빗방울이 천천히 그치고 있었다. 구름 사이로 별 하나가 얼굴을 내밀고 있었다. 지훈은 천천히 하늘을 올려다보았다.

가을이 깊어 갈 무렵, 지훈은 문득 캠퍼스를 다시 가보고 싶다는 생각이 들었다. 운동화 끈을 조여 매고, 문과대학 후문을 향해 걸었다. 수진과 마지막으로 걸었던 길, 벤치, 커피 향 가득했던 골목이 여전히 그대로 있었다. 하지만 이번에는 그 풍경이 말 없는 위로처럼 느껴졌다.

그는 수진과 함께 앉았던 벤치에 앉았다. 주머니에서 작은 노트 하나를 꺼내 펼쳤다. 타로 상담을 받으며 적었던 메모들이었다. 슬픔, 분노, 무기력, 꿈, 용서, 생존… 단어들은 점점 차분해져 있었다.

봄뜻이 서서히 스며드는 3월의 대학 캠퍼스는 여진처럼 남은 겨울의 흔적과 새로 움트는 생명의 기운이 공존하는 풍경이었다. 어떤 꽃은 꽃망울만 맺고 있지만, 연초록 새순이 올라와 아지랑이처럼 흔들리는 나뭇가지들도 있었다. 교정 곳곳에는 두꺼운 외투를 벗은 학생들이 삼삼오오 모여 봄볕을 즐겼다. 신입생들의 설레는 어린 얼굴과 졸업을 앞둔 선배들의 깊어진 눈빛이 교차하며, 오래된 벤치와 낡은 강의실 창문에도 봄바람이 스며들었다. 어디선가 들려오는 동아리 모집 방송 소리와 풋풋한 웃음소리가, 한 계절이 다시 시작하고 있음을 알렸다.

승우도 학교로 돌아왔다.

승우는 복학 후 매일 도서관에서 파고 살았다.

로스쿨 입학을 목표로….

* 출연 카드 정리

1. 마이너 - 컵 5(Five of Cups)

세 개의 컵이 쓰러져 있고 두 개는 여전히 서 있는 이 카드는 상실과 후회의 감정을 상징한다. 지훈에게는 수진을 잃은 충격과 '내가 데려다줬다면 어땠을까'라는 자책이 끊임없이 반복된다. 그러나 카드에 남아있는 두 개의 컵은, 그의 사랑이 끝난 게 아니라는 희망의 조각을 말해준다. 상실감 속에서도 아직 지켜야 할 감정이 남아있음을 알려주며, 치유의 시작을 암시하는 카드다.

2. 메이저 - 달(The Moon)

달은 현실과 환상의 경계를 흐릿하게 만들고, 무의식 속 불안과 두려움을 드러낸다. 지훈이 꾸는 악몽, 수진이 떠난 이후 겪는 혼란, 그리고 삶과 죽음 사이에서 길을 잃은 듯한 심리상태가 이 카드에 고스란히 담겨 있다. 또한, 수진의 영혼이 밤하늘 어딘가에서 지훈을 조용히 지켜보고 있다는 상징으로 작용하며, 감춰진 진실과 정서적 진폭의 깊이를 드러낸다.

3. 메이저 - 심판(Judgement)

과거의 아픔을 뛰어넘고 새롭게 부활하는 이 카드는, 지훈에게 있어 '다시 살아도 된다'라는 메시지를 전달한다. 이는 단지 타인의 위로가 아닌, 사랑했던 사람의 영혼이 건네는 내면의 목소리다. 심판 카드는 그를 죽음 같은 절망에서 끌어올리고, 살아갈 이유를 부여하며, 감정의 정화와 구원의 상징으로 기능한다.

4. 메이저 – 절제(Temperance)

절제는 극단 사이에서 균형을 이루고, 감정과 이성, 현실과 이상 사이의 조화를 모색하는 카드다. 지훈이 격렬한 감정의 소용돌이에서 벗어나 점차 감정을 조율하고 삶과 죽음 사이에 새로운 조화를 찾아가는 모습을 보여준다. 이 카드는 치유 과정의 중간 단계이자, 고통을 수용하며 내면을 정돈하는 신호탄이다.

5. 마이너 – 펜타클 기사(Knight of Pentacles)

이 카드는 느리지만, 끈기 있는 성장과 성실한 회복을 상징한다. 지훈은 더는 무기력하게 하루를 버티는 존재가 아니라, 눈에 보이지 않는 속도로 자신을 회복해 나가는 중이다. 펜타클 기사는 '당신의 노력이 의미 있다'라는 것을 말해주며, 회복은 격렬한 폭발이 아닌 꾸준한 반복에서 이루어진다는 깨달음을 전한다.

6. 마이너 – 완드 퀸(Queen of Wands)

자신감, 따뜻함, 열정을 지닌 완드 퀸은 지훈의 내면에 잠재된 생명력을 나타낸다. 아직 겉으로는 드러나지 않았지만, 그는 다시 사랑하고 창조하고 싶다는 본능을 서서히 느끼기 시작한다. 이 카드는 열정의 부활이자, 언젠가 누군가에게 따뜻한 빛이 되어줄 수 있는 잠재력의 상징이다.

7. 마이너 - 소드 6(Six of Swords)

검 여섯 자루를 지닌 배는 고통의 강을 건너가는 이들을 실어나른다. 소드 6은 지훈이 과거의 슬픔을 짊어진 채 조용히 새로운 세계로 나가고 있음을 말한다. 여행은 고독할 수 있지만, 실제로는 보이지 않는 도움과 응원이 존재한다는 사실 또한 이 카드의 중요한 메시지다.

8. 마이너 - 펜타클 3(Three of Pentacles)

협력과 공동의 치유를 상징하는 펜타클 3은, 지훈이 수진의 친구들과 교류하면서 정서적 위안을 얻는 모습을 반영한다. 자신의 고통만을 안고 있던 지훈이 다른 이들과 감정을 나누며 회복의 지평을 확장하는 것은, 타인의 존재가 치유에 미치는 깊은 영향을 잘 보여준다.

9. 마이너 – 완드 에이스(Ace of Wands)

완드 에이스는 창조의 불씨, 삶의 의욕, 새로운 시작을 상징한다. 지훈이 수진에 대한 글을 써보고 싶다는 생각을 품은 것은 이 카드의 상징이 그대로 현실화한 순간이다. 무(無)에서 시작하는 한 줄기의 열망은 그의 마음 깊은 곳에서 솟아오르며, 삶에 다시 불을 붙이기 시작한다.

10. 메이저 – 세계(The World)

완성과 순환의 마무리를 의미하는 세계 카드는, 지훈의 상실과 방황이 하나의 주기를 마감하고 새로운 삶의 시작점에 도달했음을 알려준다. 수진과의 사랑은 끝이 아니라, 하나의 완성된 기억으로 그의 삶 속에 자리 잡았다. 세계 카드는 고통의 여정조차 하나의 아름다운 마무리가 될 수 있음을 전한다.

11. 마이너 – 컵 9(Nine of Cups)

작은 소원이 이루어지는 이 카드는 감정적 충족감과 평온한 기쁨을 의미한다. 지훈에게 있어 지금의 기쁨은 과거를 완전히 지웠기 때문이 아니라, 그것을 받아들였기 때문에 가능한 감정이다. 수진과의 기억을 간직한 채로도 다시 행복할 수 있음을 그는 이 카드를 통해 배워 간다.

12. 마이너 – 소드 왕(King of Swords)

이성, 통찰, 판단력을 상징하는 소드 킹은 지훈이 자신의 감정을 통제하고 삶을 성찰하는 단계에 들어섰음을 보여준다. 과거의 상처를 객관화할 수 있게 되었고, 이제는 타인의 슬픔에도 귀 기울일 수 있는 사람으로 변화했음을 나타낸다. 상담받던 지훈이 누군가의 이야기를 들어줄 수 있는 사람으로 성장한 모습이다.

13. 메이저 – 여사제(The High Priestess)

이 카드는 수진의 영혼 상태를 대변하는 상징으로 사용되었다. 여사제는 언어를 넘어선 깊은 고요, 신성한 직관, 내면의 평온함을 의미한다. 수진은 고통에서 벗어나 신성한 침묵 속에서 지훈을 지켜보며, 말없이 사랑을 전하는 존재가 되었다. 죽음을 초월한 고요한 사랑의 형태다.

14. 마이너 – 완드 9(Nine of Wands)

지친 몸을 이끌고 끝까지 버티는 사람을 그린 이 카드는, 수진의 영혼이 지훈의 고통을 함께 견뎌낸 흔적을 상징한다. 수진은 죽어서도 지훈의 절망을 외면하지 않았고, 그의 회복을 기다리며 곁을 지켰다. 이 카드가 정방향으로 등장한 것은, 이제 그들이 함께한 견딤의 시간이 마무리되어도 된다는 신호이기도 하다.

15. 마이너 – 펜타클 10(Ten of Pentacles)

이 카드는 전통, 가족, 영적 유산을 상징하며, 수진이 지훈과의 관계를 단순한 연인이 아닌 '영적 가족'으로 느꼈음을 드러낸다. 그녀의 사랑은 죽음 이후에도 삶의 일부로 이어지고, 지훈의 미래 안에서 나무 그늘처럼 머물러 있다. 이는 단절이 아닌 '영혼의 연결'이라는 더 깊은 차원의 사랑을 상징한다.

II. 열차 안에서 만난 여자

순천역을 떠난 KTX는 마치 바람을 찢듯 선로 위를 질주하고 있었다. 빠르게 사라지는 창밖 풍경의 잔상들이 승우의 눈을 어지럽혔다. 승우는 창밖 멀리 시선을 둔 채 풍경을 바라보다가 슬며시 옆자리로 시선을 돌렸다. 고향 시골집에서 홀로 지내는 어머니를 위해 승우는 자주 KTX로 순천과 서울을 오간다. 하지만 오늘처럼 여자가 승우 옆자리를 차지한 경우는 거의 없었다. 순천역에서 종착역까지 묵언 수련하듯 가더라도 낯선 여자와의 동행은 여행을 좀 덜 지루하게 하였다.

여수나 여천에서 탔을 옆자리의 여자는 20대 후반이나 30대 초반쯤 되어 보였다. 하지만 눈을 감고 있던 그녀를 바라보는 순간 승우의 심장은 쿵 내려앉았다. 검은 그림자가 그녀의 얼굴에서 예리하게 비꼈기 때문이다. 깊은 수심으로 얼어붙은 듯한 표정, 삐걱거리는 감정의 문이 절로 느껴졌다. 단단히 다문 입술, 어깨는 어딘가 굳어 있었고, 마치 마음속 무게를 감당하지 못한 사람의 표정이었다.

승우는 숨을 깊게 들이쉬었다. 어떤 사람들에겐 타인의 고통이 공기처럼 스며드는 순간이 있다. 승우가 바로 그런 순간이었다. 승우는 눈을 감으며 오랜 습관처럼 내면으로 천천히 침잠해 들어갔다. 타로 명상이었다. 외부 세계를 차단하면서 무의식을 정화하자, 세 장의 타로카드가 또렷이 이미지화되었다.

    16번 메이저 탑(The Tower) : 예기치 못한 붕괴와 파괴, 번개처럼 치고 내려오는 운명의 균열.

    2번 메이저 여사제(The High Priestess) : 침묵속 진실, 본능의 목소리, 숨겨진 비밀.

    마이너 소드 9번(Nine of Swords) : 불면의 밤, 후회와 두려움, 악몽의 고통.

세 장의 카드를 빠르게 연결해 그녀의 내면을 짚어보았다. 승우는 오랜 명상 훈련을 통해 남들보다 훨씬 뛰어난 직관력을 지닌 능력자였다.

타로카드 한 장 한 장 떠올리며 이미지화하는 타로 명상을 수년째 하루도 빠짐없이 해온다. 시골에서 지낼 때는 마을 앞 개펄 바닷가로 나가 떠오르는 태양을 향해 좌선을 한 채 기운을 모아가며 명상을 하고, 서울 사무실에서는 새벽녘 세이지를 태우며 영혼을 정화하면서 명상을 한다. 이러한 명상과 소리 없는 암흑 속에서 호흡에만 귀 기울였던 시간은 그의 감각을 날카롭게 벼려냈다. 마음의 파고를 관조하며 드러나는 미세한 진동, 타인의 숨결마저 파악하는 예민함, 일상의 소용돌이 속에서도 균열을 예측해내는 기민함이 그의 본질이 되었다.

승우의 직관은 마치 작은 불꽃이 어둠 속 진실을 비추듯 타인의 복잡한 심연까지 꿰뚫었다. 예비된 사건의 잔상이 무의식으로 전해질 때면, 그는 타로카드의 힘을 빌려 대비책을 세우거나 누군가의 운명의 결을 섬세히 짚어주었다.

승우는 눈을 떴다. 머릿속엔 여전히 그 카드들이 불길한 조화를 이룬 채 떠 있었다. 섬뜩할 만큼 강렬한 이미지였다. 승우는 가방을 열고 타로카드 주머니와 작게 접힌 스프레드 천을 꺼냈다. 앞 의자의 테이블을 꺼내 카드를 펼치는 순간, 옆자리 여자가 눈을 동그랗게 떴다.

"저기… 혹시 타로 하시는 분이세요?"

목소리는 작았지만, 조심스러운 절박함이 담겨 있었다. 승우는 고개를 끄덕이며 미소를 지었다.

"네, 잠깐 운세를 봐 드릴 수도 있어요. 원하신다면요."

그녀는 잠시 망설였다. 그녀의 눈빛에는 두려움과 궁금증이 엉켜 있었다. 그리고 이내 작게 고개를 끄덕였다.

승우는 그녀가 카드를 셔플 하도록 도와주었다. 떨리는 손으로 섞인 카드 더미에서 그녀는 세 장을 골라냈다. 승우는 그것을 펼쳤다.

탑…… 여사제…… 소드 9

명상 속 카드와 일치하는 조합이었다. 단순한 일치가 아니라, 어떤 운명이 의도를 품고 보낸 메시지 같았다.

"지금, 무언가 큰 사건을 마주하고 계시나요? 갑작스럽고 충격적인 일이 생길 수 있어요. 이 조합은 단순한 고민이 아니라, 붕괴와 직감, 두려움이 겹친 상태를 말해요."

승우는 그녀에게만 들리도록 작은 목소리로 카드 한 장씩 차분하게 설명해주었다.

"먼저 이 탑(The Tower) 카드는요, 삶의 구조가 한순간에 무너질 수 있다는 걸 알려주는 카드예요. 겉으로 보기엔 멀쩡했던 탑이 벼락 하나로 무너지는 모습이죠. 이건 외부의 강제적인 충격, 우리가 예상 못 한 방식으로 닥쳐오는 위기를 의미해요. 특히 인간관계에서 나온다면, 그 사람이 가지고 있는 불안정한 면모나 폭력성 같은 게 드러날 가능성도 있고요."

그녀의 눈빛이 얼어붙었다. 승우는 부드러운 어조를 유지한 채 말을 이었다.

"이 두 번째 카드인 여사제(The High Priestess)는 당신의 내면, 특히 '직감'과 '무의식'을 상징해요. 이 카드는 보통 말하지 않아도 알고 있는 진실, 어쩐지 계속 마음에 걸리는 그 예감이 옳다는 걸 말해주는 거예요. 머리로는 '설마 아니겠지!' 생각해도, 마음은 이미 알고 있는 거죠. 그 예감, 지금은 절대 무시하시면 안 돼요."

그녀는 아무 말도 할 수 없었다.

승우는 마지막 카드를 가리켰다.

"그리고 이 카드 소드 9(Nine of Swords)는 밤잠을 설치게 하는 걱정과 불안, 두려움을 나타내요. 어떤 두려움은 현실이고, 어떤 두려움은 상상이지만… 이 카드가 셋 중 마지막에 나왔다는 건, 지금 당신이 느끼는 공포가 무의미한 상상이 아니라는 뜻이에요. 탑과 여사제가 함께 있다는 건, 불안이 실제로 당신을 지키기 위한 경고라는 거죠."
여자의 눈빛이 흔들렸다. 이윽고, 그녀는 입술을 꽉 깨물고 입을 열었다.
"사실… 오늘 남친에게 헤어지자는 말을 하려고 해요. 하지만… 그는 쉽게 포기할 사람이 아니에요."
그녀의 음성이 점점 속으로 기어들어 갔다.
"남친은 제 핸드폰을 강제로 빼앗아 통화 내용을 꼬치꼬치 따졌어요. 마치 의부증 걸린 사람처럼… 제가 다른 남자와 있다며 문을 부수듯 열고 들어온 적도 있어요."
잠시 침묵이 흘렀다. 그 침묵엔 말로 설명할 수 없는 억압과 공포가 담겨 있었다.
"오늘… 만나기로 했는데요. 이상하게 계속 불길한 생각이 들어요. 그냥… 오늘은 뭔가 평소와 다르게 위험하다는 직감이 들어요."

승우는 고개를 끄덕였다.

"여사제 카드는 당신의 본능이 옳다고 말하고 있어요. 직감을 무시하면 안 돼요. 특히 오늘은. 탑 카드가 함께 나왔다는 건, 진짜 파국이 올 수도 있다는 뜻이에요."

승우는 단호하게 일렀다.

"혼자 가지 마세요. 사람 많은 곳에서 만나는 게 좋아요. 안전한 카페 같은 곳이요. 가능하다면, 제가 동행해 드릴 수도 있어요."

그녀는 망설이다가 아주 천천히 고개를 끄덕였다.

"익산역에서 내릴 건데… 함께 있어 줄 수 있으세요?"

그녀의 이름은 유진이었다. 익산역 도착 안내방송이 흐를 즈음, 무음으로 해 둔 유진의 휴대폰은 문자와 부재중 전화로 가득 차 있었다. 이별을 통고받은 그는 흥분하여 벌써 그녀를 찾고 있었다. 승우는 유진의 손등을 조심스럽게 감쌌다.

"두려운 건 당연해요. 하지만 혼자가 아니에요. 함께 있어요."

유진은 승우의 눈을 바라보았다. 타로 능력자 같은 느낌이 들어서인지 처음 본 남자인데도 심리적 안정감이 들면서 믿음이 갔다.

두 사람을 태운 택시가 약속 장소인 카페를 향해 달렸다. 그곳이 가까워지자 유진은 자신의 심장 박동 소리가 들릴 만큼 긴장감이 몰려왔다. 승우는 택시 안에서 유진에게 타로카드 한 장을 내밀었다.

"이것을 가져가요."

메이저 아르카나 8번 힘(Strength) 카드였다.

승우가 먼저 카페로 들어와 구석진 자리를 잡았다. 곧이어 카페 문을 열고 유진이 들어선 순간, 저쪽 테이블의 한 남자가 눈을 번뜩이며 의자에서 벌떡 일어섰다.

"너, 이게 뭐 하는 짓이야?"

남자가 손찌검이라도 할 듯 다짜고짜 따졌다. 유진은 떨리는 손을 다잡으며 입을 열었다.

"일단 앉아서 말해."

씩씩거리며 앉은 남자가 유진을 노려보았다.

"오늘 우리 사이 끝내러 왔어. 네가 무서워서… 이제 숨죽이고 살고 싶지 않아."

남자는 웃음을 터뜨렸다. 냉소 가득한 표정이었다.

"니가 감히 날 떠날 수 있다고 생각해? 날 사랑한다고 했잖아. 나 없으면 너는…."

"그건 사랑이 아니야."

유진의 목소리가 단호하게 갈랐다.

"널 만나고 단 하루도 마음 편한 날이 없었어. 사랑은… 숨을 쉬게 해주는 거야. 숨 막히게 하는 게 아니라…."

화가 치밀어 오른 그가 테이블을 내려쳤다. 깜짝 놀란 주변 자리의 손님 몇몇이 슬며시 휴대폰을 꺼내 들었다. 마치 어떤 증거라도 남길 듯이….

유진은 차분하게 말을 이었다.

"이제 우리 여기서 끝내. 오늘이 너와 나, 마지막이야."

남자의 눈에는 의심과 분노가 뒤섞여 있었다. 금방이라도 무슨 일을 저지를 사람 같았다. 하지만 남자는 주변을 의식하고 있는 듯하였다. 유진이 먼저 자리에서 일어났다. 남자가 일어서려다 풀썩 주저앉았다.

카페 문을 나서자마자, 유진은 숨을 깊게 몰아쉬었다. 긴장이 풀린 탓인지 다리가 후들거렸다.

명상을 끝낸 승우가 잠깐 비틀거리며 일어섰다. 승우는 유진이 남친과 만나는 동안 눈을 감은 채 8번 힘(Strength) 카드를 이미지화하여 유진과 합체시켰다. 승우는 온몸의 기운이 빠져나간 거 같았다.

유진은 택시 안에서 승우와 약속한 장소로 갔다. 승우도 유진이 기다리는 곳으로 돌아왔다.

"다 끝냈어요."

유진은 속삭였다.

"이제, 나 자신으로 돌아가는 길을 찾을 거예요."

사실 유진의 남자친구는 유진을 만나기 전 작은 흉기 하나를 챙겨 나왔다. 애원해 보다가 안 되면 겁을 주겠다는 심산이었다. 흉기로 유진을 다치게 해도 어쩔 수 없다는 생각조차 하였다. 하지만 유진이 자리에서 일어났을 때 울뚝뺄이 일어나 칼을 잡으려던 순간, 손목이 피가 안 통하듯 저릿해 푹 주저앉고 말았던 것이다.

유진이 입을 열었다.

"그런데 오늘 제가 좀 이상해요.

다른 때 같으면 남친 앞에서 주눅이 들어 말하기조차 힘들었는데

어디서 그런 힘이 생겼는지…."

"잘했어요."

승우가 옅은 미소를 지었다.

익산역에서 승우가 탄 KTX는 용산을 향해 내달렸다. 창밖에는 어둠을 가르며 간헐적인 불빛들이 쏜살같이 지나갔다. 오늘 마주한 사람들의 눈빛도 빠르게 스치며 사라졌다. 승우는 오늘 있었던 한 장면, 한 장면이 되풀이하듯 떠올려보았다.

타로는 결코 운명을 바꾸는 도구가 아니다. 타로는 오히려 다가올 운명의 기척을 조용히 알려주는 등불이며, 그것을 읽을 수 있는 자만이 미세한 조류의 흐름을 감지할 수 있다. 그것이야말로 타로의 진짜 힘이었다. 예언이 아닌, 통찰의 힘.

마치 물속 깊이 잠들어 있는 진실을 끌어올리듯, 오늘 승

우는 타인의 슬픔과 망설임, 그리고 어둠 저편에서 꿈틀거리는 위험을 감지해냈다. 그것은 카드가 말해준 것이라기보다, 카드 너머에서 스며 나오는 진실을 읽어낸 순간이었다. 승우는 열차 안에서 오늘 마주한 카드들을 하나하나 떠올리며 감사기도를 드렸다. 승우는 중얼거렸다.

"우린, 잠시 스쳐 간 인연이었지만… 어쩌면 운명이 허락한 단 한 번의 만남이었을지도 몰라."

문래동 카페로 돌아온 승우는 몹시 지쳐 있었다. 유진의 현재 속마음이 궁금했지만, 타로카드를 펼칠 기운이 없었다. 골목길에는 젊은이들에게 가을빛이 흐르고, 가로수와 인근 아파트 단지 울타리에는 붉고 노란 잎들이 저마다의 빛깔로 타오르듯 물들어가고 있었다.

* 출연 카드 정리

메이저 - 탑(The Tower)

탑 카드는 예고 없이 닥쳐오는 충격과 붕괴, 그리고 기존 질서의 무너짐을 상징합니다. 잘 구축된 듯 보였던 구조물이 한순간에 무너져 내리듯, 삶에서 믿고 의지하던 무언가가 예상치 못한 방식으로 사라질 수 있음을 경고합니다. 그러나 이 파괴는 단순한 재난이 아니라, 새로운 진실을 위한 정화의 과정이기도 합니다. 고정관념, 허위의식, 거짓된 안정을 깨뜨리고 나서야 진정한 자유와 재건이 가능하다는 메시지를 담고 있습니다.

메이저 - 여사제(The High Priestess)

여사제 카드는 무의식, 직관, 비밀스러운 지혜를 상징하며, 겉으로 드러나지 않는 진실을 탐색하라는 초대를 건넵니다. 이 카드는 말보다는 침묵, 행동보다는 관찰을 권하며, 내면의 목소리에 귀 기울이고 직관을 따르라는 신호입니다. 명확한 답보다도 '느낌'이나 '예감'이 더 중요할 수 있는 시점이며, 세상의 이면에 흐르는 진실과 연결되고자 하는 영적인 열망을 드러냅니다. 여사제는 지혜로운 침묵 속에서, 모든 것은 때가 오면 드러나리라는 메시지를 전합니다.

마이너 - 소드 9번(Nine of Swords)

소드 9번은 불안, 죄책감, 후회, 악몽 같은 심리적 고통을 나타내며, 마음속에서 만들어낸 고통이 현실보다 더 무겁게 다가올 수 있음을 보여줍니다. 잠 못 이루는 밤, 떠오르는 과거의 실수나 상처들이 사람을 짓누를 수 있는 시기를 암시합니다. 그러나 이 고통은 대부분 내면에서 증폭된 상상과 두려움의 산물일 가능성이 큽니다. 이 카드는 고통에서 벗어나기 위해서는 직면이 필요하며, 감정을 억누르기보다 인식하고 다루는 용기가 필요하다는 것을 일깨워 줍니다.

메이저 – 8번 힘(Strength)

힘 카드는 내면의 용기, 인내, 부드러운 통제력을 상징합니다. 외부의 억압이 아닌, 스스로 다스리는 능력, 감정의 격랑 속에서도 흔들리지 않는 차분한 중심을 의미합니다. 카드에 등장하는 여인이 사자를 어루만지는 장면처럼, 이 카드는 폭력적인 힘이 아닌 사랑과 자제력으로 상황을 극복하는 태도를 강조합니다. 이는 단순한 용맹이 아닌, 진정한 자기 신뢰와 인내에서 비롯된 '영혼의 힘'이며, 삶의 시련 속에서도 흔들리지 않는 존재감을 상징합니다.

Ⅲ. 그림자 아이

서울 영등포구 문래동. 해가 지고 나면 낡은 철 공장 건물들 사이에는 숨어 있던 불빛들이 흐르듯 새어 나오며 젊은이들이 카페, 술집, 음식점의 자리를 가득 채운다. 젊은 예술가들과 작가들도 자주 찾는 카페 '해꿈'은 문래동 우체국 골목길 끄트머리다. 삐걱거리는 나무 대문을 밀고 들어서면, 세이지 향과 오래된 책 냄새가 섞인 공기를 따라 숲속의 새소리와 맑은 개울물 소리가 조화를 이루며 낮게 흐른다. 본래 문래동은 철 공작소가 다닥다닥 붙어 있는 마을이었다. 그런데 우체국 마을 골목들에는 철 공작소가 하나둘 사라진 대신 젊은 사장들이 운영하는 술집과 카페와 음식점들 은은한 조명을 앞세워 들어차고 있었다. 어디서들 오는지 밤이면 청년들의 마을이 되어 갔다. 그날 저녁, 문래동엔 초겨울 특유의 서늘한 기운이 퍼져 있었고,

해꿈에는 바깥세상과 단절된 작은 성소처럼 고요한 시간이 흘렀다.

카페 안, 구석에 보라색 스프레드 천으로 덮인 타로 테이블에서 승우는 여느 때처럼 타로 덱을 두 손으로 감싼 채 마음을 정화하고 있었다. 유진과의 일이 있고 난 뒤, 그는 타로의 힘을 더욱 깊이 감응하는 중이다. 타로는 미래를 예언하는 게 아니라, 우리가 외면해 온 진실을 비추는 거울, 혹은 용기를 꺼내는 빛이었다.

마지막 손님이 돌아간 후, 출입문이 다시 삐걱거리며 열렸다. 청바지와 긴 검은 코트 차림의 여성이 천천히 들어섰다. 어디선가 본 듯한, 잃어버린 기억의 조각처럼 느껴졌다. 그녀는 모자를 깊이 눌러쓴 채 다가와 입을 열었다.

"타로… 봐 주실 수 있나요?"

떨리는 목소리였다.

승우는 고개를 끄덕이며 의자를 꺼내주었다. 말없이 앉은 그녀는 자주 창밖을 바라보았다. 바람이 지나갈 때마다 그녀의 눈동자에는 희미한 공포가 스쳤다.

"마음이 복잡해 보이시네요,"

승우가 조심스레 말을 건넸다.

그녀는 한참 망설이다가 입을 열었다.

"오래전부터 꿈에 이상한 아이가 보여요. 흰색 잠옷을 입고 있어요. 말은 없어요. 그냥 저를 바라보기만 해요. 가끔은… 웃고 있는 것 같기도 하고요. 그런데 더 무서운 것은 아이의 눈코입이 없는 거예요. 꿈에서조차 소름 끼칠 때가 있어요. 자고 일어나면 온몸이 젖어있곤 해요. 내가 귀신에 씐 것일까요?"

승우는 순간적으로 서늘한 전율을 느꼈다. 승우는 이미 직감적으로 알았다. 이 여인에게는 단순한 꿈속 환영 그 이상의 것이 감돌고 있었다. 단순한 피로, 혹은 불안이 아니라는 것을 그의 타로 감각이 말해주고 있었다. 그것은 오랜 억눌림과 미처 말하지 못한 기억의 파편이었다.

다시 그녀가 입을 열었다.

"내게 보이는 그 아이는 누구일까요? 요즘은 남자친구와도 사이가 멀어졌어요. 꿈 이야기를 하면 나더러 정신과 치료를 받아보라고 해요. 아무래도 나를 비정상적인 사람으로 보는 거 같아요."

승우는 자리에서 일어나 카페의 명상음악 볼륨을 조금 더 높였다. 그리고 그녀에게 눈을 감고 새소리와 물소리를 편안한 마음으로 들어보라 하였다.

여느 고객 때보다 긴 시간 덱을 셔플 하며 승우는 그녀의 에너지 흐름을 감지하려 애썼다. 드디어 그녀로부터 무논의 잔물결 같은 고요한 파문이 전해져왔다.

승우는 그녀에게 눈을 뜨게 한 후 덱을 건넸고, 그녀는 떨리는 손끝으로 세 장의 카드를 골랐다.

   첫 번째 카드 – 18번 메이저 아르카나, 달(The Moon)

   두 번째 카드 – 소드 6(Six of Swords)

   세 번째 카드 – 컵 시종(Page of Cups)

한 장 한 장 뒤집을 때마다 승우의 심장도 함께 차가워졌다. 무의식의 혼란, 도망치듯 떠나는 감정의 배, 그리고 내면의 아이. 승우는 상담할 때 카드가 펼쳐지면 현실 그대로 나타나는 듯한 현상을 매번 체험한다. 굳이 고민을 들어볼 필요도 없이 내담자의 현실이 카드 위에서 파노라마처럼 펼쳐지는 것이다.

세 장의 카드는 조용히 하나의 목소리를 말하고 있었다.

승우는 그녀에게 카드를 하나하나 보여주며 천천히 설명을 이어갔다.

"첫 번째 카드, '달(The Moon)'은 당신의 무의식을 비추는 상징이에요. 달빛은 아름답지만, 한편으론 흐릿하고 왜곡된 진실을 드러내죠. 당신의 내면에는 말하지 못한 감정, 억눌린 기억이 숨겨져 있어요. 그 그림자 아이는 바로 이, 달의 영역에서 태어난 존재예요."

승우는 두 번째 카드, '소드 6(Six of Swords)'을 가리켰다.

"이 카드는 어딘가로 떠나는 여행을 의미해요. 하지만 이 여행은 자유로운 여행이 아니라, 고통에서 벗어나기 위한 탈출이나 다름없어요. 당신은 어떤 날 이후 기억 속 어딘가로 도망쳤고, 마음속 어딘가를 닫아둔 채 지금까지 버텨온 거예요. 이 카드는 그걸 보여주고 있죠."

마지막으로 승우는 '컵 시종(Page of Cups)'을 가볍게 눌러보았다.

"이 카드는 어린 감수성과 창조성을 상징해요. 때로는 감정의 메신저이기도 하죠. 당신 안에는 어린 시절의 순수한 아이가 있어요. 그리고 그 아이는 지금, 당신에게 말을 걸고 있는 거예요. 도와달라고, 자신을 봐달라고요."

승우는 낮은 음성으로 물었다.

"혹시… 어린 시절 어떤 상처가 있으셨나요?"

여인은 잠시 침묵하다가 힘겹게 입을 열었다.

"쌍둥이 오빠가 있었어요. 다섯 살 때, 함께 놀다가… 사고로 죽었어요."

"……"

잠시 말을 잇지 못하던 그녀가 힘겹게 입을 뗐다.

"그날, 우리는 집 앞 공터에서 숨바꼭질하고 있었어요. 겨울이었고, 땅은 얼어 있었어요. 제가 숨어 있던 곳은 오래된 창고 뒤였는데, 오빠는 제가 사라진 줄 알고 혼자 도로를 건넜어요. 오빠 모습을 지켜보다 저도 오빠를 부르며 따라갔죠. 오빠가 나를 바라본 순간… 커다란 트럭이 오빠를 치었어요. 오빠는 공중으로 높이 치솟다가 떨어졌죠. 너무 갑작스러웠어요. 제가 소리칠 틈도 없었어요. 아니, 아예 소리가 안 나왔어요. 저는 온몸이 떨리면서 선 채로 오줌을 쌌어요.

만일 내가 창고 뒤로 숨지 않았다면… 그날 이후, 저는 늘 무서웠어요. 제가 뭔가 크게 잘못한 것 같아서요. 하지만 가족 중 누구도 살아가는 동안 그 이야기를 꺼내지 않았어요. 저도… 언제부턴가 기억이 서서히 멀어졌어요. 그런데요, 언제부턴가 꿈을 꾸면… 항상 비어 있는 얼굴이 나타나요. 눈코입이 없는 거예요."

그녀는 울음을 참으려 입술을 꽉 물었지만, 미세한 떨림이 그녀의 어깨에까지 번지고 있었다. 승우는 마지막 카드를 꺼냈다. 20번 메이저 아르카나, 심판(Judgment)이었다.

"그 그림자 아이는 당신을 괴롭히는 존재가 아니에요. 당신 안에서 아직 울지 못한 아이. 말하지 못한 진실. 그 아이는 당신이 과거를 마주보길 바라고 있어요. 그것은 죄책감도, 공포도 아니에요. 그건 당신의 생존 본능이자, 잊으려 한 슬픔의 조각이에요."

승우가 물었다.

"내면아이라는 말 들어보셨나요?"

"네, 들은 적은 있지만, 자세히는 몰라요."

"내면아이를 부정하는 사람들도 있지만, 나는 믿어요.

무의식의 초능력적인 기억력,

마치 바다 밑에서 고요히 숨 쉬는 조개처럼,

그 기억들이 시간이 지나도 스스로 소멸하지 않고,

결국 '내면의 아이'라는 형상으로 살아남는다고요.

우리 기억에는 아무리 잊으려 해도 죽을 때까지 잊을 수 없는 기억들이 있죠.

어린 시절의 기쁨, 상처, 공포, 눈물, 환희 같은 감정들은 그때는 어찌어찌 견뎠지만 성인이 되어도 여전히 우리 마음속 어딘가에는 머물러 있어요.

때로는 아무 이유 없이 울컥하는 감정,

사소한 말 한마디에도 터지는 분노,

혼자 남겨졌을 때 몰려오는 이유 모를 외로움은 사실 내면 아이의 신호일지 몰라요.

그 아이는 말 대신 감정으로, 때로는 꿈속 이미지로 말을 걸어와요.

우리는 종종 어떤 모습이든 아이가 자주 등장하는 꿈을 꾸곤 하죠.

거기서 우는 아이, 자신을 공격하는 아이, 귀신처럼 느껴

지는 아이,

길을 잃은 아이, 혹은 무표정한 아이, 불편한 관계의 아이가 있다면 그건 단순한 꿈이 아니라, 내면아이의 등장일 수 있어요.

그 아이는 현재의 삶에 불편을 주려고 오는 게 아니라, 어쩌면 오랜 시간 묵혀둔 감정을 꺼내 달라며 조용히 문을 두드리는 존재지요.

내면아이는 우리가 가장 순수했던 시절의 기억을 품고 있어요.

하지만 한편으론 가장 연약하고 아팠던 시절의 상처도 함께 품고 있죠.

그래서 그 아이와 마주한다는 것은 기억과 감정을 통틀어 나 자신과 진심으로 대면하는 일입니다.

누군가는 말해요.

'지나간 일은 지나간 것, 떠올려봤자 무슨 소용이냐'고요.

하지만 기억은 그냥 사라지는 게 아니에요.

무의식은 놀라울 만큼 정교하게 그 기억을 저장해 두었다가 어느 날 갑자기 '꿈'이라는 경로로,

혹은 '감정 폭발'이라는 방식으로 우리에게 들려줍니다.
그러니 내면아이를 부정하는 일은,
사실 내 삶의 일부를 외면하는 일이기도 해요.
나는 믿어요.
우리 모두의 마음속에는 여전히 자라고 있는,
혹은 울고 있는 한 아이가 있다고.
그 아이를 안아줄 때, 우리는 비로소
과거의 나와 현재의 내가 화해할 수 있다고요.
무엇보다 그것은 자신을 사랑하는 일이죠."
집중해서 듣고 있던 그녀가 입을 열었다.
"선생님의 이야기를 들으니 내면아이를 알 거 같아요."

승우는 손을 들어 그녀의 앞으로 심판 카드를 밀었다.
"이 카드는 부활을 뜻해요. 무너졌던 자신이 다시 일어서는 순간이죠. 과거로부터의 소환이자, 새로운 존재로 거듭나는 경계예요. 그리고 지금, 당신이 그 경계에 서 있어요. 오랫동안 말하지 못한 감정들, 그날 너무 두려워서 외치지 못한 한마디가 당신 안에서 다시 울리고 있어요. 가엾은 그 아이는 과거로부터 혼자 떠나라는 것이 아니라, 함께 가자고 손을 내밀고 있는 거예요. 당신은 어릴 적 끔찍한 기억이 다 사라졌다고 하지만 당신의 무의식은 살아오면서 수시로 기억해냈어요. 그림자 아이 꿈 이전에도 그동안 해석할 수 없는 이상한 꿈을 꾸어왔을 거예요. 당신이 그 꿈들을 기억하지 못할 뿐이죠. 그것이 무의식의 기억이에요."
그녀의 두 눈이 갈쌍해졌다. 처음엔 억눌린 한숨처럼 내뱉다가 이내 울음을 터뜨렸다. 그 울음은 오래도록 외면해 온 내면의 목소리였다. 숨죽여 지내온 긴 시간 동안 갇혀 있던 그림자 아이가 비로소 문을 두드릴 수 있게 된 순간이었다
그녀는 자신을 '지안'이라 밝혔다. 직업은 유치원 교사였다. 숱한 아이를 만나면서도 늘 어딘가 거리감을 느껴왔다는 것이다. 아이들의 그림 속에는, 꿈속의 그 얼굴 없는 아이가 보였다고 한다. 그래서 지안은 직장생활 하기가 몹시 힘들었다. 이유 없이 찾아온 정서적 불안을 겪어왔던 그녀였다.
승우는 지안의 카드를 조용히 정리한 후, 잠시 침묵을 이어갔다. 촛불이 바람에 흔들리듯, 그녀의 눈동자도 불안하

게 흔들리고 있었다. 승우는 천천히 입을 열었다.

"아주 오래전 40대 중반의 한 남자가 나를 찾아왔어요.

사업 실패로 채권자들에게 빚단련을 받느라 하루하루 사는 게 고통의 연속이었어요.

그분은 살아 있는 게 치욕스러워 매일 밤 극단적인 생각을 반복하며 잠이 들었어요.

그런데 이상한 꿈을 꿨어요."

지안은 승우가 꺼내는 이야기를 긴장하며 듣고 있었다.

승우는 잠시 말을 멈추고 그녀의 눈을 바라보다 말을 이었다.

"꿈속에서 아주 어린 아이 하나가, 막 철길 위로 걸어가려는 그분의 소매를 꽉 붙잡고 울더래요. 소리도 없이, 아주 슬프게. 꿈속 아이의 눈빛이 너무 간절하게 느껴졌대요. '가지 말아요. 나 아직 살고 싶어요.'라고 말하는 거 같았답니다."

지안의 표정이 잠시 흔들렸다.

"꿈을 깬 후 너무 생생해서, 그분은 온종일 그 아이 생각만 했대요.

도대체 누구였을까.

어릴 때 죽은 친척인가?"

결국, 나와 상담을 하다가 알게 됐어요.

그 아이는 바로 자신 안에 있는 내면아이였어요.

어릴 적 외로움, 말 못 한 상처들, 누구에게도 보살핌받지 못하던 감정의 잔재. 그 아이가 살아 있었던 거예요. 그리고 그 아이가 함께 살고 싶다고 울고 있었던 거죠."

"…선생님, 그분은 어찌 되었나요? 그 아이와… 잘 지내게 되었나요?"

승우는 미소를 지었다.

"네. 그분은 이후로 나쁜 생각을 접었어요.

대신 매일 아침 내면의 아이에게 인사를 건넸어요.

'오늘도 잘 견디자, 나와 함께 살아줘서 고마워.'

그렇게 하면서 서서히 달라졌어요.

어떤 상황에서도 그 아이가 자신을 지켜줄 거로 믿었죠."

승우는 말을 이었다.

"우리는 위기를 맞을 때마다 내면의 아이를 잊기 쉬워요. 하지만 그 아이는 우리를 끝까지 살리고자 해요. 슬픔 속에서도 손을 내밀고, 가장 깊은 밤에도 우리를 부르고 있어요. 지안 씨 꿈속의 아이도, 바로 그 부름일 수 있어요. 이제, 그 손을 잡아줄 때입니다."

다소 혼란스러워하는 지안에게 승우가 다시 입을 열었다.

"오늘부터 잠들기 전, 지안 씨의 자아와 대화를 나누어보세요.

이건 어쩌면 훈련일 수 있어요.

처음에는 장난스럽게 느껴지기도 해요.

하지만 계속 이어가면 점점 진지해져요.

그리고 꿈속에서 자아와 마주할 수 있어요.

어떤 상징적 이미지로요."

지안은 이후 몇 차례 더 승우를 찾았다. 단순한 상담이 아닌, 자신을 더욱 깊이 들여다보는 작업이었다. 그녀는 매번 새로운 얼굴로 나타났지만, 눈동자 속에는 여전히 무언가 풀리지 않은 엉킨 실타래가 있었다. 어느 날, 겨울비가 내리던 저녁, 해꿈 안에는 촛불 몇 개만이 따뜻한 빛을 품고 있었다.

그날 승우는 특별한 리딩을 준비하고 있었다. 그는 타로 덱 앞에서 잠시 눈을 감고 숨을 깊이 들이쉬었다. 짧은 명상 후, 승우의 손끝이 선택한 카드는 메이저 아르카나 0번, 바보(The Fool) 카드였다. 자유롭게 어디론가 떠나는 아이, 새로운 여정의 시작을 알리는 카드. 승우는 지안을 바라보며 말을 이었다.

"이젠 거의 다 왔어요. 이 카드는 당신이 다시 태어날 준비가 되었음을 알려줘요. 과거로부터의 탈출이 아니라, 진짜 당신의 삶을 시작하는 길목이에요. 이제는 두려움이 아니라, 호기심으로 걸어갈 수 있는 때예요. 그리고 그 첫걸음은 누구의 인도도 아닌, 당신 자신의 발로 딛는 거예요."

지안은 잠시 말이 없었다. 눈을 감고 자신에게 말을 걸듯 속삭였다.

"그런데 왜 이렇게 무서울까요…? 아무것도 없는 길을 걷는 게."

승우는 웃으며 말했다.

"무서운 게 맞아요. 그런데 무서움을 외면하지 않을 때, 그게 용기가 되죠."

몇 주 후 뒤 다시 찾아온 지안에게, 승우는 타로카드 대신 붓과 종이를 꺼내어 놓았다.

"오늘은 질문 대신 그림으로 대답해 보시겠어요? 이 종이는 타로보다 더 깊은 메시지를 담아줄 수 있어요. 마음이 묻는 걸, 손이 그려줄 거예요."

지안은 망설였다. 손을 붓 위에 올렸다가 떼기를 몇 번. 결국, 조심스레 붓을 들어 색을 적셨다. 종이 위로 붉은색은 울음처럼, 푸른색은 침묵처럼 번졌다. 그리고 어느 순간, 그녀의 그림에서 나타난 꿈속의 그림자 아이.

하지만 이번엔 달랐다. 비어 있던 얼굴에는 생명이 돌아오듯 눈과 입이 맺혀 있었다. 그리고 아이 옆에는, 같은 색으로 그려진 어른이 서 있었다. 어른은 아이에게 손을 내밀고 있었다. 지안은 그 손이 자신임을 알았다.

지안의 손이 떨렸다. 눈물이 한 방울, 물감 위로 떨어졌다. 물감이 번지며 그림 속 아이의 눈동자와 겹쳐졌다. 그녀는 속으로 중얼거렸다.

"괜찮아. 이제 내가 있어. 널 혼자 두지 않아."

그녀는 붓을 내려놓고 고개를 들었다. 눈은 붉었지만, 안에는 맑은 빛이 담겨 있었다.

"고맙습니다, 선생님. 그 아이가, 더는 무섭지 않아요. 이제야 그 아이가 바로 나라는 걸 확실히 알았으니까요. 아주 오래전부터, 나였어요."

승우는 말없이 고개를 끄덕였다. 치유는 정답을 찾는 일이 아니었다. 마주 보는 용기, 품어 안는 수고, 그리고 다시 사랑하는 일. 타로는 언제나 진실을 말하지만, 진실을 품는 건 각자의 몫이었다.

지안은 오래 멈춰 있던 작업 노트를 꺼내 들었다. 제목은 '소리 없는 아이', 늘 얼굴을 그리지 못해 버려뒀던 시리즈였다. 그리고 그날 밤, 처음으로 그녀는 얼굴 없는 아이의 눈동자를 자연스럽게 그릴 수 있었다. 검은 붓이 하얀 캔버스를 적실 때, 마치 자신의 잃었던 목소리가 되돌아오는 듯한 떨림이 그녀의 가슴을 덮었다.

해꿈의 창가에서 승우는 그날의 카드를 다시 꺼내 정리하고 있었다. 컵 시종. 어린 내면의 메시지를 품은 카드. 그것은 지안의 깊은 무의식이 꺼낸 편지였다.

승우는 자신에게 주어진 특별한 능력을 알고 있었다. 타로 덱을 통해 그는 단순한 상징 이상의 것을 본다. 카드가 뒤집힐 때, 그것이 내뿜는 파동과 환영, 과거의 기억과 내면의 조각들이 이미지처럼 머릿속에서 맺힌다. 때로는 그것이 너무 생생해 그의 정신을 가르기도 하지만, 승우는 그 힘을 감당해 내는 법을 스스로 익혀왔다. 그것이 타로의 신으로 불리게 된 이유였다.

희미하지만 분명하게, 지안의 내면에서 울고 있던 아이는 이제 말하기 시작한 것이다. 그리고 그 아이의 목소리는, 세상에 다시 그림으로 태어나고 있었다.

지안은 더는 해꿈을 찾지 않았다. 그녀는 이제, 자신의 그림 속에서 아이와 함께 걷고 있었다.

타로의 신은 또 한 사람의 어둠 속에, 등불 하나를 밝혀주고 돌아섰다.

* 출연 카드 정리

메이저 – 18번 달(The Moon)

달 카드는 무의식, 혼란, 두려움, 직관의 세계를 상징합니다. 현실과 환상의 경계가 흐릿해져 명확한 판단이 어려운 시기를 나타내며, 감정의 기복이나 불안정한 심리를 반영하기도 합니다. 눈앞에 보이는 것이 전부가 아닐 수 있으니, 이 시기에는 논리보다는 직관을 신중하게 따르는 것이 중요합니다. 또한, 꿈이나 내면의 메시지, 숨겨진 진실이 부상할 수 있는 시기로, 혼돈 속에서도 자신의 감정과 직감에 귀 기울이면 진실에 다가갈 실마리를 찾을 수 있습니다.

마이너 - 소드 6(Six of Swords)

소드 6번 카드는 고통스러운 상황이나 혼란에서 벗어나 더 나은 방향으로 이동하는 과정을 나타냅니다. 육체적인 이동일 수도 있지만, 감정적·정신적인 치유와 전환의 여정일 수도 있습니다. 과거의 상처나 문제를 등에 지고 떠나지만, 그 여정은 결국 더 나은 내일을 향한 희망을 내포합니다. 이 카드는 '완전한 해결'보다는 '회복의 길 위에 있음'을 암시하며, 변화는 쉽지 않지만, 꼭 필요한 과정임을 일깨워 줍니다.

마이너 - 컵 시종(Page of Cups)

컵의 시종은 순수한 감성과 상상력, 새로운 감정의 시작을 의미합니다. 누군가의 고백, 뜻밖의 영감, 혹은 새로운 관계의 씨앗처럼 다가오는 감정적 메시지를 암시하며, 어린아이처럼 마음을 열고 받아들일 준비가 되어 있는 상태를 보여줍니다. 이 카드는 예술적 감수성이나 직관, 사랑의 설렘을 상징하기도 하며, 감정적으로 민감한 상태에서 창조적인 기회가 열릴 수 있음을 나타냅니다. 자신과 타인의 감정을 섬세하게 살필 줄 아는 태도가 중요합니다.

메이저 – 20번 심판(Judgment)

심판 카드는 '부름'과 '각성'의 순간을 상징합니다. 과거로부터의 해방, 삶에 대한 중요한 통찰, 새로운 정체성의 자각이 이루어지는 시기로, 스스로 심판하고 용서하는 과정에서 진정한 변화가 시작됩니다. 이는 종말이 아니라 '재탄생'의 신호이며, 오랜 시간 억눌려 있던 마음의 소리, 혹은 운명의 부름에 응답해야 할 때입니다. 이 카드는 또한 용기를 가지고 과거를 정리하고 새로운 삶의 문을 열어야 한다는 강력한 메시지를 전합니다.

IV. 고립

윤아는 늘 마지막 전철을 탔다. 사람들은 앉은 채 혹은 선 채로 저마다 하루치의 고단함을 끌어안고 있었다. 누군가는 창밖으로 흘러가는 어둠을 멍하니 바라보다 눈을 감았고, 또 다른 이는 손에서 미끄러진 휴대폰을 주울 줄도 모른 채 깊은숨처럼 선잠 속으로 빠져들었다. 축 처진 어깨, 풀린 넥타이, 낡아진 구두 끝마다 하루를 견뎌낸 이들의 무언의 연대가 스며있었다. 전철은 도시의 깊은 심장을 지나며 지친 영혼 하나하나를 집이라는 안식처로 데려가고 있었다.

외국계 대형마트에서 일하는 윤아의 하루는 전쟁 같았다. 숱한 사람이 채찍처럼 휘두르는 언어들이 밤에는 가슴 안쪽에서 비수처럼 날아다녔다.

"이곳 서비스가 왜 이래?"

"머리는 달고 다니긴 하냐?"

"왜 이렇게 느려?"

고객들의 무심한 독설, 그리고 상사의 메마른 지시. 그녀는 매일 그것들을 꾸역꾸역 삼켜냈다. 힘든 일이 있어도 속마음을 털어놓을 사람이 없었다. 연봉이 비교적 높은 만큼, 그곳에서 일하는 사람들은 좀비처럼 하루를 때웠다. 웃는 입꼬리 아래로 짠내가 흘렀고, 웃는 눈매 너머로는 늘 눈물이 갈쌍거렸다.

마트 유니폼을 벗고 나오면, 윤아는 하루가 끝났다는 안도보다 무너졌다는 절망을 먼저 느꼈다. 거울 속 자신의 얼굴을 보면 화장이 아닌 피로로 덧칠해져 있었다.

"괜찮아, 내일은 좀 낫겠지."

자위하듯 중얼거리며 스스로 달랬지만, 그런 내일은 올 리가 없었다. 일은 점점 더 고되고, 마음은 더욱 예민해졌다. 일보다는 사람들에게 지쳐갔다. 누군가 툭툭 내뱉는 말 한마디가 도무지 참기 어려웠다. 마치 자신의 존재를 부정당하는 듯한 기분이었다. 단순한 실수에도 자존감을 무너뜨리는 사람들….

특별히 바쁜 금요일 저녁이었다. 계산대마다 길게 늘어선 사람들의 짜증 섞인 한숨이 여기저기서 터져 나왔다. 윤아도 속도를 높이며 물건을 찍어내고 있었다. 그런데 한 중년 남성 고객이 갑자기 목소리를 높였다.

"아휴, 씨팔. 저딴 것도 직원이라고 썼나!"

윤아는 얼어붙었다. 고객은 물건 담은 카트를 붙들고 자신의 차례를 기다리며 성을 낸 것이다. 윤아가 미처 대꾸도 못 한 채 굳어 있자, 그는 다시 쏘아붙였다.

"니가 여기 서 있는 것만으로도 회사 이미지 깎여.
니 따위가 뭔데 고객을 30분씩이나 기다리게 해?
몸이 뚱뚱하니 동작도 굼뜨지.
이런 수준도 안 되는 애들이 외국계 마트에서 일하니까 나라가 이 모양이지!"

그의 얼굴은 악의로 번들거렸고, 사람들은 침묵할 뿐이었다. 윤아는 앞서 일어난 일로 겨우 마음을 추스른 상태였다. 20여 분 전 카트 가득 찬, 물건 하나하나 바코드를 입력한 후 계산하려 할 때, 아주머니는 상품권을 내밀었다. 우리나라 유명 백화점에서 발행한 상품권이었지만, 윤아가 '우리 마트에서는 이 상품권은 사용할 수 없다'라고 하자 아주머니는 길길이 날뛰었다. 다짜고짜 이 상품권을 왜 안 받느냐는 것이었다. 이 상품권만 믿고 아무것도 안 챙겨왔다며 빨리 결제하라고 우겨댔다. 결국, 매니저를 불러 해결하였지만, 윤아는 속이 계속 울렁거렸다.

퇴근길의 윤아는 지하철 창문이 비쳐준 자기 얼굴을 오래도록 바라보았다. 자신이 무능하다고, 뚱뚱해서 아무 쓸모가 없다고, 마치 사람이 아니라 일회용 종이컵처럼 취급받았다는 생각이 들면서 입술이 하얗게 질렸다. 유니폼을 벗고도 그 말들이 피부로 박혀 따가웠다.

"나는 괜찮아, 나는 괜찮아…."

몇 번을 중얼거려도, 이미 가슴속 어딘가는 까맣게 타들어 가 있었다. 사람들은 자신이 뚱뚱하다는 이유로 더 쉽게 대하는 것 같았다.

윤아는 어느새 아침마다 출근하는 일이 두려웠다. 손끝이 떨리고, 목덜미가 굳었다. 입구 앞에서 멈칫하다 한참 숨을 고르고 나서야 출근 카드를 찍었다. 하루를 '버텨'낸다는 감각으로만 살아가는 날들이 이어졌다. 그녀는 자신이 점점 소멸해 가는 기분이 들었다. 누가 묻는다면, '나는 그냥 투명한 존재예요'라고 말하고 싶었다. 마트 안의 형광등 아래에서, 윤아는 서서히 삶의 핏기를 잃어가고 있었다.

결국, 윤아는 사직서를 냈다.
'개인 사정으로 퇴사합니다.'
이유를 설명할 힘도 없었다. 마지막 출근하는 날, 그녀는 아무 말 없이 자신의 사물함을 정리하고 조용히 빠져나왔다. 그녀가 떠나는 걸 눈치채는 사람조차 없었다.
"잠깐 쉬면 괜찮아질 거야."
하지만 그 '잠깐'은 생각보다 길었다. 이틀이 일주일이 되고, 일주일은 금세 한 달이 되었다. 처음엔 밀린 잠을 잔다며 늦잠을 즐겼고, 식사를 대충 때우는 일도 일상이 되었다. 채널을 돌려가며 드라마를 보다가 새벽이 되어서야 눈을 감았다. 낮과 밤이 엉켜버린 삶이 익숙해질 무렵, 윤아는 세상과 점점 멀어지는 자신을 깨달았다. 윤아는 세상의 모든 일이 부담스러웠다. 친구들의 메시지도 씹어대기 일쑤였고, 핸드폰 벨이 울리면 심장이 두근거렸다. 카톡 창을 열어보지도 못한 채 휴대폰을 뒤집었다. 언제부턴가 윤아 핸드폰은 무음으로 설정되어 있었다.

윤아는 거울 보는 것조차 멀리하였다. '오늘 하루도 잘 버티기' 같은 다짐도 사라진 지 오래였다. 창밖으로 비치는 햇살도 이제는 위로가 아니었다. '나가서 바람이라도 쐬고 와!' 하는 엄마의 짜증 섞인 한마디가 부담으로 다가왔고, 뉴스 속 사람들의 분주한 움직임은 전혀 다른 세계의 이야기 같았다. 문득, '나는 고장 나버린 걸까?'라는 생각이 들었다. 고장이란 단어는 이상하게도 위로가 되었다. 누군가의 탓이 아닌, 단지 기계가 멈추었을 뿐이라는 그 느낌. 윤아는 자신이 사회의 리듬에서 벗어나 있다는 사실을 받아들였다.

이래서는 안 되겠다 싶어 다시 직장을 알아보았지만 두려움이 앞섰다. 또다시 사람들에게 시달릴 생각을 하니 이력서를 제출할 때면 오금이 저렸다. 면접관 앞에서도 의욕을 내세울 수가 없었다. 어쩔 수 없이 취업도 계속 미루어졌다.

거의 반 은둔 생활을 이어가면서도 윤아가 유일하게 하는 일이 있었다. 눈을 뜨면 파우치에서 꺼낸 타로카드를 셔플

한 후 타로카드를 뽑는 것이다.

'오늘 나는 어떨까? 조금은 괜찮을까?'

윤아는 타로카드를 리딩 할 줄은 모르지만, 자신이 뽑은 카드를 가만히 들여다보았다.

'이 카드는 오늘 나에게 어떤 의미로 다가온 것일까…'

오래전 윤아는 타로를 배우고자 하였으나 취업을 하면서 공부할 기회가 사라져버렸다.

윤아는 자신이 뽑은 타로카드를 들고 승우를 찾아갔다. SNS에서 본 글이 떠올랐기 때문이다.

'타로심리상담, 문래동 카페 해꿈에서 만날 수 있어요.'

구석 테이블에서 책을 덮던 남자가 고개를 들었다.

윤아는 승우와 마주 앉았다.

짧은 인사조차 버거웠던 윤아는, 대신 조심스레 파우치에서 타로카드를 꺼내 테이블 위로 올렸다.

"직접 뽑으신 거예요?"

승우의 목소리는 낮고 부드러웠다. 윤아는 고개를 끄덕였다. 마음의 문은 닫혀 있어도, 카드는 매번 다른 이야기를 건넸다. 검의 열 개가 꽂힌 인물, 배를 타고 어디론가 떠나는 사람, 달빛 아래 홀로 숲으로 들어가는 사람. 그 상징들은 윤아의 내면을 말없이 비추었다. 타로는 그녀를 비난하는 날이 없었다. '왜 아직도 이러고 있어?'라는 말 대신, 그저 '지금 너는 여기 있구나'라고 말해주었다.

윤아가 카드를 들고 나타나면 승우는 하나하나 자상하게 리딩 해주었다. 말을 길게 하지도, 훈계하는 사람도 아니었다. 다만 윤아가 놓친 감정의 언어를 타로의 상징을 통해 대신 들려주었다. 세상은 여전히 낯설고 두려웠지만, 최소한 그녀의 침묵을 들어주는 사람이 있다는 것. 그 사실만으로도 어둠 속의 한 줄기 빛이었다.

오늘도 테이블 너머에서 승우는 홍조 띤 얼굴로 윤아를 맞았다. 승우는 윤아가 뽑아온 카드를 들여다보았다.

"이 카드는 무기력 속에 갇힌 감정을 보여줘요."

"이건 감정의 흐름이 멈춰 있다는 신호예요."

간결한 승우의 설명 안에는 이상할 정도로 따뜻한 울림이 있었다.

어느 날, 윤아는 '소드 3(Three of Swords)'을 뽑았다. 세 개의 칼이 꽂힌 하트가 그려진 카드. 그녀는 괜히 민망해 카드 내놓기를 망설였다.

"윤아 씨, 이건 상처받은 마음을 숨기지 말라는 카드예요. 상처는 감추려 할수록 더 깊어지니까요."

윤아는 아무 대답도 하지 못한 채, 고개를 푹 숙였다. 이유 없이 눈물이 고였다. 단지 누군가가 '상처받았다고 말해도 된다.'라고 해준 것뿐인데, 그것만으로 마음 어딘가가 저릿하게 풀리는 기분이었다.

며칠 뒤, 윤아는 '은둔자(Hermit)' 카드를 뽑았다. 등불을 든 노인이 홀로 서 있는 카드였다. 그 모습이 꼭 자신 같았다. 세상과 단절된 채 어두운 내면을 들여다보는 사람. 윤아는 조심스럽게 물었다.

"이 카드, 저 같은 사람인가요?"

승우는 가만히 고개를 끄덕였다.

"은둔자는 외로움을 선택한 사람이 아니라, 성찰을 선택한 사람이에요. 지금 윤아 씨는 멈춰 있는 게 아니라, 안쪽을 들여다보는 중일 지도 몰라요."

단단하게 닫혀 있던 윤아의 마음에서 미세한 균열이 일어났다. 자신이 고장 난 존재가 아니라, 멈춰서 자신을 살피는 중이라는 말은, 현재 자신의 처지를 긍정적으로 바라보게 하는 것이었다.

이후, 윤아는 매일 타로카드 해석을 메모하였다. 승우에게 내민 카드 이름을 적고, 승우의 해석을 옮기며 그 아래 자신의 감정도 짧게 써보았다.

"오늘도 무기력하게 보냈지만, 죄책감은 조금 덜하다."
"카드가 내 마음을 먼저 알아봐 준 것 같다."
"아직 일을 시작할 자신은 없지만, 언젠가는 괜찮아질 수도 있지 않을까?"

그녀의 방안은 여전히 멈춰 있었고, 세상은 변한 게 없었다. 하지만 윤아의 내면에는 아주 미세한 변화가 일어나고 있었다. 타로는 단지 카드를 해석하는데 그치는 행위가 아니었다. 그것은 자기 내면을 다시 바라보는 의식이었고, 승우와의 만남은 상한 감정을 회복하는 여정이었다.

어느 날 윤아는 처음으로 승우에게 말했다.

"선생님, 저… 예전엔 타로 공부를 해보고 싶었어요. 그냥, 재미 삼아서라도….

다시 그런 기회가 올까요?"

승우를 만난 이후 윤아가 꺼낸 첫 번째 '다시'였다. 다시 해 보고 싶은 것, 다시 생각해 보고 싶은 것. 삶으로 향하는 문은 거창하게 열리는 게 아니다. 단지 그런 말 한마디에서 부터, 문틈 사이로 작은 빛이 스며들기 시작하는 것이다.

"오늘은 이 카드네요."
윤아는 조심스럽게 카드를 꺼냈다. 달(The Moon). 희뿌연 달빛 아래, 개와 늑대가 짖고 있고, 늪 같은 연못 앞에는 한 마리 가재가 기어오르는 장면. 윤아는 이 카드가 무엇을 의미하는지 모호하고 불안한 기분이 들었다.
"달은 우리의 무의식을 상징해요. 진실과 거짓이 흐려진 경계, 감정의 혼돈, 그리고 마음속 깊은 불안을 드러내는 카드죠. 윤아 씨가 느끼고 있는 막연한 두려움, 이유 없는 무기력, 그 모든 게 이 안에 있어요."
윤아는 숨이 턱 막혔다. 무언가 적나라하게 들켜버린 기분이었다. 자신조차 설명할 수 없던 불안을 저 카드가 먼저 말해주었다. '나는 왜 이리 불안하지?' '왜 다시 시작할 용기가 안 날까?' 자신도 알 수 없었던 내면의 질문들이, 한 장의 그림 위로 선명히 떠올랐다.

"괜찮아요. 이 카드는 혼란의 시기를 지나고 있다는 신호이기도 해요. 어둠은 언제나 끝나니까.

달빛은 햇빛처럼 모든 걸 밝히진 않아요.

대신 감춰진 것들을 부드럽게 드러내요.

지금 윤아 씨가 겪는 불안과 두려움은 잘못된 게 아니에요.

그건 단지 아직 끝까지 걸어가지 못한 밤의 여정일 뿐이에요."

승우는 손끝으로 카드의 연못 위를 가리켰다.

"저 가재는요, 아주 느리지만, 물속에서 땅으로 나와 결국 달을 향해 걸어요. 방향을 볼 수 없어도, 멈추지 않죠. 불안 속에서도 움직인다는 것, 그 자체가 용기예요."

윤아는 고개를 떨구었다. 자신은 늘 제자리에만 머무는 줄 알았는데, 어쩌면 매일 아침 타로를 뽑고 승우를 찾아오는 그 행위가 가재처럼 달을 향해 기어가는 일이었는지도 몰랐다.

"혼란은 나쁜 게 아니에요.

오히려 진짜 자신을 만나기 전엔 누구나 그 길을 거쳐요.

윤아 씨는 지금 자신을 잃은 게 아니라, 더 깊이 만나는 중이에요. 그러니 너무 겁내지 마세요.

이 어둠은, 당신이 밝히는 빛을 준비하는 시간이에요."

윤아는 문득, 자신이 어둠 속에서도 버텨냈다는 사실이 떠올랐다. 그리고 어쩌면 아주 조금씩 앞으로 나아가고 있다는 사실도….

달빛은 흐릿하지만, 그의 말처럼 차가운 어둠 속에서도 자신만의 속도로 길을 걷고 있다는 게, 그날따라 조금 위로가 되었다.

승우는 찻잔을 윤아 쪽으로 밀어주었다. 윤아는 어쩐지 마음이 울컥해졌다. 누구에게도 위로받지 못하던 마음, 감춰왔던 불안과 상처를 누군가가 대신 읽어주는 느낌이었다. 그것은 단순한 상담을 넘어선 승우의 묵묵한 동행이었다.

이후 윤아는 매일 아침 타로카드를 뽑으면서 좀 더 정성을 들였다. 카드를 셔플 하기 전, 천천히 눈을 감고 두 손을 가슴에 포갠 채 숨을 들이마시고 길게 내쉬기를 반복하며 어제의 불안과 오늘의 감정을 조용히 되짚었다. 마음속에서 분분하게 떠다니는 감정의 조각들을 하나하나 가라앉혔다. 아침 햇살이 창문 너머로 들어오는 시간, 스프레드 천 위에서 카드가 펼쳐지는 순간은 마치 자신을 다시 마주하는 의식 같았다.

윤아는 스스로 질문을 던졌다.

"나는 지금 무엇을 두려워하고 있지?"

"오늘 나에게 필요한 건 무엇일까?"

때로는 여인이 사자를 부드럽게 다루는 '힘(Strength)' 카드가 나와 자기 내면의 야성을 부드럽게 길들이는 용기를 말해주고, 때로는 손으로 얼굴을 감싸고 있는 인물의 '소드 9(Nine of Swords)' 카드가 나와 불면의 고통을 드러냈다. 그 해석들이 곧 자신을 돌이켜보는 창이 되었다.

승우는 언제나 그 해석을 마음을 다해 전해주었다.

때로는 은유처럼, 때로는 따뜻한 명상처럼….

"이건 자신의 그림자를 인정하는 카드예요. 자신을 미워하지 말고, 안아줘야 할 시기예요."

"외부의 평가보다 중요한 건, 내 마음의 목소리를 듣는 거예요."

승우의 말 하나하나가 윤아의 마음을 뚫고 들어와 자리를 잡았다. 작은 말들이 누적되어 윤아 내면에서 어떤 울림을 만들고 있었다.

어느 날, 윤아는 처음으로 '별(The Star)' 카드를 뽑았다. 커다란 별 주변에는 일곱 개의 별이 떴고, 나체의 여인이 두 개의 빨간 물병을 연못과 땅으로 쏟아내고 있었다. 배경이 수채화처럼 아름다운 카드였다. 윤아는 그 카드를 한참 바라보다가 혼잣말처럼 중얼거렸다.

"…예쁘다."

승우는 웃으며 고개를 끄덕였다.

"이건 희망의 카드예요. 상처의 뒤편에서 떠오르는 별. 윤아 씨가 그 별을 본 순간이에요."

"선생님, 저 타로 공부해 보고 싶어요."

별 카드 리딩을 들은 윤아가 뜬금없이 꺼내는 말이었다. 이전의 윤아였다면 그런 말을 꺼내는 것조차 스스로 거부하였을 것이다. '내가 뭘 해?' '나를 인정해 주는 사람이 아무도 없었잖아?', 그런 자기부정이 습관처럼 따라붙었다. 하지만 이제 그녀는 작았을 가능성의 문을 열고 있었다.

윤아의 속내를 이미 알고 있었던 듯 승우는 가방을 열어,

오래된 타로 해석 노트를 꺼내 건넸다.

"이건 내가 예전에 정리한 자료예요. 처음엔 그림을 보고 느끼는 감정부터 적어보세요. 타로는 외워서 보는 게 아니라, 느끼는 거예요."

윤아는 노트를 받아 들고 한 장 한 장 넘겨보았다. 손때 묻은 종이, 옅은 색연필로 그려진 카드들, 카드마다 곁들여진 짧은 문장들.

"불안은 삶의 일부일 뿐, 나의 전부는 아니다."

"멈춤이 곧 끝은 아니다."

그 문장들이 윤아의 마음을 두드렸다.

그날 밤, 윤아는 오랜만에 일찍 누웠다. 휴대폰은 옆으로 밀어두고, 작은 조명을 켜둔 채 '은둔자' 카드를 꺼내어 다시 바라보았다. 그 속 노인이 들고 있는 등불 안에서, 윤아는 자신을 보았다. 어두운 길을 더듬어 가며 조금씩 앞으로 나아가는 존재. 그녀는 자신이 여전히 그 길 위에 있다는 것을, 그리고 그 길이 끝이 아닌 여정이라는 사실을 처음으로 인정할 수 있을 것 같았다.

아침이 밝았다. 윤아는 창문을 활짝 열었다. 찬 공기가 훅

방 안으로 밀려들었다. 눈이 시릴 만큼 맑은 하늘, 새소리가 들려오는 평범한 이른 봄날 아침이 새물내 나듯 다가왔다. 세상은 어제와 같았지만, 마음속 무게감은 이전보다 훨씬 가벼웠다. 변화는 극적으로 일어나는 게 아니었다. 어느 날 갑자기 일어나는 기적이 아니라, 마음 한구석으로 스며드는 빛 같은 것이었다.

윤아는 머리를 감고, 머리카락을 다 말린 후 거울 앞으로 다가갔다. 거울 속엔 여전히 뚱뚱하고 다소 창백한 윤아가 있었지만, 그녀는 자신을 바라보는 눈을 피하지 않았다. 그리고 중얼거렸다.

"괜찮아. 아직 나는 젊어."

윤아는 타로 해석 노트를 펴놓고, 천천히 카드를 섞었다. 손끝이 전과 달랐다. 두려움 대신 묘한 기대가 있었다. 오늘은 타로가 내게 어떤 이야기를 들려줄까.

'펜타클 3(Three of Pentacles)'

작은 사원 안, 장인과 설계자, 성직자가 함께 도면을 들여다보고 있었다. 윤아는 그 장면을 보면서 오래도록 묵상을 하였다. 협업, 성실한 시작, 노력의 결실… 그리고 사람들 사이의 소통.

승우의 목소리가 머릿속을 스쳤다.

"이 카드는 혼자서만 해결하려 하지 말라는 의미이기도 해요. 도움을 요청하고, 협력하며 나아가는 시점이라는 뜻이죠."

윤아는 결심했다. 아직 자신이 완전하지 못해도 이제는 방 안에서만 지낼 수는 없다고. 세상은 여전히 거칠고, 사람들의 말은 아플지도 모르지만, 이제는 자신을 조금씩 지켜낼 힘이 생겼지 싶었다. 완벽한 사람이 아니어도 괜찮다는 사실을, 무너져도 다시 일어설 수 있다는 사실을 그녀는 확실하게 깨달았다.

한 달쯤 후, 윤아는 호텔 카페에서 새로운 면접을 보았다. 예전 같았으면 면접이라는 단어만으로도 가슴이 조였을 것이다. 하지만 이번에는 달랐다. 그녀는 자신의 약함을 숨기지 않았다.

"번아웃을 겪느라 잠시 쉬는 시간이 필요했어요. 이제 다시 시작하고 싶어요."

윤아의 솔직한 토로는 예상과 달리 공감을 불러왔다.

"그래요. 누구에게나 그런 시간이 필요하죠. 함께 일해봅시다."

호텔 문을 나서며 윤아는 하늘을 올려다보았다. 햇살이 눈을 찡그리게 하였지만, 마음은 환하게 열렸다. 하늘 어딘가에서 '태양(The Sun)' 카드의 아이가 활짝 웃고 있는 거 같았다. 마치 이제야 그녀를 위해 준비된 계절이 온 것처럼.

며칠 후, 윤아는 승우를 다시 찾았다.

예전처럼 무거운 마음이 아니라, 감사한 마음으로.

"저, 다시 취업했어요."

승우는 고개를 끄덕이며 웃었다.

"축하해요. 윤아 씨의 가슴속 별이 드디어 움직였네요."

"선생님, 저 한 번 안아주세요."

잠시 머뭇거리던 승우가 윤아를 안고 어깨를 토닥거렸다. 윤아의 어깨가 가늘게 떨렸다.

"잘 해냈어요. 앞으로도 더 잘할 거예요."

"모두 선생님 덕분이에요. 저, 종종 선생님 뵈러 와도 되죠?"

카페를 나와 집으로 돌아가는 길, 윤아는 전철에서 타로 노트를 꺼내 작은 메모를 남겼다.

「나의 첫 번째 복귀 카드 : 펜타클 3(Three of Pentacles). 다시 사람들 사이로 들어가기. 조금 두렵지만 괜찮아. 나도, 이 카드도, 말하고 있다. 혼자가 아니라고.」

전철에서 내린 윤아는 천천히 집을 향해 걸음을 옮겼다. 여전히 세상은 빠르게 돌아가고 있었고, 그녀는 상처의 여진은 남았지만, 확실히 알 수 있었다.
삶은 무너졌다고 끝이 아니며, 상처는 더 큰 공감으로 이어진다는 것. 그리고 어떤 길이든, 다시 걷는 데엔 단 한 걸음의 용기면 된다는 것을. 그 용기를 타로가 일러주었고, 윤아는 마침내 그 길 위에 서 있었다.
조용히, 그러나 단단하게.

밤이 깊었다. 윤아는 작은 스탠드를 켜놓은 채 노트에 오늘의 카드 해석을 적고 있었다. 카페 일은 서툴지만, 사람들과 나누는 미소 속에 그녀는 조금씩 익숙해지고 있었다. 무언가를 잘해야 인정받는 것이 아니라, 있는 그대로의 자신도 누군가와 함께할 수 있다는 것을 배워가고 있었다. 그녀는 손끝으로 타로카드를 천천히 섞었다. 한 장이 불쑥

튀어나왔다.

'별(The Star)'

언젠가 처음으로 '예쁘다'라고 말했던 카드. 절망 끝의 희망, 어둠을 통과한 이들만이 만날 수 있는 별빛. 윤아는 가만히 웃었다. 다시 이 카드가 나타났다는 것은 어쩌면 누군가가 그녀의 여정을 축복하고 있는 것일지도 모른다고 느꼈다.

그리고 문득, 그동안의 날들이 떠올랐다. 사람들의 날 선 언어로 마음이 파괴되던 날들, 무기력과 불안으로 휘청였던 밤들… 누구에게도 말하지 못한 울음, 그리고 타로 앞에서 처음으로 자신의 진짜 마음을 꺼냈던 날. 모든 것이 아프고 벅찼지만, 그 조각들이 모여 지금의 자신이 되었다는 사실이 문득 따뜻하게 다가왔다.

윤아는 별 카드를 바라보며 작게 속삭였다.

"나, 잘하고 있는 거지?"

별은 말없이 빛났다. 대답이 없어도 괜찮았다. 이제 그녀는 안다. 진짜 대답은 카드가 아니라, 자신의 마음 깊은 곳에서 올라오는 목소리라는 것을. 별이 말을 걸던 그날 이후,

윤아는 세상이 덜 무서워졌다.

그리고 이제, 그녀는 알고 있다.

삶이 무너질 때마다, 마음속 어딘가에서 반짝이는 별 하나가 자신을 다시 길 위에 세워줄 것이라는 걸.

* 출연 카드 정리

마이너 – 소드 3(Three of Swords)

소드 3이 심장에 꽂혀 있는 상징은, 윤아가 겪은 언어폭력과 외면당한 감정의 깊은 상처를 보여줍니다. 이 카드는 배신, 이별, 상실의 아픔을 상징하지만, 동시에 감정의 억압을 해소하고 진실을 직면하라는 메시지를 담고 있습니다. 윤아가 처음으로 '상처받았다'라는 사실을 받아들일 수 있었던 순간, 이 카드는 고통을 숨기지 말라는 치유의 문을 열어주었습니다.

메이저 – 달(The Moon)

불확실함과 감정의 혼돈을 상징하는 달 카드는 윤아의 무기력하고 설명되지 않는 불안 상태를 정확히 대변합니다. 그림자와 진실이 뒤섞인 달빛 아래에서 윤아는 자신의 내면에 잠든 두려움을 마주합니다. 이 카드는 직면을 통해 감정을 명확히 인식하고, 결국, 내면의 직관을 따라 어둠을 지나 빛으로 나아가야 함을 말해줍니다.

메이저 - 은둔자(The Hermit)

은둔자는 세상과 거리를 둔 채 내면의 등불을 들고 걷는 존재로, 윤아의 은둔 생활을 그대로 상징합니다. 하지만 이 카드는 단순한 회피가 아닌, 고요 속에서 진실을 찾는 성찰의 상징이기도 합니다. 윤아는 이 카드를 통해 자신이 '무너진 사람'이 아니라 '길을 다시 찾는 사람'이라는 새로운 정체성을 부여받습니다.

메이저 - 별(The Star)

희망과 재생의 상징인 별 카드는 윤아가 처음으로 '다시 시작할 수 있을지도 모른다.'라는 생각을 품는 전환점에서 등장합니다. 어둠을 지나온 자만이 볼 수 있는 이 별빛은, 윤아가 내면의 평화를 회복하고 스스로 위로하는 과정을 비춰줍니다. 별 카드는 그녀에게 '상처 입은 너도 충분하게 아름답다'라고 속삭이는 듯합니다.

마이너 – 펜타클 3(Three of Pentacles)

윤아가 다시 사회로 나가기로 마음먹었을 때 등장한 이 카드는 협력과 실질적인 시작, 현실적인 기틀을 마련하는 과정을 상징합니다. 혼자만의 성찰을 끝내고 다른 이들과 함께 성장해나가는 흐름으로 이동하는 타이밍을 나타내며, '이제는 함께할 때'라는 메시지를 줍니다. 윤아에게 있어 이 카드는 다시 세상으로 들어갈 용기의 증표였습니다.

메이저 – 태양(The Sun)

밝고 환한 에너지, 성공, 회복을 의미하는 태양 카드는 윤아가 다시 사회로 나아가며 느끼는 생명력과 활력을 상징합니다. 오랫동안 닫혀 있던 그녀의 마음에 햇살이 들어오기 시작하면서, 이 카드는 윤아가 회복의 길에 접어들었음을 확실히 보여줍니다. 내면의 아이가 깨어나는 순간, 태양은 윤아에게 새로운 생기를 불어넣습니다.

V. 딸의 분노

1.

희수는 오래도록 그 밤을 잊지 못한다. 작은방 천장의 형광등 불빛이 몹시도 희미하던 밤이었다. 밖에서는 겨울비가 가늘게 내리고 있었다. 창문 틈으로 스며드는 찬 기운이 이불 아래로 들어오던 그 밤, 희수는 엄마 품에 꼭 안겨 있었다.

"희수야, 엄마가 세상에서 제일 사랑하는 거 알지?"

엄마의 손끝이 희수의 머리를 천천히 쓸어내렸다. 엄마의 손길은 언제나 그랬다. 세상 모든 불안으로부터 희수를 지켜주는 성벽 같았다. 희수는 눈을 감은 채로 자그마한 고개를 끄덕였다. 그때까지만 해도 희수는 몰랐다. 그날 밤이, 엄마 품에서 잠드는 마지막 밤이 될 줄은….

가끔 엄마는 손으로 가슴을 쥐며 인상을 찌푸렸다. 잠을 잘 때도 엄마는 가슴을 쥐고 신음을 낼 때가 있었다. 희수는 엄마가 옆에서 숨을 내쉴 때마다 자기도 모르게 귀를 기울였다.

'숨소리가 끊기면 어떡하지…?'

희수의 머릿속이 두려움으로 차오를 때, 다시 들려오는 엄마의 규칙적인 숨소리가 들려 안도하며 잠이 들곤 하였다. 하지만 외할머니가 와 있던 그날 밤은 달랐다. 희수의 얼굴로 풍겨오던 엄마의 숨결이 멈춰버린 것이다.

"엄마…?"

희수는 새벽녘 깨어나 속삭이듯 엄마를 불렀다. 하지만 대답은 없었다. 엄마의 몸은 서서히 식어가고 있었다. 날카로운 희수의 비명으로 잠이 깬 외할머니가 방으로 달려왔고, 곧바로 구급차가 도착했지만 이미 늦은 후였다.

'심장마비.'

그것이 엄마의 사망원인이었다. 그날 이후 희수의 마음속에서 자리 잡은 생각은 단 하나였다.

'다 아빠 때문이야.'

엄마가 아플 때마다 혼자 아픈 걸 참아야 하던 이유. 병원도 제대로 가지 못한 이유. 밤마다 혼자서 희수를 재우고, 새벽녘 가슴을 부여잡으며 괴로워한 이유. 모든 게 아빠 때문이었다.

희수는 엄마와 둘이 잠든 날이 잦았다. 작은 회사를 운영하던 아빠는 회사에서 잠을 자기 일쑤였고, 어쩌다 늦은 밤 들어오는 날이면 술 냄새를 풍기며 잔뜩 힘들어하는 몰골이었다. 아빠가 하는 일이 무슨 일인지는 모르지만, 아빠는 오로지 회사만 아는 사람 같았다. 그런데도 희수는 엄마의 사랑 하나로 충분한 나날이었다.

이제 어린 희수 눈에는 아빠라는 존재가 그저 '엄마를 힘들게 하고, 엄마를 외롭게 하고, 엄마가 아픈지도 모르고 일만 하다가 결국 엄마를 죽게 만든 사람'일뿐이었다. 장례식장에서 오열하는 아빠의 모습도 희수의 눈에는 위선처럼 보였다.

엄마가 세상을 떠난 이후에도 아빠의 일상은 별로 달라진 게 없었다. 집에는 희수를 위해 외할머니가 와 있었다. 밤이면 종종 외할머니 방에서 흐느끼는 소리가 들렸다. 학교에서 돌아오면 외할머니의 눈이 짓물러 있곤 하였다. 아빠가 들어오는 날, 식탁 앞에서도 희수는 아빠와 눈도 안 마주쳤다.

"희수야, 통닭 좀 먹어 봐."

"됐어."

"희수야, 이번 주말에 외할머니랑 어디 갈까?"

"안 가."

"그럼, 내일…."

"그만 좀 해!"

아빠의 말을 끊어버린 채 희수는 식탁에서 벌떡 일어나 방으로 들어가 버렸다. 거실에서 외할머니와 아빠가 대화하는 소리가 들렸다.

"자네, 요즘도 그렇게 힘든가?"

"죄송합니다, 장모님. 조금만 참아주시면 제가 행복하게 모시겠습니다."

"내 걱정은 말고, 희수한테 좀 더 신경 쓰게."

"제가 죄인입니다."

"어디 그게 자네 탓인가.

아무리 열심히 살아도 세상이 우리 편이 아닌 것을…."

희수는 베개를 끌어안고 속삭였다.

'엄마… 나 너무 외로워.'

2.

희수가 중학교 2학년이 되었을 때 새엄마가 들어왔다. 아빠가 재혼하자 그동안 함께 지내던 외할머니는 댁으로 들어가셨다. 아빠가 재혼한 후에도 반찬을 챙겨 들고 드나들던 외할머니 발걸음도 줄어들었다. 희수는 점점 더 날카로워졌다. 아빠가 들어오면서 '희수야, 아빠 왔다'라고 해도 희수는 '무시'와 '침묵'뿐이었다.

학교에서도 희수는 점점 말이 줄어들었다. 친구들 사이에서 희수는 언제나 무표정이었다. 친구들의 소소한 수다마저 버거웠던 희수는, 혼자 앉아 창밖을 바라보는 시간이 늘어갔다. 교실 창문 너머로 흐릿하게 보이는 운동장의 햇살, 운동장을 뛰어다니며 웃고 떠드는 아이들, 그리고 멀리 교문 앞을 지나는 부모들의 모습. 희수는 그 모든 풍경 속에서 철저히 '혼자'였다.

재혼 후 아빠는 희수를 더 살뜰히 챙기려 애썼다. 새엄마도 나름대로 희수를 챙기려고 했지만, 희수의 반응은 한결같았다.

"됐어요."

"하지 마세요."

"관심 없어요."

그런 희수를 보면서 아빠의 표정은 점점 굳어갔다.

아빠가 퇴근하면서 희수가 남달리 즐겨 먹던 아이스크림을 사 들고 들어와도 희수는 냉장고 문만 열어보고는 그대로 닫아버렸다. 새엄마가 만든 반찬들은 손도 대지 않은 채 외할머니가 가끔 보내온 반찬에만 젓가락이 갔다.

그날 저녁, 셋이 밥을 먹던 중 아빠가 잠시 머뭇거리다 입을 열었다.

"희수야… 이번 주말에… 우리 영화 보러 갈까? 네가 좋아하는 배우 나온다던데…"

"아줌마랑 둘이 가세요."

희수가 숟가락을 탁 놓으면서 쏘아붙였다.

"이 녀석이 정말!"

"왜요, 때리시게요?"

희수가 자리를 박차고 일어나 자기 방으로 들어가 버렸다. 희수는 새엄마에게 엄마라고 부른 적이 없었다. 거실에서는 침묵이 흐르다가 새엄마가 한숨을 내쉬었다.

"여보… 그냥 조금 더 기다려요. 사춘기 애들 다 그래요…"

하지만 아빠는 고개를 떨군 채 자신의 빈 밥그릇만 멍하니 바라볼 뿐이었다. 가슴속 깊은 곳에서부터 허탈감과 자책감이 밀려왔다.

'그래, 다 내 탓이지

내가 그때 조금만 더 신경 썼더라면

아내도… 희수도… 이리되진 않았겠지…'

이어폰을 꽂은 채 누운 희수는 천장만 바라보고 있었다.

'왜 다들 내 마음을 모를까…

왜 자꾸 다가오려고 하지?…

그냥… 내버려두면 안 돼?'

며칠 후, 아빠가 퇴근 후 희수 방문을 두드렸다.

"희수야… 잠깐 얘기 좀 할 수 있을까?"

"할 말 없어요."

"아빠가… 네가 힘든 거 알아.

엄마 일도 그렇고,

아빠가 많이 부족했던 것도…

그렇지만… 아빠도 정말 노력하고 있어.

아빠는 우리 희수랑 잘 지내고 싶어

엄마한테 그렇게 약속했었어…."

아빠 입에서 엄마 소리가 나오자 희수는 눈물이 왈칵 쏟아질 뻔하였지만, 입술을 깨물며 감정을 애써 밀어냈다.

"늦었어요. 인제 와서 그런 말 해봤자 뭐가 달라지는데요?"

아무 말 없이 돌아선 아빠의 발소리가 조용히 멀어졌다.

그날 밤, 거실에서는 아빠가 술을 마시고 있었다. 그리고 새엄마의 짜증 섞인 목소리가 흘러나왔다.

"도대체 언제까지 저럴 거야… 이젠 나도 지친다고."

새엄마는 희수가 사는 동네에서 작은 편의점을 운영하는 여자였다. 아르바이트 없이 혼자 손님을 맞이하고, 틈틈이 도시락이나 김밥을 진열하며 하루를 보내고 있었다. 엄마가 떠난 후 아빠는 퇴근길마다 편의점에서 희수를 위해 무언가를 사 들고 가기 시작하면서 자연스럽게 새엄마와 마주하게 되었다. 그러던 어느 비 오는 저녁, 아빠는 편의점 앞 비닐 차양 아래서 한참 동안 멍하니 서 있다가 새엄마의 권유로 우산을 빌려 가게 되었다. 이후로 두 사람의 거리가 조금씩 좁혀진 것이다. 아빠는 어느새 새엄마가 건네는 따뜻한 말들이 가슴으로 들어왔고, 새엄마는 퇴근 후 지친 표정으로 들어오는 아빠를 보며 묘한 연민과 정을 느끼게 되었다. 새엄마 역시 오래전부터 혼자였다. 부모님과의 관계도 소원하였고, 몇 번의 인연도 실패로 끝나 조용한 삶을 살아오던 사람이었다. 아빠의 외로움과 새엄마의 고독은 서서히 서로의 빈틈을 채우며 하나가 된 셈이었다. 새엄마의 성격은 겉보기엔 씩씩해 보이지만, 내면은 쉽게 상처받고 쉽게 지쳤다. 처음엔 희수를 이해해 보려 애썼다. 좋아하는 반찬을 만들고, 말 한마디라도 부드럽게 건넸다. 하지만 매번 돌아오는 희수의 차가운 반응이 버거웠다. 겉으로는 '사춘기 애들은 다 그렇지 뭐' 하며 웃어넘기려고 해도, 희수에게 마음 상하는 밤이면 결혼생활에 회의감이 들었다. 하지만 때로 아빠에게 짜증 섞인 목소리를 퍼부어도 '어떻게 하면 희수와 가까워질 수 있을까.' 하는 끝없는 고민과 노력이 쌓여 있었다. 다가서고 싶어도 거부당할까 두려워 다시 물러서고, 그러다 또 용기 내어 한발 다가서는… 새엄마의 마음속에는 늘 그런 모순된 다짐들이 교차하고 있었다.

희수는 침대에서 이불을 뒤집어쓴 채 속으로 중얼거렸다.
"엄마… 나 진짜 어찌해야 할지 모르겠어…."
희수의 사춘기는 한 걸음씩 어둠 속으로 빠져들고 있었다.

3.
책가방과 옷 몇 벌을 챙긴 희수는 새엄가 없는 사이 집을 나섰다.
지갑에는 몇만 원이 전부였다.
"너… 지금 어디니?"
"제발, 한 번만 얘기 좀 하자…."
"희수야, 아빠가 무조건 잘못했어… 돌아와 줘…."
희수 휴대폰에는 아빠의 부재중 전화가 수십 통씩 쌓여갔다. 아빠의 절박한 문자 메시지가 끝도 없이 이어졌다. 하지만 희수는 전부 무시해 버렸다. 휴대폰을 꺼버린 채 친구네 집 소파에서 몸을 웅크리고 있었다.
"너 정말 괜찮겠어? 너희 아빠… 계속 전화 와…."
"괜찮아. 며칠만 있다가 나갈 거야."
며칠이 일주일이 되었다. 결국, 친구의 부모님이 묵과할 수 없다는 표정을 지었다. 아빠가 희수를 데리러 왔다. 아빠가 말없이 희수를 끌어안았다.
"미안하다… 정말 미안하다…."
아빠의 어깨가 가늘게 떨리고 있었다. 하지만 희수는 두 주먹을 꽉 쥔 채 눈을 감고 있었다. 자꾸만 올라오는 눈물을 애써 참아냈다. 집으로 돌아온 이후 며칠간, 아빠는 학교에도 연락하고, 선생님과도 면담하며 희수가 조금이라도 편해지길 바랐다. 하지만 그 평화도 잠시였다. 채 한 달도 안 되어, 희수는 다시 가출하고 말았다.
그 무렵 아빠 회사는 다시 한번 위기가 들이닥쳤다. 직원들 월급이 밀리고, 거래처의 결제 독촉 전화가 빗발쳤다. 급기야 거래처 사람들이 회사 사무실로 쳐들어와 협박을 퍼부었다. 몹시 힘들어하던 새엄마도 아빠를 떠나버렸다. 술로 하루하루를 버틴 아빠는 어느새 자신을 자책하며 울부짖는 사람으로 바뀌어 있었다. 울컥 치밀어 오르는 울음을 참지 못하고 소리 죽여 우는 날들이 이어졌다. 희수는 아무것도 모른 채, 잠시 머물던 친구 언니네 집, 혹은 인터넷에서 알게 된 낯선 사람들의 셰어하우스, 때로는 찜질방과 PC방을 전전하며 자신의 외로움을 어떻게든 묻어두려 애썼다. 가끔 누군가의 아빠가 아이를 안고 가는 모습을 볼 때면 가슴 어딘가가 찢어질 듯 아팠다. 하지만 희수는 그 아픔조차 '내가 약해서 그런 거야'라며 애써 눌러버렸다.

아빠와 외할머니는 희수가 알만한 사람들을 찾아다니며 희수가 지낼만한 곳을 샅샅이 뒤지고 다녔다. 경찰서에도 도움을 요청해 두었다. 그러던 어느 저녁. 희수는 작은 공원 벤치에 앉아 있었다. 겨울 해가 일찍 저물고 도시의 불빛들이 하나둘 켜지기 시작하던 때였다. 손에는 편의점에서 산 삼각김밥 하나가 들려있었다. 배는 고팠지만, 딱히 먹고 싶은 마음도 없었다. 그 순간, 멀리서 익숙한 목소리가 들려왔다.

"희수야…!"

순간, 심장이 덜컥 내려앉았다. 희수는 반사적으로 고개를 돌렸다. 어둠 속 공원 입구 쪽에서 아빠가 잰걸음으로 오고 있었다. 그 뒤로 외할머니 모습도 보였다. 아빠는 외투도 제대로 챙기지 못한 차림이었다.

"희수야… "

외할머니가 희수를 와락 껴안았다. 아빠가 다가와 희수의 손을 잡았다.

"이제, 집에 가자…."

아빠의 목소리는 지쳐 있었지만, 간절함이 묻어 있었다. 희수는 아빠 손을 매몰차게 뿌리치려다 잠시 멈칫했다. 손끝으로 전해지는 아빠의 체온. 그 온기가 생각보다 너무 따뜻해서 오히려 당황스러웠다.

"놔… 놔줘…."

희수는 힘없이 중얼거렸지만, 그 언어의 강도는 이전보다 누그러져 있었다.

외할머니가 조심스레 희수의 어깨에 손을 얹었다.

"희수야… 할미가 부탁할게… 집으로 돌아가자…
정 아빠랑 지내기 싫으면 외할머니랑 살아."
외할머니의 애절한 목소리가 희수의 눈빛을 흔들었다.
며칠 후, 희수는 짐을 챙겨 외할머니 집으로 거처를 옮겼다. 하지만 그곳에서도 희수의 마음은 닫혀 있었다. 아빠가 종종 초췌한 얼굴로 찾아와도 희수는 고개를 돌렸다.
"희수야… 학교 잘 다니고 있지…?"
"그만 좀 오세요!"
예전보다 더 처진 아빠 어깨, 얼굴엔 주름이 하나둘 새겨져 있었다. 머리카락 사이로 흰 새치도 수북하였다. 고등학교 3학년 때였다. 한 번은 학교에서 돌아오니 아빠가 과로로 쓰러져 입원해 있다는 것이다. 그런데도 희수는 한 번도 아빠 문병을 가지 않았다. 할머니가 아빠에게 그러면 안 된다고 아무리 타일러도 들은 척도 안 했다. 부도가 날 듯한 회사를 가까스로 이끌어 오는 상황에서도 희수가 대학을 졸업할 때까지 아빠는 외할머니와 희수를 물심양면으로 챙겼다. 물론 어렴풋이 아빠의 어려운 사정을 안 희수는 대학 생활을 하면서 아르바이트를 했다.

4.

희수의 출근 시간은 언제나 일출 전이었다. 회사가 정한 출근 시간이 아니라 여의도 하늘의 아침노을을 즐기기 위해 스스로 정한 시간이었다. 한강이 내려다보이는 사무실에서 하늘로 붉게 번지는 노을을 바라보며 홀로 커피를 마시는 순간이 희수에게는 무엇보다 행복한 시간이었다. 노을이 가시고 나면 봉긋이 태양이 솟으면서 희수의 마음을 다시 한번 벅차게 하였다.

여의도 빌딩 숲 사이로 번지는 아침 햇살이 유리창마다 부서질 듯 반사되기 시작하면, 사람들은 저마다의 속도로 하루를 열어갔다. 희수도 가방에서 업무 다이어리를 꺼내, 오늘 할 일을 차분히 적어 내려갔다.

해 질 무렵의 하늘은 은은한 로즈 골드빛으로 번지고 있었다. 하루가 어찌 흘렀는지 모르게 희수는 퇴근 준비를 하였다. 사무실을 나서는 동료들의 웃음소리가 멀어지고, 희수도 하루 업무를 정갈하게 마무리하며 사무실을 나섰다. 여의도 공원의 가로수 잎들이 흔들리며 버스 안 희수를 배웅하였다. 희수는 문득 깨달았다. 어느새, 자신이 이

도시의 한 풍경이 되어가고 있다는 것을.

겨울이 깊어지던 어느 날, 외할머니의 전화벨이 유난히 긴 여운을 남기며 울렸다.

"희수야… 네 아빠가… 쓰러지셨대."

외할머니의 목소리가 떨리고 있었다.

"뭐라고요…? 또?"

"의식이 없대… 응급실에서 중환자실로 옮겼어…"

휴대폰을 쥔 희수의 손이 떨리고 있었다. 잠시 멍하니 앉아 있던 희수는 천천히 눈을 감았다. 중학교 시절, 현관문 앞에서 자신을 붙잡으려던 아빠의 손, 그 손을 뿌리치며 집을 나서던 순간. 그리고… 학교 정문에서 한없이 초라한 모습으로 자신을 바라보던 아빠의 모습, 희수는 가슴 깊은 곳 어딘가에서 둔탁하게 울려오는 묵직한 통증을 느꼈다. 그러면서 몸은 얼른 움직이지 못했다. 아빠가 입원한 병원은 사무실과 가까운 여의도성모병원이었다.

다시 외할머니의 전화벨 소리가 울렸다.

"네가 아빠 보러 가줬으면 좋겠다."

희수는 대답 대신 숨만 길게 내쉴 뿐이었다.

성모병원 로비 여기저기에는 성모님 상이 자애로운 표정으로 두 팔을 내어 가만히 환자들을 맞이하고 있었다.
"어서 오렴. 희수야."
마치 엄마가 희수를 반기는 거 같았다.
희수는 병원 중환자실 문 앞에서 면회 시간을 기다렸다. 중환자실의 문이 열렸다. 간호사가 건네준 가운을 걸친 희수는 침대에서 산소마스크를 쓴 채 미동도 없는 아빠를 물끄러미 내려다보았다. 아빠는 어느새 할아버지처럼 변해 있었다. 다 무너져 가는 회사를 보란 듯이 살리겠다며 아빠는 하루하루 악으로 버텨냈다고 한다. 그러다 끝내 쓰러진 것이다. '아빠는 누굴 위해 저리 처절하게 살았을까…, 자기 자신을 위해서?'. 아닌 거 같았다. 희수의 가슴에는 어느새 아빠를 향한 연민이 스멀스멀 차올랐다. 눈물이 한 방울 툭 떨어졌다. 창백한 얼굴, 성긴 틈새로 흐트러진 머리카락들…. 하지만 금세 마음이 차가워졌다. 가슴에서는 '가엾다!'라는 감정과 '이게 다 자업자득이야'라는 분노가 엉켜 알 수 없는 것들이 치밀어 올랐다.
외할머니가 조용히 등을 떠밀었다.

"희수야… 아빠 손 좀 잡아줘!"

희수는 천천히 다가가 마지못해 아빠 손을 잡았다. 순간, 아빠의 손에서 전해오는 느낌이 가슴을 확 헤집었다. 썩은 나무토막처럼 부서질 듯한 손, 희수는 몸이 얼어붙었다.

'이렇게까지 약해진 거야…? 내가 알던 아빠가… 이렇게까지…'

희수의 기억들이 필름처럼 스쳐 지나갔다. 아빠가 비틀거리며 들어오던 밤들, 주방 한쪽에서 머리를 떨군 채 한숨 쉬던 모습, 회사 일로 야위어 가던 얼굴, 그리고… 자신을 바라보던 애처로운 눈빛. 이번에는 희수의 가슴 깊은 곳에서 죄책감이 스멀거렸다.

'내가… 그동안 너무… 무심했어…'

하지만 희수는 이내 고개를 흔들었다.

'아니야… 아빠가 먼저였어… 아빠가… 우리를 이렇게 만든 거야… 엄마를…'

머릿속에서 여러 생각이 소용돌이쳤다. 침대 위의 아빠는 어떤 변명도, 핑계도 할 수 없는 지칠 대로 지친 모습으로 남아있었다.

집으로 돌아오던 저녁, 희수는 버스 창가에서 눈물을 삼켰다.
'왜 이렇게 마음이 아프지… 왜… 지금에서야 이런 생각이 드는 거야…'
버스 창밖 어둠 너머로 어지러운 불빛들이 지나가고 있었다. 희수는 생각했다. 아빠라는 사람도 어쩌면 오랫동안 혼자 상처받고 있었을지 모른다는 걸.

5.
희수는 그 후로도 며칠 동안 애써 아빠를 외면해 왔다. 외할머니가 몇 번이나 병문안하러 가자고 해도, 회사 일이 바쁘다는 핑계로 매번 고개를 저었다. 수년째 아빠와 대화를 단절한 채 살아온 희수였다. 이제 와서 의식 없는 아빠와 무엇을 어떻게 해야 할지도 몰랐다. 더구나 중환자실 면회 시간을 매번 맞추기도 어려웠다.
어느 날 저녁. 외할머니가 희수 방문을 열었다.
"희수야… 의사 선생님이 그러시는데…
아빠가… 지금이 고비래…"
희수는 심장이 멎는 거 같았다. 손끝이 차갑게 식어갔다.

머릿속은 텅 비어버렸다.

"고비…?"

"응… 오늘 밤… 어떻게 될지 모르겠대…"

외할머니의 눈가에는 이미 눈물이 그렁그렁 걸려 있었다. 희수는 한참 동안 가만히 앉아 있다가 느리게 몸을 일으켰다. 단 한마디도 없이 코트를 걸치고 현관문을 나섰다. 병원으로 가는 택시 안. 창밖 풍경이 흐릿하게 흘러내렸다. 가슴 깊은 곳에서 밀고 올라오는 무언가를 희수는 꾸역꾸역 삼키고 있었다.

면회 시간이 아닌데도 오늘 밤이 고비라며 중환자실 문을 열어주었다.

의료기기에서 들려오는 '삑… 삑…' 하는 단조로운 소리… 그 소리가 마치 아빠의 마지막 숨결을 세는 메트로놈처럼 느껴졌다. 희수가 입을 열었다.

"아빠… 나 왔어…"

그 한마디를 하는데, 온몸의 힘이 다 빠져나가는 느낌이었다. 그동안 속으로만 삼켰던 말들이 목구멍까지 차올랐다.

'미안해…

정말 미안해…

그동안 너무 많이 미워해서…

너무 차갑게 대해서…

너무… 너무… 외면해서…'

하지만 이 말은 밖으로 나오지 못한 채 희수의 가슴에서만 울리고 있었다. 어느새 따라왔는지 뒤에서 외할머니가 희수의 어깨를 가만히 감싸 안았다. 희수는 천천히 아빠의 손을 가슴으로 가져가면서 마음속으로 속삭였다.

"아빠… 나… 여기 있어… 그러니까…

제발… 눈 한 번만… 떠줘…"

희수는 말없이 아빠의 손등에 얼굴을 묻었다. 꼭꼭 눌러 참았던 눈물이 푸석한 손등 위로 흘러내렸다.

아빠는 다행히 그날의 고비를 넘겼다.

희수는 아빠의 중환자실을 다녀온 이후, 외할머니가 맡긴 아빠의 핸드폰 사진첩을 뒤적였다. 거기에는 엄마와 둘이 찍은 어린 시절의 사진들, 아빠와 함께 찍은 몇 장의 사진들이 보관되어 있었다. 희수는 사진들을 바라보며 울컥해지려는 마음을 추슬렀다.

'아빠가 정말… 돌아오지 않으면 어떡하지…?'

희수의 가슴속엔 처음으로 '두려움'이라는 감정이 꿈틀거렸다. 그토록 외면하며 밀어내던 아빠인데, 막상 아빠가 정말 떠나버릴 수도 있다는 생각을 하자 심장이 미친 듯이 두근거렸다.

며칠 후 희수는 동료들과 여의도에서 가까운 문래동 골목의 술집을 찾았다. 낡은 공장 건물을 빈티지 인테리어로 개조한 감성적인 술집에는 젊은 친구들이 북적거렸다.

"야, 너 해꿈 알아?"

"해꿈? 그게 뭐야?"

"여기 근처에 있는 타로카페야. 완전 유명하대.

진짜로 고민 있으면 거기 가면 답 얻는다고 하더라."

"그냥 돈 주고 점보는 곳 아니야?"

"아니라니까. 거기 상담해주는 분이 진짜 대박이라던데?

타로계에서 '타로의 신'이라 불린대."

옆자리의 대화가 희수의 귓가를 번쩍하며 스쳤다.

'타로… 신…?'

희수는 그날 밤, 인터넷으로 '문래동 해꿈'을 검색해 보았다. 누군가는 그곳을 '영혼의 카페'라고 불렀고, 누군가는 명상 카페라 불렀으며, 또 누군가는 '상담받고 울면서 나온 곳'이라고 표현했다. 상담 후기를 읽어갈수록 희수의 마음속 어딘가에서 '가봐?… 가봐야 해…' 하는 목소리가 속삭이는 거 같았다.

며칠을 망설이다가 희수는 결국 그 골목으로 들어섰다. 낡은 공장 골목 끝자락. 작은 간판 하나만 걸려 있었다.

'해꿈 - 당신의 마음을 듣는 곳'

문을 열고 들어서자 조명이 어두운 카페 안에서 신비로운 분위가 몸을 감쌌다. 희수는 조금 쭈뼛거리며 머뭇거렸다.

"어서 오세요."

낮은 음성의 남자 목소리가 들렸다. 검은 셔츠 차림의 남자가 미소 지으며 희수에게 다가왔.

맑은 얼굴, 깊은 눈매, 어딘지 모르게 사람을 편안하게 만드는 목소리였다.

"처음이시죠?"

"네… 그냥… 잠깐… 상담 좀 받을 수 있을까 해서요…?"

"물론이죠. 이리 오세요."

낯선 향기가 은은하게 풍기는 상담실에는 보라색 천이 덮인 원형 테이블과 두 개의 의자가 있었다. 테이블 위에는 타로카드 덱 한 벌이 가지런히 놓여 있었다. 희수는 마법 같은 공간으로 들어선 듯 가슴이 두근거렸다. 승우는 희수에게 녹차를 건네며 긴장을 풀어주었다.

승우의 카드 셔플이 시작됐다.

카드가 공중에서 부드럽게 흩어졌다가 다시 모이는 그 모습은 마치 물결이 일렁이듯 자연스러웠다.

"자… 준비되셨다면… 질문을 해볼까요?"

승우가 희수를 바라보았다. 희수는 잠시 머뭇거리다가 천천히 입술을 떼었다.

"…저… 아빠한테… 용서를 구하고 싶은데 방법을 모르겠어요."

희수의 목소리가 기어들어 갔다.

승우는 조용히 고개를 끄덕였다.

"그 질문… 참 소중하네요.

그럼 지금부터 희수 씨의 내면과 아빠의 마음을 함께 들여다볼게요."

승우의 목소리는 한층 낮아졌다. 카드 셔플이 다시 시작되었다. 손끝에서 흘러내리는 카드들은 샤샤삭, 규칙적이고 조용한 소리를 내며 테이블 위를 스쳐 갔다. 희수는 숨을 죽인 채 그 광경을 바라보았다. 승우가 카드를 뒤집기 전 물었다.

"희수 씨… 혹시 아주 어릴 때… 아버지와 행복했던 순간이 기억나시나요?"

'아빠와 행복했던 순간이라…' 아무리 기억해보려 해도 뚜렷이 떠오르는 추억은 없었다. 다만, 아빠가 어린 자신을 목말 태워 공원 벤치까지 걸어가던 어느 봄날 기억만이 희미하게 떠올랐을 뿐이다.

"글쎄요. 아주 희미한 기억 하나만…."

승우가 고개를 끄덕이며 조심스럽게 세 장의 카드를 뒤집었다.

첫 번째 카드는 소드 8(Eight of Swords)이었다. 승우의 손끝이 카드 위를 가볍게 스쳤다.

"이건… 희수 씨의 현재 내면을 보여주는 카드예요."

승우의 목소리가 부드럽게 이어졌다.

"지금 희수 씨는… 자신을 감정의 덫 안에 가두고 있어요. 어디로도 나아가지 못하고, 움직이지도 못하고…

마음속 깊은 곳에서는 아버지를 향한 미움과 그리움이 뒤섞여 있는데…

정작 자신은 그 모든 감정을 외면하고 있죠.

그래서… 어떤 기억조차 흐릿하게 느껴지는 거예요.

'아빠와 행복했던 순간이 없다.'라고 느끼는 것도…

사실은… 그 기억들을 스스로 차단한 탓일지도 몰라요."

희수는 순간 가슴 한가운데가 묘하게 저릿해졌다. 어릴 적 기억이 왜 그렇게 흐릿하기만 했는지 처음으로 이유를 조금 알 것 같았다.

두 번째 카드는 달(The Moon)이었다.

"이건… 희수 씨와 아빠 사이의 감춰진 오해와 불안의 상징이에요."

희수를 바라보는 승우의 눈빛이 그윽해졌다.

"희수 씨…

아빠가 당신을 외면했던 게 아니라는 걸…

어렴풋이… 느껴본 적 있나요?"

희수는 고개를 숙인 채 입술을 깨물었다.

"달의 그림자는… 사람을 속이기도 해요.

우리가 누군가를 미워한다고 믿어왔던 그 시간…

사실은 오해 위에 쌓인 착각이었을지도 몰라요.

희수 씨가 느꼈던 외로움도, 아빠의 무심함도…

어쩌면 서로가, 서로를 너무 몰랐기 때문에 생긴…

긴 밤의 오해였을 뿐이에요."

희수는 가슴속에서 묶여 있던 무언가가 천천히 풀어지기 시작한 기분이었다.

세 번째 카드는 컵 기사(Knight of Cups)였다. 승우는 카드를 가리켰다.

"이건… 지금부터의 희수 씨예요."

승우의 미소가 조금 더 친근하게 느껴졌다.

"용기를 내어 마음을 전하려는 사람.

감정은 여전히 서툴고, 때로는 두렵겠지만…

이제 희수 씨는 멈추지 않고 조금씩 앞으로 나아가게 될 거예요."

희수는 자세를 바로잡으며 숨을 들이켰다.

"그러니까 다음번 병원에 가실 때…"

승우는 희수를 바라보며 말했다.

"지금까지 가슴에 담아두기만 했던 말… 비록 서툴고 짧더라도… 그대로 전해보세요."

희수는 고개를 끄덕였다.

어떤 말부터 꺼내야 할지 아직은 모르겠지만 분명히 해야 한다는 건 알 것 같았다.

"네… 해볼게요… 조금 서툴러도… 제 마음을… 전해볼게요…"

승우가 가볍게 웃었다.

"그걸로 충분해요."

희수는 그렇게, 생애 처음으로 '아빠에게 다가가겠다'라는 서툰 용기를 품고 문래동 골목길을 빠져나왔다. 회색 구름 사이로 가느다란 햇살 한 줄기가 조용히, 아주 조용히 희수의 어깨 위로 내려앉았다.

6.

문래동을 떠나 집으로 돌아오는 길, 희수의 발걸음은 평소보다 훨씬 느렸다. 거리의 가로등 불빛이 희수의 그림자를 길게 늘이고 있었다. '이제… 뭐부터 해야 하지?…' 머릿속이 흐릿해졌지만, 생각 하나는 분명히 떠올랐다. 그동안 켜켜이 쌓아두었던 '미움과 후회'와 '미안함'을 이제는 조금씩 풀어내야 한다는 것.

그날 밤, 희수는 잠들기 전 노트북을 켜고 '아빠께 전하는 편지'라는 제목을 썼다. 손가락이 키보드 위에서 한참 망설이다가 결국 아무 글자도 쓰지 못한 채 노트북을 덮었다. 다음날 오후, 희수는 다시 '해꿈'을 찾았다. 이번에는 스스로 약속한 대로 더 깊은 상담을 받기 위해서였다. 카페에 들어서자 승우가 웃으며 손을 들었다. 여전히 차분하고 온화한 표정이었다.

"오셨어요?"

희수는 가볍게 고개를 끄덕였다.

"네… 오늘은… 조금 더… 제 얘기… 들어주실 수 있을까요…?"

승우는 미소 지으며 카드를 꺼냈다. 이번에는 더 깊고 긴 시간의 셔플이 시작되었다. 카드들이 허공으로 흩어졌다가 다시 손끝에서 차례차례 모여들었다. 섞이는 카드만 봐도 희수의 뒤엉킨 마음이 조금씩 정리되어 가는 느낌이었다.

"오늘은 당신의 내면아이와 대화해 볼 거예요."

"내면아이…요?"

"네. 당신 안에… 아주 오래전부터 숨어 있던 어린 희수. 그 아이가 어떤 표정으로… 어떤 마음으로 있는지…. 우리가 한번 들여다볼 거예요."

첫 번째 카드는 펜타클 5(Five of Pentacles),

승우가 카드를 가리켰다.

"상실과 결핍.

이 카드는 당신 내면의 아이가 얼마나 오랫동안 외롭고 추웠는지를 보여줘요."

희수는 눈을 감았다. 엄마를 잃던 날의 기억, 혼자 이불 속에서 울던 날들, 아빠를 밀어내며 스스로 더 깊은 고립 속으로 빠져들던 순간들이 떠올랐다.

"맞아요… 저… 진짜… 너무… 혼자였어요…"

희수의 목소리가 떨렸다.

두 번째 카드 은둔자(The Hermit).

"자기 내면의 진실을 찾기 위한 여정.

희수 씨, 그동안 너무 오랫동안 혼자만의 동굴 깊이 숨어 있었어요.

이제… 그곳에서 조금씩 나와볼 때예요."

희수는 고개를 끄덕였다. 목구멍이 꽉 막힌 듯했지만, 어딘가 마음 한쪽이 조금씩 풀어지는 느낌이었다.

세 번째 카드는 컵 에이스(Ace of Cups)

"상담을 해보면 유사한 상황에서 이 카드가 자주 등장해요. 새로운 감정의 시작.

이건… 당신 안에서 피어오르기 시작한 '사랑하고 싶다.'라는 마음이에요.

누구일까요?

바로 아빠죠. 그리고… 자기 자신이고요."

지금도 움직이지 못한 채 의식 없이 누워 있을 아빠가 떠올랐다. 희수의 눈에는 어느새 눈물이 고여 있었다. 다만 그 눈물은 슬픔과 후회, 그리고 연민이 섞인 따뜻한 감정이었다. 승우는 희수가 눈물을 다 닦을 때까지 기다려주었다. 잠시 후, 희수가 입술을 깨물었다.

"근데… 저… 아빠한테… 뭐라고 말해야 할지… 모르겠어요…"

승우는 미소 지으며 다시 한 손으로 카드를 펼쳤다. 카드가 부채처럼 펼쳐지는 장면은 마치 꽃이 개화하는 모습을 초고속 촬영으로 보여주는 모습 같았다.

"좋아요. 그럼… 이번엔 '당신이 병원에서 아빠께 전할 한마디'를 위한 카드를 뽑아볼까요?"

희수는 조심스럽게 카드를 한 장 골랐다. 태양(The Sun) 카드였다.

햇살이 한없이 투명하게 쏟아지는 풍경 속, 발가벗은 어린아이가 천진난만한 표정으로 하얀 말을 탄 채 붉은 휘장을 들고 있었다. 아이의 살결은 막 분홍빛을 띠며 익어간 복숭아처럼 여리고 맑았다. 아이의 웃음에는 아직 세상의 그림자가 닿지 않은 순수함과 환희가 서려 있었다. 아이 뒤편으로는 해바라기들이 나란히 서서 고개를 들어 찬란한 태양을 향해 미소 지었다. 높이 떠오른 노란 태양은 뾰족한 광선과 물결 같은 부드러운 빛살을 동시에 내뿜으며 모든 어둠을 밀어내는 거 같았다. 벽돌담 너머에서 불어오는 바람은 마치 오래된 상처를 덮어주는 듯 따뜻하고 다정하게 다가왔다. 태양 카드는 한 편의 동화처럼, 눈부신 시작과 두려움 없는 탄생의 순간을 담고 있었다.

"기억하세요, 희수 씨.

희수 씨가 아빠 인생의 가장 큰 햇살이었다는 사실을요."

이 한마디의 파문으로 희수는 다시 손수건을 꺼내 들었다.

"그래요… 그냥… 솔직하게 말하면…

'아빠에게… 많이 미안해요…

엄마를 잃은 상실감이 아빠에게 화살이 되어 날아갔던 거 같아요.

그리고… 아빠… 아직도… 사랑해요…"

그 말이 입 밖으로 나오는 순간, 희수의 어깨가 와르르 무너져 내리듯 흔들렸다.

"잘했어요.

그 한마디면… 충분해요."

승우가 흔들리는 희수 어깨를 토닥이며 진정시켰다.

희수는 상담이 끝난 후 오래도록 테이블 위의 타로카드 덱을 바라보았다. 그 작은 카드들에는 어쩌면 지금까지의 자신이 모두 담겨 있었는지도 몰랐다. 카페 문을 나서기 전, 승우가 입을 열었다.

"다음번 병문안 때…

오늘 말한 그 한마디… 아빠에게 꼭 전해줘요.

그리고… 돌아오시면… 그때 다시 이야기 나눠요."

희수는 고개를 끄덕이며 카페 문을 나섰다. 옷이 젖을 듯 말 듯 내리기 시작한 봄비 속에 희수의 발걸음은 한결 가벼워졌다.

7.

문래동 골목길을 빠져나온 희수는 곧장 버스를 탔다. 병원까지 가는 동안 내내 손바닥이 젖어있었다. 가슴 조금씩 두근거렸고, 한편으로 묘한 두려움이 감돌았다. '내가 정말… 아빠한테 말할 수 있을까…' 버스 창밖으로 스쳐 지나는 풍경들이 모두 흐릿하게 느껴졌다. 희수는 63빌딩 근처에서 내려 성모병원을 향해 걸어갔다. 희수는 두 손을 꼭 쥐었다. 고개를 숙인 채 걸어가는데 차가운 바람이 희수의 얼굴을 스치고 지나갔다. 병원 가까이 다가가자, 이

전에는 보지 못했던 엄청나게 큰 성모님 벽화가 나타났다. 희수는 걸음을 잠시 멈추고 성모님 벽화를 바라보았다. 선이 굵게 표현된 성모님 상은 마치 여전사처럼 보였다. 성모님이 자신에게 용기를 주는 거 같았다. 아빠는 4층 중환자실이었다. 엘리베이터가 내려오기를 기다리며 희수는 가방 속에서 작은 종이쪽지를 꺼냈다. 그 종이에는 아까 해꿈에서 승우가 적어준 문장이 적혀 있었다.

'당신은 아버지의 가장 큰 햇살입니다.

그 마음으로 한마디 전하세요.'

중환자실 출입문 유리창 너머로 아빠의 모습이 보였다. 희수는 가운을 걸친 채 면회 시간이 시작되었고 출입문이 열리자 아빠 침대 곁으로 다가갔다.

"아빠…"

작은 목소리가 새어 나왔다. 산소마스크를 쓴 아빠 얼굴은 여전히 핏기가 없었다. 희수는 천천히 아빠의 손을 잡았다. 아빠의 손에는 온기가 없었지만, 이전보다는 어쩐지 온기가 느껴지는 것 같았다.

"아빠… 나야… 희수…"

그 말을 꺼내는 순간 희수의 목구멍이 메어왔다. 그동안 수없이 삼켜왔던 말들이 한꺼번에 올라왔다.

"그동안… 너무 미안했어…

나… 진짜… 아빠가 싫었던 게 아니었어…

그냥… 너무 아팠어… 엄마가 없으니까…

그리고… 아빠가 자꾸 멀게만 느껴지니까…"

희수의 눈물이 아빠의 손등 위로 뚝뚝 떨어졌다.

"근데 이제는… 조금… 아빠 마음도 알 것 같아…

아빠… 나… 정말… 아빠를 미워한 게 아니었어…

어릴 때… 아빠랑 공원 갔던 날도…

아빠가 내 손 잡아주던 그때도 다 기억하고 있어."

"아빠… 아빠는… 내 인생의 가장 큰 햇살이에요…

그리고… 저도…이제는 아빠의 햇살이 되고 싶어요…"

말을 끝내고는 희수는 소리 내어 울고 말았다. 간호사가 급히 쫓아왔다.

"여기서 이러시면 안 돼요. 다른 환자들 생각해서 진정하세요."

희수는 고개를 숙여 아빠의 팔로 자신의 입을 틀어막았

다. 어깨를 들썩이며 울음을 참으려 애쓰던 순간, 희수는 아빠의 손가락 끝이 자신의 얼굴을 톡 건드리는 거 같았다. 희수는 깜짝 놀라 고개를 들었다. 분명히 아주 미세한 움직임을 느꼈다.

"아빠…?"

다시 주의 깊게 바라보았지만, 더 이상의 움직임은 없었다. 어쩌면 아빠의 대답을 듣고 싶어 해서 느꼈던 환영이었을지 모른다는 생각이 들었다. 환영일지라도 아빠의 대답이라고 믿고 싶었다. 병실에서 내려온 희수는, 병원 1층 로비 의자에서 얼굴을 감싼 채 흐르는 눈물을 감추었다. 억눌린 슬픔과 죄책감, 그리고 묘한 안도감이 뒤섞인 눈물이었다. 마음이 가라앉은 후 집으로 돌아오면서 승우에게 전화를 걸었다.

"여보세요?"

승우의 목소리가 들려왔다.

"선생님, 저… 병원 다녀왔어요… 그리고… 말했어요… 아빠한테…"

전화기 너머로 잠시 정적이 흐른 뒤, 승우의 고요한 저음이 들려왔다.

"잘했어요… 정말 잘했어요…

오늘 희수 씨는…

세상에서 가장 착한 딸로 돌아온 거예요."

희수 입가에서 귀여운 미소가 번졌다.

"다음에… 또 가도 돼요?"

"물론이죠. 언제든요."

집으로 돌아온 희수는 거울 속 자신의 얼굴을 바라보았다. 어딘가 예전보다 조금 여유로운 표정이었다. 희수는 낮은 소리로 속삭였다.

'아빠… 꼭… 깨어나 줘… 이번엔… 내가 아빠 곁을 지킬게…'

8.

며칠 후, 희수는 '해꿈'을 찾았다. 병원에서 아빠에게 진심을 전한 후 희수의 마음속엔 묘한 궁금증이 자리 잡았다.

'아빠는… 무슨 생각을 하고 있을까?'

'내 목소리… 들렸을까?'

카페 문을 열고 들어서자, 익숙한 산새 소리와 개울물 소리가 다시 희수를 편안하게 해주었다. 이번에는 상담실이 아닌 카페 한쪽 승우 테이블로 가 앉았다. 승우 앞에는 여느 때처럼 카드 덱이 정결하게 놓여 있었다.

"병원 잘 다녀오셨어요?"

"네… 말씀하신 대로… 아빠 손도 잡고… 속마음도 털어놨어요…"

"잘하셨어요. 오늘은… 그다음 이야기를 들어볼까요?"

"그다음 이야기요…?"

"네. 오늘은… 아빠의 속마음을 들어보는 시간이에요."

희수의 심장이 순간 쿵 하고 내려앉았다.

"아빠… 마음요…?"

"지금 희수 씨가 가장 궁금해하는 게 그거잖아요?"

승우의 눈빛이 햇살 머금은 아침 이슬 같았다.

"그럼… 시작할게요."

카드들이 샤르르륵 섞이는 소리, 희수의 불안과 기대도 한 겹씩 뒤섞였다.

첫 번째 카드는 펜타클 킹(King of Pentacles), 승우는 가만히 카드를 어루만졌다.

"이 카드는 아빠의 '겉모습'을 보여줘요.

희수 씨 눈에 비친 아빠의 모습, 그리고 아빠가 스스로 보여주려 애썼던 얼굴이기도 하죠."

희수는 고개를 숙였다.

지쳐 있는 눈동자 너머로 억지로라도 미소를 띠던 그 얼굴. 빚쟁이들의 전화를 받으면서도, 서류를 움켜쥔 채 흔들리는 손끝을 감추면서도, 아빠는 늘 '괜찮다'라는 표정을 지었다. 어쩌다 마주한 퇴근길, 낡은 구두 끝이 얼마나 지쳐 있었는지 그때는 알 수 없었다. 말라가던 어깨, 무너져 내릴 듯 휘청이면서도 마지막 남은 기운을 짜내어 가족의 하루를 지탱해내던 그 등판.

"아빠는…"

승우의 목소리가 낮게 흘렀다.

"자신을… 무너뜨릴 수 없는 사람이라고 믿으셨던 것 같아요. 누가 뭐래도… 적어도 딸 앞에서는…

실패한 아빠의 모습을… 보여주지 않으려고…"

희수는 가슴이 아팠다. 한없이 단단해 보였던 아빠의 뒷모습 뒤에는 얼마나 깊은 외로움과 살 떨리는 두려움이 숨어 있었는지 이제야 조금은 알 것 같았다.

두 번째 카드는 완드 10(Ten of Wands)

"이건 아빠의 '속마음'을 나타내요.

무거운 짐을 혼자 짊어지고 가는 사람. 사실 아버지는…

너무 오래 혼자 힘들었어요.

희수 씨가 보기엔 무관심하고 차가웠겠지만…

실은… 그렇게라도 버텨야만… 희수 씨를 지킬 수 있다고 믿었던 거예요."

'아빠도… 혼자 울었을까…?'

세 번째 카드는 소드 3(Three of Swords)이었다.

"그리고… 이건 아버지의 '상처'를 의미해요.

자신이 딸에게 받은 상처, 그리고 무엇보다…

'자기 자신을 용서하지 못하는 마음.'"

승우는 잠시 말을 멈췄다.

"아빠는… 희수 씨가 엄마를 잃고 얼마나 아팠는지 알면서도 그걸 위로해주지 못했던 지난날을 계속 후회하고 있어요."

희수의 눈에서 또 눈물이 흘러내렸다.

"그럼… 아빠는 지금… 제 목소리… 들었을까요…?"

희수의 목소리가 떨렸다. 승우는 미소 지으며 또 한 장의 카드를 펼쳤다. 심판(The Judgement) 카드였다.

"네… 들으셨어요.

이 카드는 '깨어남'과 '응답'을 의미해요.

아버지는… 당신의 그 한마디에 작게… 아주 작게… 속으로 대답하셨어요."

희수는 손등으로 눈물을 닦으며 웃었다.

"정말… 그랬으면 좋겠어요…"

승우는 마지막으로 말을 이었다.

"희수 씨…

아빠는… 언제나 당신 곁을 떠나지 않았어요.

지금도… 그분은 싸우고 있어요.

자신의 의식 속 어딘가에서…

당신과 다시 마주 앉을 날을 기다리며."

희수는 조용히 고개를 끄덕였다.

"저도… 기다릴게요.

그리고… 다시 병원에 갈 거예요…

아빠한테… 이번엔 더 많은 말… 들려드릴 거예요…"

승우가 웃으며 희수를 바라보았다.

"그게 바로… 사랑의 시작이에요."

카페 문을 나선 희수의 얼굴엔 오랜만에 햇살 같은 미소가 번지고 있었다.

9.

그날 이후 희수의 병원 방문은 꾸준히 이어졌다. 일주일이면 두 번 또는 세 번. 어떤 날은 퇴근 후 곧장 달려갔었고, 주말에는 아침부터 저녁까지 병원에서 머물렀다. 처음엔 아무런 반응도 없는 아빠 얼굴을 바라봐야 해서 어색하기도 하였다. 하지만 시간이 지날수록 희수의 병실 방문은 하나의 '일상'이 되어갔다. 희수는 아빠의 차가운 손등을 감싸 쥐며, 눈을 감았다.

"아빠… 부디… 조금만 더 힘내줘요…

이렇게라도… 곁에 있을 테니까…

혼자라고 생각하지 말아요…

아빠의 숨결이…

다시 나에게로 돌아오길…

간절히 바라고 있어요.

아빠가… 언젠가 다시

희수 이름을 불러줄 날을

기다리고 있어요."

때로는 짧은 시 한 편을 낭송해 주기도 하고, 가끔은 새로 들은 노래도 가만히 불러주었다.

"아빠…

이 노래 가사 알아요?

'사랑은 기다림 속에서 피어나는 거야…'

나… 그 말… 요즘 많이 생각해요."

외할머니도 자주 아빠에게 들렀다. 희수와 함께 아빠의 손톱을 깎아주고, 머리카락을 정리해 주었다. 욕창이 생길까 봐 항상 몸을 깨끗이 닦아주었다. 어느 날, 희수는 문득 생각나는 게 있어서 다시 해꿈을 찾았다.

"저… 승우 선생님…

혹시… 아빠의 지금 상태를…

카드로 한번 볼 수 있을까요…?"

승우는 고개를 끄덕였다.

"그럼요.

이번엔… 아빠의 '깨어날 가능성'에 대해서 물어볼게요."

카드 셔플이 시작되자, 희수의 심장이 또다시 긴장감으로 조여왔다.

첫 번째 카드는 힘(Strength)이었다.

"내면의 회복력, 버티는 힘…

아빠는… 아직… 싸우고 계시네요."

승우는 짧지만 단호하게 해석을 내렸다.

두 번째 카드는 별(The Star)이에요.

"희망… 그리고… 멀리서 빛나는 가능성…

조금씩 조금씩… 좋아지고 있어요."

세 번째 카드는 펜타클 기사(Knight of Pentacles)

"느리지만… 확실한 회복의 흐름… 희수 씨의 정성,

그리고 이 기다림… 모두… 아빠에게 닿고 있어요."

"정말… 정말 그럴까요…?"

"네…

곧… 아주 작은 신호가 올 거예요."

그리고 그 '신호'는 정말로 예고 없이 찾아왔다. 병원을 다녀온 어느 날 오후 희수는 아빠에게 편지를 쓰고 있었다. 그때 외할머니의 전화가 울렸다.

"희수야… 병원에서… 아빠 손가락이… 움찔했대…"

외할머니의 목소리가 흥분이 겹쳐 심하게 떨리고 있었다. 순간 희수의 숨이 멎었다.

"정말… 정말이에요…?"

"그래… 간호사 선생님도 봤대…

아주 미세하지만… 분명한 반응이었대…"

희수는 허둥지둥 병원으로 달려갔다. 중환자실 문 앞에는 이미 외할머니가 와 있었다. 아빠는 여전히 잠들어 있었지만, 희수는… 그 손가락 끝만 바라보았다.

"움직여줘… 제발… 한 번만 더…"

희수가 애타 하는 순간, 정말 기적처럼 희수의 눈앞에서 아빠의 오른손 약지 손가락이 살짝 떨리듯 움직였다.

"아빠…!"

희수는 두 손을 입에 모은 채 울음을 터뜨렸다. 눈개 한 방울이 얼굴로 떨어진 느낌 같았지만, 희수에겐 우주가 숨을 쉬는 듯한 대답이었다. 그날 밤, 희수는 승우에게 다시 전화를 걸었다.

"선생님… 아빠가… 움직였어요… 진짜로요…"

전화기 너머로 들려오는 승우의 목소리는 차분하면서도 조금 들떠 있었다.

"축하해요… 희수 씨… 그건… 희수 씨와 아빠 마음이 드디어 다시… 만났다는 증거예요."

희수는 조용히 눈을 감았다.

'이제부터… 내가 아빠 곁을 지킬게… 그동안 아빠가… 내 곁을 지켜줬던 것처럼…'

10.

희수의 하루하루가 달라지고 있었다. 눈을 뜨면 가장 먼저 아빠를 떠올렸다. 점심시간에도 아빠 면회를 먼저 챙겼고, 퇴근하면 동료들의 술 한잔하자는 말을 뒤로 흘린 채 곧장 병원으로 달려갔다.

"아빠, 오늘 회사에서 이런 일이 있었어."

"아빠… 나 요즘 일하다가 자꾸 히죽히죽 웃게 돼."

"아빠… 오늘도 기다릴게… 그러니까… 제발…"

희수는 매일 아빠 곁을 지켰다. 책을 읽어주고, 음악을 들려주고, 가끔은 가슴 깊이 묻혀 있던 원망의 조각들도 조심스럽게 털어놓았다.

"솔직히 말하면… 아빠… 나 엄마 일 이후로… 아빠가 너무 싫었어… 왜 우리 곁에 없었는지… 왜 나 혼자 남겨졌는지… 수천 번도 넘게 생각했어…"

희수는 잠시 말을 멈추었다. 산소마스크가 가린 아빠의 얼굴, 하지만 그 옆은 호흡기 물소리 사이로 희수는 또박또박 말을 이어갔다.

"근데 이제 알 것 같아… 아빠도 힘들었지?… 아빠도… 외로웠지?"

희수의 목소리는 조금 떨렸지만, 어딘가 따뜻한 온기가 번지고 있었다.

아빠가 중환자실에서 일반 병실로 옮겨진 석 달 후, 어느 늦은 봄날 오후였다. 아빠를 위해 잠시 휴직을 한 희수는 병실에서 한참 에세이집을 읽고 있었다. 그날따라 병실 안 공기가 평소보다 더 포근하게 느껴졌다. 외할머니가 가져다준 과일 바구니를 정리하던 희수는 문득 아빠 쪽으로 시선을 돌렸다. 그 순간이었다. 아빠의 눈꺼풀이 서서히, 아주 서서히 떨리기 시작한 것이다. 희수는 숨을 멈췄다. 그리고 두 손으로 입을 가렸다.

"아… 아빠…?"

다시 한번 눈꺼풀이 조금 더 크게 떨렸다. 그리고 아주 미세하게 아빠의 눈이 반쯤 떠졌다. 희수는 자리에서 벌떡 일어났다.

"선생님! 간호사 선생님! 아빠… 아빠가…!"

의료진이 병실 안으로 급히 들어왔다. 희수는 병실 한쪽에서 두 손을 모은 채 아빠를 바라보았다. 긴 의식불명의 시간 끝, 아빠의 입술이 천천히 아주 천천히 움직였다.

"희… 수…"

희수는 그 자리에 풀썩 주저앉아 소리 내어 울었다.

"아빠… 아빠… 정말… 정말… 고마워…

정말… 미안해… 정말… 사랑해…"

병실 안에는 기계음과 의료진의 분주한 발소리, 그리고 희수의 울음소리가 뒤섞여 흘러갔다. 하지만 그 모든 소음 속에서도 희수의 귀에는 아빠의 그 한마디, 힘이 없었지만 분명한 목소리만이 크게, 깊게 울려 퍼졌다.

며칠 후, 희수는 다시 승우을 찾았다. 카페 문을 여는 순간 승우가 어느 때보다 희수를 반갑게 맞았다.

"왔어요?"

"선생님… 드디어… 아빠가 깨어나셨어요."

승우는 이미 알고 있는 듯 고개를 끄덕였다.

"그럴 거라고… 반드시… 깨어나실 거라고…

처음부터 믿고 있었어요."

희수는 손끝으로 테이블 위를 천천히 문질렀다.

"선생님… 혹시… 마지막으로…

오늘 저를 위한 카드를 한 장 뽑아주실 수 있을까요…?"

승우는 미소를 머금은 채 카드를 셔플 했다.

카드가 테이블 위에서 바람처럼 원을 그리며 펼쳐졌다.

희수는 한 장의 카드를 집어 들었다. 펜타클 9(Nine of Pentacles)였다. 승우의 눈빛이 깊어졌다.

"이 카드는…

스스로 상처를 지나온 사람에게 주어지는 작은 축복이에요."

희수는 카드 속 여인이 정원 속에서 홀로 서 있는 모습을 바라보았다. 푸른 나무들, 탐스러운 포도, 그리고 한 손에 살포시 내려앉은 앵무새. 그 모든 것이 조용하지만 풍요로운 평화를 말하고 있었다.

"희수 씨… 정말 긴 시간을 스스로 버텨내셨죠.

아무도 모르게… 혼자서 울고, 혼자서 참아내고, 혼자서 걸어온 시간들."

승우의 목소리는 풍경소리처럼 맑았다.

"이 카드는 그런 당신에게 주어지는…

내적 자립의 증거예요.

누구의 인정이 아니라…

당신 스스로 '이제 괜찮다'라고

자신에게 말할 수 있는 순간이 왔다는 뜻이에요."

희수는 카드 위로 손바닥을 올렸다. 카드 속 여인의 눈빛처럼 희수의 마음도 조금씩 평온해지고 있었다.

"그럼, 이제부터는…"

승우가 덧붙였다.

"희수 씨가 자신의 삶을

조금 더 사랑해주셔야 할 차례예요."

희수는 그 말을 듣는 순간 가슴이 뭉클하였다.

'그래… 이제부터가 시작이야.'

희수는 조용히 눈을 감았다. 그리고 마음속으로 또 한 번 다짐했다.

'아빠… 이제는… 내가 아빠의 햇살이 될게…

끝까지… 아빠를 지킬게…'

문래동 우체국 골목을 빠져나와 버스 정류장으로 가던 희수는 발걸음을 잠깐 멈추었다. 건너뜸 신도림 하늘이 서서히 불타오르고 있었기 때문이다. 아파트들의 창문마다 주황빛 노을이 반사되어 마치 거대한 거울처럼 빛을 흩뿌렸다. 서쪽 하늘 가장자리는 진한 주홍과 분홍이 섞여들었고, 그 위로 서서히 흐르는 구름들은 마치 붓끝에서 번진 수채화 같았다. 희수는 그 눈부신 풍경을 바라보며 자신의 기억들도 점차 노을빛으로 채색되어 가는 것을 느꼈다.

아빠가 희수의 부축을 받으며 재활 치료를 받으러 다니던 어느 날, 승우가 희수를 불렀다. 카페로 찾아온 희수에게 승우가 조심스레 말을 꺼냈다.

"희수 씨, 희수 씨가 기억해야 할 또 한 사람이 있지 않나요?"

희수가 전혀 모르겠다는 듯 되물었다.

"누구요?"

승우는 아무 말 없이 카드를 펼친 후, 세 장을 뽑아 희수 앞으로 내밀었다. 그리고 한 장씩 뒤집으며 말을 이어갔다. 카드를 뒤집는 손길이 마치 오래된 기억을 더듬는 듯 조심스러웠다.

"과거의 추억을 비추는 첫 번째 카드예요.

컵 6(Six of Cups), 이 카드는 어린 시절의 기억,

그리고 그리움을 뜻해요.

희수 씨가 어릴 때 그분과 잠시 함께한 순간들,

혹은 그분의 기억 속에서 여전히 살아 있는 희수 씨 모습이에요.

시간이 지나도 쉽게 지울 수 없는…

그런 순수한 그리움이 있다는 거죠."

희수의 눈동자가 조금 흔들렸다. '아, 새엄마. 까마득히 잊고 있던 사람, 어린 자신에게 모진 상처를 받았던 사람….' 너무 오래된 기억이었다. 그 시절의 냄새, 그 식탁 위의 반찬들… 다 묻어두고 싶었던 것들이 하나둘 떠올랐다. 상담하는 동안 새엄마 이야기는 단 한마디도 없었는데… 왜 승우를 사람들이 타로의 신이라고 부르는지 알 거 같았다.

승우는 두 번째 카드로 손을 옮겼다.

"이번엔 이 카드예요. 펜타클 퀸(Queen of Pentacles)"

풍요로운 정원 속에서 여성 인물이 두 손으로 소중히 펜타클을 감싸 안고 있었다.

"이건 '돌봄의 여왕'이에요.

누군가를 지켜보고, 걱정하고, 속으로 품어온 사람의 마음이죠. 직접 표현하지 못했을지라도… 늘 희수 씨가 잘 지내길 바랐다는 증거예요. 아마 그분은 희수 씨의 소식이 들릴 때마다… 조용히 가슴 졸였을 거예요."

희수는 크게 숨을 한 번 삼켰다. 승우는 마지막 카드에 손을 얹었다.

"그리고… 이게 그분의 현재 마음이에요.

완드 2(Two of Wands)"

붉은 옷을 입은 한 남자가 성루 위에 서서 먼 곳의 풍경을 바라보는 장면이 펼쳐졌다. 손에는 세계가 그려진 지구본이 들려있었다.

"이 카드는 '결심' 그리고 '미래에 대한 선택'을 뜻해요.

그분은… 아마 오랫동안 망설였던 것 같아요.

지금까지는 멀리서 바라볼 수밖에 없었지만…

언젠가는 희수 씨에게 다가가고 싶다는 마음을 품고 계셨던 거죠.

마음속으로 여러 번… 그런 상상을 했을 거예요."

승우가 말을 이어갔다.

"'어떻게 다가가야 할까.'

'희수 씨가 나를 받아줄까.'

그런 고민을 해오셨던 것 같아요.

지금도 그분 마음속엔… 희수 씨가 있어요."

희수의 목 끝이 뜨거워졌다.

"… 그분이 정말… 저를 만나주실까요?"

희수의 목소리는 기어들어 갔지만, 분명하게 들렸다.

승우는 잔잔히 웃으며 고개를 끄덕였다.
"희수 씨가 한걸음 내디디면…
그분도 분명, 그 기다림 끝에서…
희수 씨를 향해 걸어오실 거예요."
희수는 말없이 고개를 숙였다. 테이블 위 카드들의 이미지가 뿌옇게 번졌다. 오래도록 잊었던 감정의 문이, 새롭게 열리는 순간이었다.
아침부터 병실은 부산하였다. 이전보다 훨씬 건강해진 모습으로 돌아온 아빠가 드디어 퇴원하는 날이었기 때문이다. 희수가 병원비를 정산하려 원무과를 찾았을 때, 누군가 이미 남은 병원비를 모두 정산한 상태였다. 외할머니, 아빠와 희수가 탄 엘리베이터가 1층 로비에서 문이 열렸을 때 세 사람은 깜짝 놀랐다. 여의도성모병원 의사와 간호사, 그리고 수녀님들이 서서 환호성을 지르며 손뼉을 치고 있었기 때문이다.

아빠가 퇴원한 지 어느새 3년이 흘렀다.
아빠 회사에서 물건을 실은 차량이 자주 빠져나갔다.

아빠 회사가 납품하는 물건을 실은 차량이었다.

매일 정성껏 차려진 저녁 밥상에는 네 사람이 앉아 있었다. 외할머니, 아빠, 희수 그리고 새엄마.

새엄마가 자신의 재산을 아빠 회사에 투자해 아빠의 재기를 도왔다.

* 출연 카드 정리

마이너 - 소드 8(Eight of Swords)

이 카드는 자신을 심리적, 감정적 덫 안에 가둔 상태를 의미한다. 희수의 내면은 오랜 시간 동안 아버지에 대한 분노와 상처로 인해 굳게 닫혀 있었고, 자신의 감정을 스스로 억눌러 왔다. 움직이고 싶어도 움직일 수 없는 심리적 마비, 아빠와의 행복했던 기억조차 차단해 버린 심리적 억제 상태가 바로 이 카드에 드러난다.

메이저 - 달(The Moon)

달 카드는 오해와 불안, 감정적 혼돈을 상징한다. 희수와 아버지 사이에 쌓였던 수많은 오해와 잘못된 인식들, 그리고 어린 시절부터 길게 누적된 불신과 상처들이 이 카드에 담겨 있다. 희수가 느낀 외로움, 아빠의 무심함에 대한 오해도 이 카드의 상징적 그림자에 해당한다.

마이너 – 컵 기사(Knight of Cups)

컵 기사는 감정을 담아 전달하려는 사람을 상징한다. 희수가 처음으로 아빠에게 자신의 마음을 전하려는 용기를 내기 시작한 그 순간, 희수의 내면 변화와 작은 성장의 실마리를 보여주는 카드다. 서툴고 미숙하지만 '이제 시작해 보겠다'라는 희수의 첫 감정 표현 의지가 담겨 있다.

마이너 – 펜타클 5(Five of Pentacles)

이 카드는 상실, 결핍, 소외감을 의미한다. 희수의 내면아이(Inner Child)가 오랜 세월 동안 얼마나 추위와 외로움 속에 있었는지를 상징한다. 엄마의 죽음 이후 누구에게도 위로받지 못한 채 외면당하고 스스로 고립시켰던 그 마음의 상처가 이 카드에 고스란히 담겨 있다.

메이저 - 은둔자(The Hermit)

은둔자는 내면의 진실을 찾기 위한 고독한 여정을 상징한다. 희수는 너무 오랫동안 감정의 동굴 속에 숨어 있었다. 이 카드는 이제 그 동굴에서 조금씩 걸어 나와 자신의 내면과 진실을 직면할 준비가 되었음을 보여준다. 희수의 심리적 전환점 카드라 할 수 있다.

마이너 - 컵 에이스(Ace of Cups)

컵 에이스는 새로운 감정의 시작과 정화, 치유의 시작을 의미한다. 희수의 가슴속에 처음으로 '사랑하고 싶다'는 순수한 감정이 피어나기 시작한 시점이다. 아빠를 향한 연민, 자기 자신을 향한 수용의 감정이 이제 막 움트기 시작했음을 암시한다.

메이저 - 태양(The Sun)

태양 카드는 희망, 용기, 진심의 전달, 새로운 시작을 의미한다. 희수가 병원에서 아빠에게 전할 한마디를 고민할 때 이 카드가 나온 것은 매우 상징적이다. 아빠 인생의 가장 큰 햇살이 되어줄 딸로서 희수가 처음으로 긍정적 에너지를 품게 되는 전환점의 메시지다.

마이너 – 펜타클 킹(King of Pentacles)

이 카드는 겉으로 보이는 안정감과 책임감의 상징이다. 아빠가 희수 앞에서만큼은 절대 약한 모습을 보이지 않으려 했던 가장으로서의 이미지, 모든 걸 참고 견디며 가족을 지키려 했던 무거운 책임감이 이 카드에 담겨 있다.

마이너 – 완드 10(Ten of Wands)

완드 10은 과중한 부담과 책임, 짐을 짊어진 자의 고통을 상징한다. 아빠가 경제적, 정서적으로 혼자 모든 짐을 짊어지고 가야 했던 긴 시간, 그리고 그 무게 때문에 몸도 마음도 점차 무너져 갔던 모습이 이 카드에 적나라하게 담긴다.

마이너 – 소드 3(Three of Swords)

이 카드는 마음의 깊은 상처, 슬픔, 자책을 의미한다. 아빠는 아내의 죽음 이후 희수에게 제대로 사랑과 위로를 주지 못했던 지난날을 끊임없이 후회하고 있다. 자기 자신을 용서하지 못하고 자신을 가해자로 바라보는 아빠의 내면 상태가 이 카드로 드러난다.

메이저 – 심판(The Judgement)

심판 카드는 깨어남, 내적 부름, 영혼의 응답을 의미한다. 희수가 병실에서 전한 말에 대한 무언의 아빠 대답, 그리고 아빠의 의식 속 아주 작은 변화와 반응이 이 카드로 상징된다. '내 딸의 마음을 들음.' 아빠의 잠재적 응답을 의미하는 카드다.

메이저 – 힘(Strength)

힘 카드는 내면의 회복력, 극복의 의지를 상징한다. 아빠는 여전히 육체적 고통과 사투 중이지만, 마음 깊은 곳에서는 포기하지 않고 싸우고 있다. 희수의 기다림과 애정이 아빠의 회복력에 보태지고 있음을 이 카드가 보여준다.

메이저 – 별(The Star)

별 카드는 희망과 치유의 가능성, 미래에 대한 긍정적 전망을 의미한다. 아직 회복에는 시간이 필요하지만, 아빠가 서서히 빛을 향해 나아가고 있음을 암시한다. 절망적 밤 속에서도 머나먼 희망의 별빛이 떠오르기 시작했음을 상징한다.

마이너 – 펜타클 기사(Knight of Pentacles)

이 카드는 느리지만 확실한 회복의 진행 과정을 나타낸다. 당장은 큰 변화가 없더라도, 희수의 정성과 기다림이 조금씩 아빠의 회복에 영향을 미치고 있음을 보여주는 카드다. 조용하지만 꾸준한 변화의 흐름이다.

마이너 – 펜타클 9(Nine of Pentacles)

펜타클 9는 내적 자립, 고난을 이겨낸 사람에게 주어지는 작은 축복을 상징한다. 오랜 상처와 미움을 넘어 희수는 이제 스스로 내면을 치유할 수 있는 단계에 도달했다. 희수의 삶에 찾아올 평온과 자존감 회복을 알리는 아름다운 결말 카드다.

마이너 – 컵 6(Six of Cups)

이 카드는 새엄마의 마음속 깊은 곳에 여전히 자리하고 있는 어린 시절의 희수에 대한 기억과 그리움을 상징한다. 과거의 순수했던 순간들, 함께 보낸 짧은 시간이 새엄마의 기억 속에서 지워지지 않고 남아있었음을 보여준다. 그 시절 희수가 어떤 표정을 지었고, 어떤 음식을 좋아했으며, 어떤 목소리로 말을 건넸는지까지도, 새엄마는 마음속 어딘가에서 계속 떠올리며 그리워해 왔다. 시간이 흘러도 그 기억은 희미해지지 않은 채, 여전히 그녀의 내면에 머물러 있었다.

마이너 - 펜타클 퀸(Queen of Pentacles)

이 카드는 새엄마가 오랜 시간 동안 희수에 대한 걱정과 돌봄의 마음을 묵묵히 품어왔다는 것을 의미한다. 겉으로는 표현하지 못했지만, 희수가 잘 지내고 있는지, 아프지는 않은지, 마음의 상처는 조금씩 아물어가고 있는지… 그런 걱정들이 새엄마의 일상 속에 조용히 스며들어 있었다. 따뜻하고 현실적인 돌봄의 에너지를 가진 이 카드는, 새엄마가 희수를 위해 마음 한편에서 늘 조용히 기도하듯 지켜보고 있었음을 보여준다.

마이너 - 완드 2(Two of Wands)

이 카드는 새엄마가 지금까지 망설이고 머뭇거려왔던 마음의 갈림길에서, 조금씩 희수에게 다가가고자 하는 결심을 품기 시작했음을 의미한다. 멀리서만 지켜보며 '언젠가 용기를 내야지' 하고 스스로 다독여왔던 그녀의 시간이 이제 서서히 끝나가고 있다. 희수가 조금이라도 마음의 문을 열어준다면, 새엄마 역시 그 기다림의 끝에서 손을 내밀 준비가 되어 있음을 이 카드는 말하고 있다. 이 카드는 '다시 이어지고 싶은 마음', '희망적인 선택의 시작'을 상징한다.

VI. 파묘

1.
카페 해꿈의 출입문에는 큼직한 메모가 붙어있었다.
'잠시 출장을 갑니다. 돌아와서 뵙겠습니다.
_승우 드림'

요즘 부쩍 기력이 떨어진 어머니가 걱정되어, 승우는 이번에도 시골에서 어머니와 보름 남짓 지내다 올 예정이다. 아내와 자식이 없는 승우에게 어머니는 승우가 세상을 살아가는 이유이자 생명 그 자체이다.
타로의 신이라 불릴 만큼 타로계에서 명성이 있지만, 타로는 승우에게 돈벌이 수단이 아니어서 늘 가난을 달고 산다. 대부분 상담도 무료인 데다, 강의 요청이 들어와도 번잡하게 살아가기를 꺼리는 승우는 매번 거절한다. 이처럼 가난한 삶에서 벗어나지 못하다 보니 승우는 무능하고 부족한 아들이라는 죄스러움을 안고 살아가고 있다.

올해 93세 어머니의 삶은 한마디로 질곡의 역사였다. 마흔이 채 되기 전 홀로 된 어머니는 밭 한 뙈기 없는 시골에서 다섯 자식을 키워냈다. 날마다 배고프던 시절, 이 집 저 집 날품팔이하며, 몸이 만신창이가 되도록 연약한 육신을 소진하였다. 그러다 장남이 결혼한 후로는 시골 삶을 정리하고 서울로 올라와 30여 년 자식들과 살았다. 하지만, 어리디어린 자식 둘을 둔 둘째 딸이 사고로 세상을 떠나고, 그다음 해에는 평생 남편처럼 의지하며 살았던 장남을 갑자기 암으로 잃고 말았다. 참척을 당한 이후 어머니는 다시 시골로 내려와 은둔자처럼 홀로 살아간다. 자식을 앞세운 죄인이라며 누군가를 만나는 일도 피하면서….

자식들이 세상을 떠난 지 20년이 훨씬 지난 데다 당신 나이가 구순을 넘었음에도 어머니는 지금도 죽음의 트라우마를 떨쳐내지 못하고 있다. 식물인간처럼 누워 있던 둘째 딸, 호스피스 병실에서 24시간 극단적인 고통을 겪던 장남을 지켜본 어머니에게 천붕지괴의 슬픔뿐만 아니라, 이 죽음의 트라우마도 안게 되었다. 몸이 조금만 아파도 스스로 죽음을 생각하며 두려워하는 것이다. 이런 어머니를 위해 승우는 시골에서 어머니와 지낼 때면 타로를 통해 심리치료를 해드리곤 한다.

평소 말수가 적은 어머니에게 타로는 대화 통로이기도 하다. 어머니와 마주 앉아 어머니의 하루 운세나 전날 밤 꾼 꿈을 해몽해드리며 대화를 하기 때문이다. 어떤 사소한 결정이라도, 어머니는 타로의 도움을 받아 결정하기를 즐기는 정도가 되었다.

"오늘 시내 나가서 머리를 좀 해야 하는데 나가도 괜찮겠냐?"

다리 힘이 약한 어머니가 시내를 가려면 마을 앞 정류장까지 걸어가 버스를 타야 한다. 버스를 타고 내릴 때나, 흔들리는 버스에서 서 있어야 할 때 행여 무슨 일 생길까 염려가 되어 승우에게 물어보는 것이다. 물론 대부분 승우가 동행하지만, 어머니 혼자 시내를 다녀오실 때도 있다. 타로를 잘 모르는 어머니는 승우를 신기한 기술을 가진 아들쯤으로 여긴다. 특히 승우의 손놀림을 보면 입을 다물지 못하는 어머니이다.

승우는 타로의 길을 걷기 전 매일 죽음을 떠올리며 지낼 만큼 힘겨운 시절이 있었다. 두 자식을 앞세운 어머니인데 아무리 사는 게 고통스럽더라도 자신조차 어머니의 앞길을 선택할 수 없었다. 그때 우연히 만난 사람이 오늘 승우를 있게 한 타로 스승이었다. 지금은 고인이 되셨다.

승우는 용산역에서 순천행 KTX를 탔다.

용산역에서 순천역까지 2시간 40분, 순천역에서 시내버스 88번을 타면 마을 앞까지 25분쯤 걸린다. 하지만 문래동에서 출발해 시골집 도착까지 시간을 계산하면 네 시간 남짓이다. KTX가 익산을 지나고 있었다. KTX를 타고 익산을 지날 때면 승우는 시선을 창밖으로 돌린다. 끝없이 펼쳐지는 들판, 끝이 안 보이는 저 들판을 하염없이 걸어보고 싶은 생각이 들기 때문이다. 저토록 넓은 평야를 바라보며 사는 익산 사람들은 마음의 넓이도 그만큼 넓을 것이라는 생각도 든다. 문득 순천에서 서울로 오던 날 KTX에서 만났던 유진이 떠올랐다. '유진 씨는 잘 지내고 있을까…'. 폭력적인 남자친구에게 이별을 통고하기 위해 익산으로 가던 길, 잠시 후 익산역이라는 안내방송이 들렸을 때 손끝이 떨리던 유진. 그녀는 두려움과 불안으로 가득 차 있었다. 승우의 도움으로 결국 유진은 고통스러운 관계를 끊어낼 수 있었다.

열차 안에서 승우는 타로카드를 꺼냈다. 현재 유진의 속마음을 보고 싶었다. 흔들리는 열차 안에서도 카드를 쥔 승우의 손은 흔들림이 없었다. 카드를 섞는 손길은 오래된 의식처럼 자연스러웠다.

메이저 아르카나 세계(The World) 카드가 첫 번째 모습을 드러냈다.

승우는 안도하는 눈빛이었다.

"마침표… 그리고 새로운 시작."

세계 카드는 완성과 성취, 새로운 차원의 도약을 상징한다. 유진이 오래도록 붙잡혀 있던 고통의 굴레에서 벗어나 이제는 완전히 새로운 국면으로 넘어갔음을 알려주는 카드였다.

'유진 씨는 이제 더는 과거의 감정으로 흔들리는 일이 없겠구나…'

아마도 유진은 자신만의 새로운 세계를 만들어 가고 있을 것이다. 새로운 직장으로 옮겼을 수도 있고, 멈추었던 학업을 다시 시작하거나, 아니면 여행을 다니며 자신을 돌아보고 있을지도 모른다. 무엇보다, 그녀는 내면의 두려움을 이겨낸 사람이다. 그만큼 그녀의 일상은 이제 '과거의 연장선'이 아니라, '완전히 다른 세계의 시작'일 것이다.

두 번째로 힘(Strength) 카드가 등장하자, 승우는 카드를 바라보며 깊게 숨을 들이쉬었다. 유진이 남자친구를 만나러 갈 때 승우가 유진에게 쥐여준 카드가 바로 힘 카드였다. 부드럽게 사자를 어루만지는 여인의 모습. 겉으로는 고요하지만, 내면의 강인함이 느껴지는 카드이다.

'유진 씨… 이제는 스스로 감정을 다스릴 줄 아는 사람이 되었네요.'

과거 유진은 시도 때도 없이 공포나 분노, 슬픔 같은 충동적인 감정 발적을 겪으면서, 남자친구의 눈치를 보며 숨죽였다. 하지만 지금은 다르다. 타인의 말이나 시선을 거를 수 있으며, 스스로 분노와 슬픔을 길들이는 중이다. 거절해야 할 때 단호히 거절할 수 있는 용기, 자신을 지키는 데

필요한 행동을 선택할 수 있는 의지를 갖게 된 유진… 한때 가스라이팅 당하는 사람처럼 무기력하던 사람이 이제는 어느 정도 단단해진 모습으로 다가왔다.

마지막으로 나온 카드는 펜타클 9(Nine of Pentacles)였다. 정원 한가운데, 홀로 우아하게 서 있는 여인의 모습. 그녀의 주변엔 탐스럽게 익은 과실과 풍요의 상징들이 가득하다.

'자립… 그리고 내면의 여유.'

승우는 이 카드를 보며 고개를 끄덕였다. 유진은 지금, 누군가의 보호 아래에서 겨우 숨 쉬는 사람이 아니다. 오롯이 자기 힘으로 삶을 꾸려가고 있는 사람이다. '아마도 그녀는 요즘 작은 기쁨들을 스스로 만들어 가고 있을 거야. 좋아하는 책을 읽거나, 카페 테라스에서 햇살을 즐기거나… 자신의 공간을 사랑하고 있을 거야.' 이 카드는 물질적 풍요만을 의미하는 게 아니다. 자기 자신에게 주는 인정과 만족, 그리고 감정적 독립성까지도 함께 담고 있는 카드이다.

세 장의 카드를 하나씩 포갠 후, 승우는 창밖으로 시선을 돌렸다. 유진은 분명히 자신만의 행복한 속도로 걸어가고 있다. 당분간 남자친구를 만나기는 어렵겠지만, 시간이 좀 지나면 자신을 섬세하게 배려해 주는 남자가 찾아갈 것이다. 그리고 아름다운 계절이 이어지게 될 것이다.

익산역에서 유진과 헤어진 이틀 후, 유진이 메시지를 보내왔었다.

선생님, 잘 올라가셨지요?
저는 선생님과 헤어져 여수로 내려오는 동안
이제 악마에게서 벗어났구나 싶어
내내 울었답니다.
하지만 이틀 동안 무서운 악몽을 꾸었어요
제가 마구 두려워 떠는데
멀리서 선생님의 모습이 희미하게 보이자
그 두려움이 사라졌어요
열차 안에서… 제가 얼마나 겁에 질려 있었는지,
선생님이 아니었다면 어떻게 됐을지
지금 생각해도 가슴이 철렁해요.
타로카드를 펼쳐주시던 선생님의 손길,
바쁘신 와중에도 저를 끝까지 지켜주시던

그 가슴 뭉클함이

아직도 가시질 않습니다.

항상 남자친구에게 주눅 들어 있던 저에게

어디서 그런 용기가 솟았는지

지금도 신기하기만 해요.

낯선 사람에게 선뜻 손 내밀어주는 게

쉬운 일이 아니라는 것을 알기에

선생님의 마음이 더 깊이 다가왔어요.

앞으로 살아가면서

또 어떤 두려움과 맞닥뜨릴지 모르지만

선생님을 떠올리며 잘 헤쳐나갈게요.

선생님,

꼭 다시 한번 뵙고 싶습니다.

씩씩한 모습으로요.

순천 내려오시면 연락주세요.

제가 순천으로 가겠습니다.

-유진 올림

열차는 순천을 향해 계속 달려갔다.

2.

새벽이면 시골집은 승우에게 명상하는 공간이 된다. 새벽 4시 반, 승우가 마당으로 나오면 모든 별은 사라지고 동쪽 하늘에서 주먹만 한 별 하나가 끔벅끔벅 반짝이며 승우를 맞이한다. 금성, 샛별이다. 작년에는 개밥바라기별로 초저녁 서쪽에서 나타났는데, 어느새 동쪽 하늘의 샛별로 돌아와 있다.

시골집 뒤에는 산들이 시골집을 두 팔로 감싸듯이 에두르고 있다. 어둠과 빛의 경계가 서서히 풀리기 시작할 무렵, 숲속 공기가 시골집을 에워싸며 내려앉는다. 이때 마을은 조용한 떨림으로 깨어난다. 먼저 고요의 긴장을 깨트리는 건 수탉들이다. 마을 여기저기 흩어져 있는 수탉들이 하나둘 목청을 돋우며 어둠의 종언을 알린다. 수탉 울음은 잠든 마을 사람들의 꿈속까지 파고들 듯 어둑한 허공으로 길게 울려 퍼진다. 이어서 산새들의 울음이 일제히 터진다. 되지빠귀 울음부터 이름을 다 알 수 없는 새들이 낮고 짧게, 혹은 높고 길게 울어댄다. 어떤 새들 소리는 장독대의 물동이로 떨어지는 빗물 소리 같고, 어떤 새들 울음은 바람이 마구 흔들어 대는 풍경소리 같기도 하다. 각기 다른 울음들이 겹치고 번지며, 승우의 머리 위에서 소리의 돔을 이룬다. 지난밤 칙칙한 꿈의 여진을 털어내는 그 정화의 울림이 영혼의 가장 깊은 곳까지 내려와 승우의 명상을 이끈다. 새들 울음이 일제히 멈출 때까지 30여 분 동안 승우는 마당 잔디밭을, 천천히 아주 천천히 걸으며 명상을 한다. 맨발이 잔디 위를 밟고 지나갈 때마다, 이슬 젖은 풀잎들이 승우의 혈관들을 진정시킨다. 걸음을 내디딜 때마다 흙의 숨결은 단전을 관통한다. 승우는 발바닥으로 대지의 맥박을 느끼려 집중한다. 그리고 슬며시 눈을 감으며 귀를 세운다. 새들의 울음, 바람의 숨소리, 내려앉은 숲속 공기의 스멀거리는 향기까지 모두 내면으로 모아간다. 숨을 들이쉴 때마다 현실의 불안과 염려가 걷히고, 내쉴 때마다 맑고 투명한 새벽 공기가 그 빈자리를 채워간다. 승우에게는 오직 지금 이 자리, 이 걸음, 이 숨결만이 존재한다. 승우는 계속 마당을 돌며 느리게, 아주 느리게 걷는다. 그 느림 속에서 스스로 살아 있음을 자각한다. 모든 것은 흘러가고, 또 모든 것은 다시 시작된다는 단순한 진리를, 이 명징한 시간의 공기와 흙과 새들이 일깨운다.

새들 울음이 그치면 방으로 들어온 승우는 세이지를 태워 자신의 방을 정화한다. 물을 끓이고 녹차를 우려 마시면서 책을 펼친다. 고요한 시간, 녹차와 독서는 승우의 오래된 벗이다. 독서가 끝나고 승우는 다시 마당으로 나왔다. 마을 앞 바닷가 산책 대신 오늘은 아침 햇살을 즐기기로 한다. 산등성이에서 떠오른 태양이 마당 잔디밭의 이슬을 마시기 시작할 무렵의 부드러운 햇살을 온몸으로 받아들인다. 태양의 기운이 몸속으로 스며든 기분이다. 승우는 타로 상담을 하면서 소진된 기운을 언제나 자연에서 충전했다. 부지런히 어머니의 아침상을 준비한 승우가 어머니와 마주 앉았다. 시골에서 머물 때 승우는 어머니의 하루 세끼를 시간 맞춰서 챙긴다. 설거지가 끝나면 컴퓨터를 켜고, 이메일로 들어온 상담들을 살펴보며 정성스럽게 답장을 해준다. 밥상 앞에서 어머니가 입을 떼셨다.

"어젯밤 꿈이 뒤숭숭하구나."

"어떤 꿈인데요?"

"호미로 밭을 파는데 흙 속에서 죽은 물고기들이 나왔어.

오늘 뭘 잘 먹을 꿈인지…"

승우는 순간적으로 어머니 기력이 몹시 떨어져 있음을 알았다.

"그래요? 이따 봐 드릴게요."

설거지를 끝낸 승우가 어머니를 자기 방으로 모셔 와, 타로카드가 놓인 작은 책상을 마주하고 앉았다. 승우의 손에서 카드가 현란하게 셔플 되고 있었다.

카드들은 승우의 손에서 살아 있는 생물처럼 움직였다. 부드럽게 휘어졌다가 날카롭게 직선을 그으며 공중을 가르고, 손가락 사이를 미끄러지듯 빠져나가며 리듬감 있게 퍼져나갔다. 셔플이 시작되면 카드들은 마치 새떼가 날아오르는 듯한 착각을 일으켰다. 카드들의 뒷면이 연신 깜빡이면서, 은색 물결이 일렁이는 듯한 착시가 생겼다. 한 장, 두 장, 세 장… 승우의 손가락은 눈으로 따라잡기 힘들 만큼 빠르게 움직였고, 카드 더미를 공중으로 살짝 던지자, 카드들은 잠시 떠올랐다가 깃털처럼 차분히 손안에서 모아졌다. 어머니는 말없이 넋을 잃은 채 바라보고 있었다. 승우가 카드 세 장을 뽑았다. 승우는 대부분 세 장 스프레드를 사용한다. 5장, 7장 또는 10장의 켈틱 크로스 스프레드를 사용하면 말이 길어지고 내담자들이 혼란스러워할 때가 있기 때문이다.

첫 번째 카드는 펜타클 7(Seven of Pentacles)이었다.

"어머니, 이 카드는 땅을 일구고 열매가 맺기를 기다리는 사람의 모습이 그려져 있어요.

쉽게 말하면 지금까지 어머니가 애써서 일해오고 버텨온 시간이라는 뜻이에요. 그런데 꿈에서는 밭을 팠더니 죽은 물고기가 나왔잖아요? 그건 그동안 쌓여온 피로나 스트레스가 이제 겉으로 드러날 만큼 꽉 차 있다는 신호예요. 그냥 참고 넘길 게 아니라, 어머니 몸에 뭐가 문제인지 한번 돌아보라는 뜻이에요."

어머니는 고개를 끄덕이며 들었다.

"그러면 아프기 전에 미리 알아차리라는 거네?"

"맞아요, 어머니."

두 번째 카드는 죽음(Death) 카드였다.

"이 카드는 죽음 카드에요."

어머니의 표정이 살짝 굳어졌다.

"내가 아파서 죽어?"

"아이고, 어머니 그게 아니에요."

승우가 웃으며 고개를 저었다.

"이 카드는 무서운 카드가 아니에요.

이 카드는 진짜 죽음을 뜻하는 게 아니라

변화의 필요성을 말하는 거예요.

이제까지 무리했던 생활 습관,

예를 들면 잠도 늦게 주무시고,

제때 식사도 안 하시고, 몸을 혹사시키던 습관들…

이제는 그만두고 새로운 건강 습관을 만들어야 한다는 뜻이죠.

지금 안 바꾸면 탈이 날 수 있다는 경고 비슷해요."

시골집 마당 옆에는 200여 평 밭이 붙어있다. 시골 사람들이 그러하듯 어머니도 땅에 대한 애착이 강하다. 두어 평 남짓한 텃밭조차 놀리는 법이 없다. 마당 가 밭에는 콩, 깨, 고추, 가지, 채소 등 여러 작물을 심어 틈만 나면 잔뜩 굽은 허리를 들이미신다. 구순이 넘은 어머니가 몸살을 자주 앓는 이유다.

"어머니, 땅에 욕심내면 안 돼요.
거둘 만큼만 거두어야지 자꾸 욕심내면
땅의 분노가 사람 몸속으로 들어와 몸살을 일으키는 거예요."
하지만 아무리 말려도 소용이 없다.
세 번째 카드는 소드 4(Four of Swords)였다.
"이 세 번째 카드가 진짜 중요한데요,
이건 무조건 '휴식', '안정', '회복'을 말해요.
몸이든 마음이든 당장 쉬어야 한다는 뜻이고요.
예를 들면 어머니가 지금까지는
'조금만 더 참자, 괜찮겠지' 하면서 버텨왔다면…
이제부터는 잠깐 멈추고 진짜로 푹 쉬어야 할 시기라는 의미에요.
그래야 다시 힘을 낼 수 있어요."
"그래, 알았다."
어머니는 그 말 한마디가 전부였다.
"지금은 억지로 뭐든 하려고 하지 말고
그냥 몸과 마음을 쉬게 해줘야 할 때예요.

생각도 잠시 멈추는 시간이 필요해요.

내일 저랑 병원 가서 영양제 한 번 맞아요.

몸살 나시기 전에요."

어머니는 어제 당신이 꾼 꿈이 나쁜 꿈이 아니어서 안도하는 눈치였다. 그날 오후 늦게 승우는 어머니에게 잠깐 나갔다가 온다며 벌교 시장을 찾았다. 승우 고향 마을은 순천시와 벌교 중간쯤인데 벌교가 조금 더 가깝고, 장을 간편하게 보기엔 벌교가 편하다. 순천보다 작은 읍내라 생선이나 어패류 상점 혹은 정육점 등이 버스 정류장 가까이 몰려 있기 때문이다. 승우는 국거리 어패류를 사면서 어머니에게 구워드릴 바닷장어도 몇 킬로 샀다. 그날 저녁 승우는 밭에서 풍성하게 자란 상추며 쑥갓을 뜯어다가, 평상에서 어머니에게 장어를 구워드렸다. 어머니는 몇 해 전 쓸개 제거 수술을 한 터라, 기름기 있는 음식은 잘 소화를 못 시킨다. 대신 바닷장어는 기름기가 적어 어머니가 드시기에는 큰 부담이 없다.

"어제 꿈이 잘 먹는 꿈 맞는갑다."

"맞아요, 어머니. 잘 드시고 아프지 마시라는 꿈이에요."

3.

며칠 후 어머니가 승우에게 머뭇거리며 말을 꺼냈다.

"니, 형 산소를 개장해서 납골당으로 가면 좋겠다."

"예? 왜 형 산소를 개장해요?"

"산소 봉분이 무너져 있고,

산소 뒤로 물이 흐르니 날마다 물에 잠겨 있는 거 같아서

잠이 안 와."

"어머니, 형 세상 떠난 지 20년이 넘었어요.

이젠 좀 내려놓으세요."

잘라 말하는 승우에게 어머니는 서운한 눈치였다. 자식은 죽어서도 자식이란 걸 모르는 것은 아니지만, 산소를 개장하는 일은 꺼림칙한 일이다. 승우는 형을 잃었을 때의 충격이 스멀스멀 기어오르는 거 같았다. 살점이 다 내렸을 형의 유골을 눈으로 확인해야 한다니… 그것만이 아니라 형의 뼈들을 불태워 가루로 만들고, 다시 낯선 곳으로 옮긴다는 게 영 마음에 안 내켰다.

아무래도 어머니에게 무언가 불안한 기운이 스며든 거 같았다. 문득 불길한 예감이 들었다. 당신의 죽음을 예고하

는 것일까. 당신 살날이 얼마 안 남았으니 죽기 전 깨끗하게 정리를 해두시려는 것일까. 당신 죽으면, 누가 물속에서 자식을 꺼내줄 것인가 하는 불안감이 엄습해 온 거 같았다. 하지만 승우는 어머니 요청을 거절할 일만은 아니었다. 만일 정말로 어머니가 돌아가시기라도 하면, 어머니의 마지막 부탁을 들어드리지 못한 죄책감을 감당할 자신이 없었다. 지금도 승우는 형의 꿈을 종종 꾼다. 꿈에서 형이 밝은 모습이면 몰라도, 살아 있을 때처럼 병든 모습이라면 온종일 우울한 기분이 된다. 꿈을 꾼 다음 날 영혼 타로를 펼쳐보면, 형의 영혼은 애매하게 읽히지만, 승우의 무의식은 여전히 고통스러워하던 형을 생생히 기억하는 것이다.
"어머니, 일단 형의 영혼이 지금 어떤지 타로로 알려드릴게요. 형의 영혼이 편안해야 개장을 해도 하지요."
어머니와 마주한 승우가 타로카드를 펼치고, 세 장을 뽑아 한 장씩 뒤집으며 해석을 해드렸다.
첫 번째 카드는 컵의 퀸(Queen of Cups)이었다.
"어머니, 이 카드는요,
형 영혼이 아주 차분하고 평온한 감정 상태에 있다는 뜻이에요.
마치 따뜻한 물속에서 조용히 떠다니는 것처럼…
세상에서 겪었던 아픔과 슬픔 같은 건 이제 가라앉았고요.
지금은 누군가에게 부드럽게 보호받으며, 편안한 휴식 속에 있어요."
어머니는 눈을 감으며 작은 한숨을 내쉬었다.
"그래… 그곳에는 아프지 말아야지…"
"이 카드가 말해요, 자기는 더는 아프지 않다고요."
두 번째 카드는 컵 10(Ten of Cups)이 나왔다.
"이 카드는, 어머니가 들으면 더 좋아하실 카드에요."
승우가 카드를 어머니 앞으로 밀어놓았다.
"이 카드는 가족의 사랑,
그리고 영혼의 평화와 안식을 의미해요.
형은 지금도 가족에 대한 사랑을 그대로 품고 있어요.
세상을 떠난 뒤에도 그 사랑은 끊어지지 않았어요.
여전히 어머니와 형 가족을 영혼 깊은 곳에서 따뜻하게 지켜보고 있어요."
어머니는 두 손으로 무릎을 꼭 잡았다.

"그래… 니 형만 한 효자도 없지…"

"네, 형의 그 마음은 변하지 않았어요."

세 번째 카드는 완드 4(Four of Wands)였다. 승우는 카드를 들고, 카드에 그려진 두 사람이 환영받는 듯한 모습을 가리켰다.

"이 카드는 '안정된 공간', '환영받는 곳', '평화로운 정착'을 의미해요.

형은 아주 편안한 곳에서 머물고 있어요.

따뜻하고 밝은 에너지가 있는 공간,

마치 고향처럼 정서적으로 안정된 곳이죠.

혼자가 아니라, 형을 반겨주는 많은 따뜻한 존재들과 함께 있어요.

매일 그곳에서 마음의 쉼을 얻고 있어요."

어머니의 눈가에 눈물이 맺혔다.

"그래… 편안한 곳에 있다니… 그 말만 들어도 마음이 좀 놓인다…"

"맞아요, 이제는 진짜로 괜찮으세요."

"어머니, 이제 보조카드 한 장 더 뽑아서 형이 어머니를 생각하는 마음을 읽어볼게요."

보조 카드로 컵 6(Six of Cups)이 나왔다.

승우는 조심스레 카드의 그림을 보여주었다. 두 아이가 꽃을 주고받는 장면이 있었다.

"이건 형이 지금도 어머니를 얼마나 그리워하고 있는지,
그리고 얼마나 걱정하고 있는지 보여주는 카드에요.
어릴 적 어머니 품에 안겨 있던 기억들,
함께 밥 먹고 웃던 시간…
그런 따뜻한 추억들을 형은 다 간직하고 있어요."

손끝이 떨리는 어머니의 손을 승우가 살며시 잡았다.

"어머니가 더 건강하게 오래오래 잘 지내주시는 게…
형이 가장 바라는 일이에요.
형이 하늘에서 이렇게 말해요.
'어머니, 이제 슬퍼하지 마세요.
그리고 제발 오래오래 행복하게 계세요'라고요."

어머니가 고인 눈물을 훔쳐냈다. 승우는 마음속으로 형의 영혼을 향해 기도를 올렸다.

그날 밤 승우는 잠 못 들고 있었다. 점심 무렵, 어머니 앞

에서 펼친 형의 영혼 카드들이 예전과는 달리 아무래도 미심쩍었기 때문이다. 타로카드를 들었을 때 느껴지던 자신의 영적 직감과 실제 출연한 카드들이 전혀 다른 분위기였다. 무의식적으로 영적 직감을 회피하던 승우는, 어머니가 형의 산소를 개장하려는 마음을 거두었으면 하는 바람이 컸고, 어떻게든 형의 영혼 상태를 평화롭게 드러내 개장하지 않아도 된다는 메시지를 어머니에게 전하고 싶었다. 카드를 셔플 할 때 자꾸 마음이 어수선하여 집중할 수도 없었다. 승우는 세이지를 좀 더 강하게 피워, 방안과 카드와 자신을 오래 정화한 후 다시 카드를 들었다. 경건한 의식을 치르듯 카드를 셔플 한 후 떨리는 마음으로 한 장씩 뽑았다.

출연한 카드는 극단적인 절망과 감정적 붕괴 그리고 무력감의 상징인 소드 10(Ten of Swords), 두 번째는 공포와 무의식의 혼돈 그리고 잠재된 두려움의 상징인 달(The Moon), 세 번째는 상실과 후회 그리고 슬픔에 대한 집착을 나타내는 컵 5(Five of Cups)였다. 승우는 갑자기 공황장애가 온 듯 두려움이 엄습해왔다. 마음을 가다듬고 잠을 청했다. 수없이 몸을 뒤척이다가 새벽녘 겨우 잠이 들었다. 승우는 알 수 없는 싸늘한 기운이 꿈속을 흐르는 거 같았다.

눈앞은 온통 암흑이었다. 검은 물이었다. 차갑고 탁한 물속에서 승우는 서서히 가라앉고 있었다. 심장 박동 소리만 귓가에서 쿵쿵 울렸다. 그때, 저 멀리… 흐릿하게… 누군가의 목소리가 들려왔다.

"승우야… 승우야…"

무언가 힘들어하는 익숙한 그 목소리…. 승우는 고개를 돌렸지만, 시야는 어슬하고 몸은 돌덩이처럼 무거웠다. 갑자기 물속 저편에서 형의 얼굴이 떠올랐다. 하지만 그 얼굴은 예전과 달랐다. 피부는 누렇게 떠 있었고, 눈동자는 허공에 멈춘 듯, 초점 없는 공허한 눈빛이었다. 형의 푸르스름한 입술이 벌어지며 겨우겨우 말을 뱉어냈다.

"여기… 좀 차가워… 숨이 막혀…

날 좀 꺼내줘… 제발… 여긴… 너무 어두워…"

형의 몸은 점점 물속으로 끌려 들어갔다. 두 팔을 허우적거리며 승우를 향해 애타게 손을 뻗었다.

"어머니… 승우야…"

형의 눈에서 눈물이 아니라 검은 물줄기가 뚝뚝 흘러내렸다. 형의 몸이 완전히 어둠 속에 삼켜지는 그 찰나, 승우는 숨이 막혀 비명과 함께 눈을 떴다. 숨이 목에 걸려 한동안 제대로 숨조차 쉴 수 없었다. 온몸은 식은땀으로 흠뻑 젖어있었다. 방안은 아직 어둠이 짓누르고 있었다. 하지만 그 어둠은 평소보다 더 깊고 무거웠다. 승우는 벌떡 일어나 서랍에서 세이지 스머지를 꺼냈다. 손끝이 떨리는 걸 애써 참으며 불을 붙였다. 창밖에선 동틀 기미조차 없는 어둠이 여전히 산자락을 감싸고 있었다.

꿈속에서 형이 뱉어낸 말들은 형이 호스피스 병실에서 고통을 이기지 못해 토해내던 말들이었다.

"승우야, 여기… 너무 추워… 숨이 막혀…

날 좀 집으로 데려가 줘… 제발… 여긴… 너무 어두워…

아이들이 보고 싶어… 어머니… 저 살고 싶어요…"

승우의 눈에서 눈물이 주르륵 흘러내렸다.

승우는 잠을 청할 수가 없었다.

4.

멧비둘기 우는 소리가 들렸다. 승우가 방에서 나와 바라보니 시골집 지붕 위로 흐르는 전깃줄에 멧비둘기 한 마리가 앉아서 고개를 이리저리 기웃거리며 '꾹, 꾸우꾹 꾸우꾹' 계속 울어댔다. 목이 쉰 듯한, 그래서 조금은 슬픈 음색으로 들렸다. 생각해 보니 오늘만이 아니라 며칠 전부터 울었던 거 같았다. 승우가 마당을 거닐어도 날아갈 줄 몰랐다. 하늘은 비가 내리려는지 꾸물거리고 있었다.

"왜 저리 비둘기가 운다냐."

어머니가 마루로 나오면서 하는 말이었다. 마당에선 승우가 멧비둘기를 향해 마음속으로 타로 카드를 펼쳐보았다. 타로카드 한 장이 떠올랐다. 마이너 아르카나 컵 2(Two of Cups)였다. 승우가 혼자 중얼거렸다. '화해와 소통과 유대감, 오랜 기다림 끝에서 마음과 마음이 다시 이어지고, 따뜻한 위로와 소통의 시작…'

"어머니만 편하다면 나는 아무래도 괜찮다. 어머니 편하신 대로 해주었으면 좋겠다. 내 뼈가 어디에, 어떤 형태로 있든 나는 늘 어머니 곁에 있으니까…"

지난번 악몽을 꾼 이후, 다시 형을 꿈속에서 보았을 때 형이 승우에게 한 말이었다.

형의 산소를 개장하는 날이었다. 순천시 용수동 시립공원 묘지로 올라가는 길, 시내 입구에서부터 묘지까지는 구불구불 오르막길이 이어진 12km이다. 오르막길을 따라 숲속으로 12km를 달려야 하니 짧은 거리가 아니다. 어느 해 여름, 승우는 배낭 하나 짊어지고 이 길을 걸어서, 걸어서 올라가 형을 만나고 온 적이 있다.

개장하기 시작할 무렵, 빗방울이 조금씩 떨어졌다.

"비가 오면 힘드니 어서 서두르세…"

인부 중 한 사람이 헛기침을 뱉으며 삽질을 서둘렀다. 삽이 봉분 흙을 퍼내기 시작하자 땅속에서는 이상하게 서늘한 공기가 솔솔 피어올랐다.

"왜 이렇게 땅속에서 서늘한 기운이 올라오지…?"

한 한 인부가 낮게 중얼거렸다. 드디어 형의 얼굴 유골과 맞닥뜨리는 순간, 승우의 머릿속이 아찔하게 돌았다. 가슴이 갑자기 조여오며 숨이 턱 막혔다. 눈앞이 뿌옇게 흐려지더니 형의 목소리가 머릿속에서 울렸다.

"승우야… 어머니… 잘 부탁한다…"

승우는 그대로 무너져 내렸다. 땅바닥에 누운 승우의 이마에서 식은땀이 흘러내렸다. 인부들이 급히 부축해 일으키려 했지만, 승우의 몸은 힘없이 축 늘어졌다. 의식이 점점 흐릿해지는 순간, 승우는 형의 얼굴을 마지막으로 한 번, 더 보았다.

이번에는… 형이 환하게 웃으며 손을 흔들고 있었다.

"고마워… 잘 지내라…"

어머니를 또 홀로 남긴 채 무거운 마음으로 승우는 다시 카페로 돌아왔다. 카페 대문에는 메모지들이 다닥다닥 붙어있었다.

'선생님, 빨리 돌아오세요.'

'선생님, 보고 싶어요.'

'선생님, 건강하게 잘 지내시죠?'

'오늘도 안 오셨네요, 선생님?'

승우는 메모지를 하나하나 읽어본 후 카페 청소부터 하였다. 보름 남짓 비워둔 카페는 칙칙한 분위기였다. 창문을 모두 열어 공기를 환기하고, 어지럽게 쌓인 타로 서적들을 단정하게 정리하였다. 테이블의 스프레드 천도 새로 깔았다. 카페가 어느 정도 정돈되었을 때 승우는 세이지 스머지를 태워 카페를 오랫동안 정화시켰다. 그리고, 명상음악을 들으며 새소리와 개울물 소리로 내면을 채웠다. 맑혀진 마음으로 승우는 타로카드를 펼쳤다. 마지막으로 현재 형의 영혼이 어떤지 보고 싶었다.

직감대로 별 카드(The Star)가 먼저 나왔다. 발가벗은 여인이 밤하늘 아래, 맑은 물가에서 무릎을 꿇고 있었다. 한 손에는 물병을, 다른 손에는 또 다른 물병을 들고 땅과 호수로 조심스럽게 물을 붓고 있었다. 머리 위엔 별들이 부드럽게 빛나고 있었다. 승우의 입꼬리가 만족한 듯 올라갔다. 이따금 상담 때 내담자들에게 희망을 건넸던 카드이지만, 오늘, 이 순간만큼 이 카드의 의미가 깊게 다가온 적은 없었다.

'형… 이제 칙칙한 어둠은 사라졌어요.'

승우의 목소리가 낮고 부드럽게 흘러나왔다.

"차가운 그곳에서 벗어나… 지금은 맑은 하늘 아래…

어딘가에서… 새로운 빛과 평온 가운데 머물러요."

카드 속 여인이 물을 붓듯, 형의 영혼도 조금씩 상처의 응어리를 풀어내고 있을 것만 같았다.

"오랜 기다림 끝에 찾아온… 영혼의 회복과 치유…"

승우는 숨을 한 번 들이마셨다. 숨결이 가슴 깊은 곳을 스치며 올라오는 동안, 무언가 오래 묵은 죄책감도 조금씩 옅어지는 것 같았다.

두 번째 카드를 조심스럽게 뒤집었다. 펜타클 6(Six of Pentacles)이었다. 저울을 든 남자가 다른 이에게 동전을 가만히 건네주고 있었다. 받는 자들의 얼굴엔 평온함이 묻어났다. 승우는 카드 위로 손바닥을 살며시 얹었다.

"이젠 혼자가 아니네요.

형 곁에는… 형을 도와주는 영적인 존재들이 있나 봐요."

승우의 목소리는 마치 오래전부터 준비된 위로처럼 조용하게 흘러나왔다.

"생전에 다 누리지 못했던 따뜻함과…

지금은 나누고… 받고… 그런 균형을 이루고 있어요."

형이 병상에서 외롭게 고통받던 마지막 순간들이 가슴 깊은 곳에서 불쑥 떠올랐다. 홀로 형을 지키던 그 긴 새벽들… 마른 나무토막과 같은 몸과 극심한 통증으로 초점을 잃어버린 눈빛…승우는 눈을 감으며 그 기억을 다시 눌러 담았다.

마지막 카드. 손끝이 살짝 떨렸지만, 승우는 천천히 카드 모서리를 들어 올렸다. 펜타클 9(Nine of Pentacles)였다. 넓은 정원 한가운데 한 여인이 우아하게 서 있었다. 풍성하게 익은 포도송이들, 주변의 만개한 꽃들, 그리고 고요한 햇살이 내리쬐는 한가로운 공간. 승우는 한동안 말없이 그 카드만 바라보았다.

"이제는… 형 스스로 평온을 누리고 있어요…

고통도 없고… 누구의 눈치도 보지 않고…

자신만의 공간 안에서…

마음 편히 숨 쉴 수 있는 곳에서…"

과거의 고통이 형의 영혼을 더는 구속하는 일 없이, 형은 어디선가 자유롭게 거닐고 있을 것이다. 카드 세 장을 가만히 모아 승우는 두 손으로 감쌌다. 그리고 눈을 감았다. 형의 이름을 가장 천천히, 가장 깊이, 가장 부드럽게 불러보았다.

'형… 이제 정말… 편히 쉬어요.'

창밖에선 서서히 해가 저물어 있었다. 바람 한 줄기가 카페 안으로 스며들었다. 무심하게 흔들리는 커튼 사이로 어디선가 멧비둘기 울음소리가 이명처럼 귓가를 맴돌았다. 승우는 카드들을 정리하던 손을 멈추었다.

'어머니는 지금 어떤 마음으로 계실까.'

형의 영혼이 평안하다는 걸 전화로 말씀드려야겠다는 생각도 있었지만, 그보다 더 궁금한 건 지금 어머니의 깊은 내면이었다. 승우는 조용히 타로 덱을 다시 들어 보조카드 한 장을 뽑았다. 컵의 에이스(Ace of Cups)였다. 맑은 샘물처럼 흘러넘치는 컵, 하늘에서 내리는 축복의 손길. 물방울들이 포물선을 그리며 흘러내리는 그 이미지가 승우의 마음속으로 환하게 스며들었다.

"어머니… 지금 마음속엔

아직도 크고 깊은 슬픔이 남아있지만…

그 안에…

새로운 평안과 따뜻한 감정이 조금씩 고이고 있어요.

형에 대한 미안함도… 그리움도…

이제는 조금씩…

사랑이라는 이름의 눈물로 정화되고 있겠죠."

승우는 카드 더미를 정리해 덮었다. 형 산소를 정리한 후 어머니가 승우에게 던진 한 말씀이 떠올랐다.

"이제 모든 게 잘 풀릴 거야."

* 출연 카드 정리

마이너 - 펜타클 7(Seven of Pentacles)

이 카드는 '지금까지 쌓여온 노력과 기다림의 시간'을 상징한다. 시골에서 평생을 땅과 씨름하며 살아온 어머니의 삶을 그대로 투영한다. 하지만 꿈에서 밭을 팠을 때 '죽은 물고기들'이 나왔다는 점에서 해석은 조금 달라진다. 이는 그동안 축적된 피로와 스트레스가 드러나기 시작했다는 몸의 경고 신호이다. 승우는 이를 '지금까지 견뎌온 삶의 무게가 이제 신체적 징후로 나타날 시점'이라는 의미로 해석하며, '건강 관리의 필요성'을 강조한다.

메이저 - 죽음(Death)

죽음 카드는 소설 내에서 '실제 죽음'이 아니라 '삶의 패턴을 근본적으로 바꿔야 할 시점'을 의미한다. 오랜 기간 몸을 혹사하고 생활 습관을 소홀히 해온 어머니에게 '변화의 필요성'을 알리는 카드이다. 승우는 '이대로 가면 탈이 날 수 있다'라는 점을 분명히 하면서도, 공포 대신 새로운 건강 습관과 휴식으로의 전환을 유도하는 긍정적 변화의 메시지로 풀어낸다.

마이너 - 소드 4(Four of Swords)

이 카드는 '조건 없는 휴식과 회복'을 강조한다. 승우는 '지금은 무엇 보다 멈추어야 할 시점'임을 알린다. 어머니가 '괜찮겠지' 하며 버텨온 시간을 내려놓고, 진짜로 자신을 돌보는 시간이 필요하다고 조언한다. 이는 '건강한 쉼'을 통한 재충전을 상징하며, '마음의 평화'도 함께 포함된다.

마이너 - 컵의 퀸(Queen of Cups)

형의 영혼 상태를 보여주는 첫 번째 카드로, '감정의 평온과 정서적 치유'를 뜻한다. 승우는 이 카드를 통해 형의 영혼이 더 이상 세상에서의 아픔이나 슬픔 없이, 따뜻하고 안정된 정서 속에서 머물고 있음을 어머니에게 전한다. 이 카드는 '영혼의 정서적 안식'을 상징하는 힐링 카드로 해석된다.

마이너 – 컵 10(Ten of Cups)
이 카드는 '가족 사랑, 영혼의 평화, 그리고 내세의 안식'을 의미한다. 승우는 형이 세상을 떠난 후에도 가족에 대한 사랑을 그대로 간직하고 있으며, 여전히 어머니와 남은 가족들을 지켜보고 있다는 메시지를 전달한다. 이는 형이 '가족의 사랑으로 감싸 있는 상태'임을 암시한다.

마이너 – 완드 4(Four of Wands)
'정착, 안정, 따뜻한 공간'을 뜻하는 카드로, 형의 영혼이 현재 머무는 곳이 '밝고 안전한 영혼의 쉼터'임을 보여준다. 승우는 형이 '환영받고, 안식하며, 영혼의 안정을 얻는 곳에 있다'라고 해석한다. 이는 어머니의 불안을 덜어주는 결정적 카드로 기능한다.

마이너 – 컵 6(Six of Cups)
'추억, 그리움, 순수한 애정'을 상징한다. 승우는 형이 여전히 어머니를 깊이 그리워하고, 살아 있을 때 받았던 어머니의 사랑을 여전히 품고 있음을 전달한다. 어린 시절의 따뜻했던 기억들 속에서 형의 영혼이 여전히 어머니를 향해 그리움을 품고 있음을 나타내는 카드이다.

마이너 - 소드 10(Ten of Swords)

승우가 혼자 셔플 하여 뽑은 두 번째 리딩에서 나온 카드로, '절망, 극도의 고통, 무력감'을 의미한다. 형의 영혼 상태가 실제로는 상당히 힘들고 고통스러운 위치에 있음을 암시하며, 개장에 대한 진지한 필요성을 직감하게 하는 신호로 등장한다.

메이저 - 달(The Moon)

'공포, 불안, 무의식의 혼돈'을 상징한다. 형의 영혼이 '두려움과 방황, 방향 감각 상실 상태'에 빠져 있음을 드러낸다. 승우는 이 카드를 통해 형의 영혼이 '어둠 속에서 길을 잃은 듯한 상태'임을 강하게 직감하게 된다.

마이너 – 컵 5(Five of Cups)

'상실, 후회, 미련'을 의미한다. 형의 영혼이 '생전의 아픔과 미련'을 놓지 못하고 있음을 시사한다. 형의 내면에 아직도 풀리지 않은 슬픔과 집착이 남았음을 암시하며, 승우의 불안을 극대화하는 카드이다.

메이저 – 별(The Star)

'희망, 영혼의 회복, 치유'를 상징한다. 파묘 후 마지막으로 승우가 펼친 카드로, 형의 영혼이 드디어 '어둠에서 벗어나 빛으로 나아가고 있음'을 상징한다. 승우는 이 카드를 통해 오랜 죄책감과 불안을 조금씩 내려놓는다.

마이너 – 펜타클 6(Six of Pentacles)

'나눔, 균형, 베풂'을 의미한다. 형의 영혼이 이제는 '혼자가 아니며', '영적 존재들의 보살핌과 도움을 받고 있음'을 시사한다. 이는 형이 생전 누리지 못했던 따뜻함을 이제는 영혼 차원에서 경험하고 있음을 알리는 카드이다.

마이너 - 펜타클 9(Nine of Pentacles)

'자립, 내면의 풍요, 감정적 안정'을 뜻한다. 형의 영혼이 '스스로 공간에서 자유롭고 평온한 상태'에 도달했음을 상징한다. 더 이상 고통이나 외로움에 묶이지 않고, 자신만의 세계에서 '마음의 평화'를 누리고 있다는 메시지이다.

마이너 - 컵 에이스(Ace of Cups)

어머니의 현재 심리상태를 보여주는 카드로, '새로운 감정의 시작, 치유의 눈물, 정화'를 뜻한다. 형에 대한 슬픔은 여전히 남아있지만, 그 안에 '새로운 평온과 따뜻함'이 고이고 있으며, 어머니의 마음도 조금씩 회복되고 있다는 승우의 해석이 이어진다.

Ⅶ. 동반자살

1.

서울의 여름밤은 유난히도 숨이 막혔다. 에어컨의 시원한 바람도, 창밖에서 들려오는 매미 소리도, 승우의 마음속 깊이 들끓는 피로를 씻어주기에는 역부족이었다.

"선생님, 요즘 왜 이렇게 자주 한숨 쉬세요?"

어느새 밤이 깊어지던 타로카페 '해꿈'. 마지막 내담자가 자리를 뜬 뒤, 아르바이트생 은지가 걱정스러운 눈으로 물었다.

승우가 미소를 지으려 해도, 입꼬리에는 힘이 없었다.

"그냥… 조금 지쳤나 봐."

손끝에서 카드들이 흘러내렸다. 책상 위로 떨어진 타로카드들은 마치 전쟁터의 지친 병사처럼 축 늘어져 있었다. 그날 뽑힌 카드들은 유독 무거웠다. 소드 10, 소드 3, 타워… 끝

없는 고통, 배신, 붕괴의 상징들.

최근 몇 달 동안 승우의 상담실을 찾는 사람들은 하나같이 극단적인 절망을 품고 있었다. 사랑의 상처로, 가정폭력으로, 경제적 파산으로, 때로는 자살 직전의 사람들까지.

"…나도 이제 좀 비어버린 것 같아."

승우는 조용히 혼잣말을 내뱉었다. 그의 손끝에서 늘 자유자재로 흘러가던 카드의 기운이, 마치 메마른 샘물처럼 멈춰버린 것 같았다. 밤 11시, 마지막 불을 끄고 카페 문을 닫으려다 하늘을 올려다봤다. 구름이 낮게 깔려 별빛조차 사라진 하늘. 가슴에는 묵직하게 쌓인 무언가가 있었다. 이름 붙일 수 없는 공허함이랄까.

승우는 이틀 동안 심하게 몸살을 앓았다. 카페 문도 열지 못한 채 신열을 내며 암탉 알곁는 신음을 뱉어내고 있었다. 누군가 찾아와 카페 문을 두드렸지만 일어설 수 없었다. 겨우 아르바이트생 은지에게만 한 이틀 쉬라고 일러두었다. 승우가 누워 있는 동안 핸드폰이 수없이 울려대 무음으로 해두었다. 간신히 몸을 추스르고 일어났을 때 핸드폰에는 부재중 전화가 페이지를 넘기며 찍혀 있었고, 카카

오톡 메시지는 1백 개가 넘겨 쌓여 있었다. 카페 대문에는 또 여러 개의 포스트잇이 붙어있었다.

'선생님, 어디 아프세요? 다녀갑니다.'

'선생님, 어디 가셨어요? 연락이 안 돼서요.'

'선생님, 내일 다시 올게요.'

몸살을 심하게 앓고서야 승우는 에너지를 충전할 시기가 돌아왔음을 깨달았다. 고민할 이유 없이 서랍에서 낡은 수첩을 꺼내 들었다. 거기엔 승우가 지칠 때마다 찾아가던 몇몇 장소들이 적혀 있었다.

'동해안… 작은 민박… 바다 앞 절벽, 일출 명상.'

승우는 핸드폰을 꺼내 숙소와 강릉행 새벽 기차표를 예매했다.

"은지야. 며칠 카페 좀 부탁할게."

"네? 선생님… 어디 가세요?"

"…조금만 쉬다 올게."

KTX는 새벽 5시 30분 서울역에서 출발했다. KTX 창밖으로 스쳐 가는 풍경들이 하나의 긴 롤 필름처럼 흘러갔다. 붉게 번지는 하늘, 풀기로 가득 찬 들판, 간간이 보이는 강줄기…. 승우는 자리에서 눈을 감았다. 머릿속에서는 계속 내담자들의 얼굴이 어른거렸다.

'선생님, 저 죽고 싶어요.'

'도대체 왜 살아야 하는지 모르겠어요.'

'그냥… 다 끝내고 싶어요.'

숱한 고통의 목소리들이 쌓이고 쌓여, 마치 한 덩어리의 먹구름처럼 가슴 한가운데를 짓눌렀다.

'내가 그들에게 정말 필요한 사람일까….

겉으로 보면 다들 행복해 보이는 사람들뿐인데,

왜 그리 슬픔과 고통을 안고 살아가는 사람이 많을까.'

어느새 승우의 두 눈이 촉촉하게 젖어왔다.

강릉 역사를 빠져나온 승우는 작은 어촌 마을로 향하는 버스를 탔다. 버스가 시내를 벗어나자 그제야 바다 냄새가 코끝을 스쳤다. 소금기 어린 바람. 어딘가 쓸쓸하면서도 또 위로되는 냄새…. 승우는 낡은 민박집으로 들어섰다. 오래된 나무 간판, 스티커 자국들이 덕지덕지 붙은 유리창. 그 투박함이 승우에게는 오히려 편안하게 다가왔다.

민박집 주인아주머니가 승우를 반갑게 맞았다.

"혼자 오셨죠? 며칠 묵으실 건가요?"

"3일 정도요."

"바다 앞 방이어서 좋아요. 방금 나갔거든요."

단출하면서도 깔끔한 방이었다. 작은 창 하나와 오래된 침대, 그리고 구석을 차지한 작은 테이블과 짐을 올려두는 선반이 전부였다. 한쪽 벽에는 옷걸이들이 나란히 붙어있었다. 창문을 열자, 바다 냄새와 함께 갈매기 우는 소리에 섞인 파도 소리가 밀려들었다. 승우는 습관적으로 가방에서 타로카드를 꺼냈다. 어디를 가나 살붙이처럼 붙어 다니던 카드, 시골집 방에 들어설 때도 항상 맨 먼저 타로카드를 꺼내 셔플을 한 후 테이블 위에 올려둔다. 아니, 어쩌면 모셔둔다는 표현이 맞을지도 모른다. 하지만 오늘은 손이 좀 떨렸다. 셔플을 시작하자마자 카드들이 바닥으로 우수수 쏟아졌다. 승우는 웃으며 중얼거렸다.

"그래… 여기까지 와서 카드도 좀 쉬고 싶겠지."

테이블 한가운데 조용히 카드를 올려둔 채 그대로 누워 눈을 감았다. 잠이 스르르 몰려왔다. 창문과 방문조차 활짝 열어두었다. 밀려온 너울이 바위와 부딪치며 흩어지는 소리가 아련하게 들려왔다. 내담자들을 만날 때마다 더께처럼 쌓였던 연민과 눈물과 고통의 기운들을 마치 파도가 씻어주는 것 같았다. 얼마 만인가. 고뇌와 번민으로 가득한 도시를 벗어나 자연 일부로 숨 쉬는 이 느낌…. 바닷바람이 한바탕 방안으로 파고들어 와 승우의 이마를 시원하게 스치며 지나갔다. 승우는 잠을 자면서도, 눈물을 흘릴 지경의 이 신령한 기쁨을 맛보고 있었다.

오후 1시가 되어서야 승우는 눈을 뜨면서 몸이 가뿐해져 있음을 느꼈다. 밥상을 차려놨다며 주인아주머니가 승우를 불렀다. 승우가 이 집에서 머물 때면, 있는 반찬 그대로 주인아주머니가 식사를 챙겨주기로 하였다. 시골이라 해도 바닷가이다 보니 밥상에는 끼니마다 싱싱한 생선 반찬이 올라와 있었다.

"내일 또 손님 오기로 했어요.

여고생 셋이라는데 아마 방학 여행인가 봐요."

승우는 고개를 끄덕이며 미소 지었다.

하지만 이유 없이 심장이 두어 번 크게 요동쳤다. 밥을 먹다가 그가 바라본 문밖의 바다는, 그날따라 조금 더 검게 물들어 있었다. 승우는 식사를 끝내고 아무도 없는 바닷가를 걷다가 왔다.

밤이 되자 불빛 밝은 서울에서는 볼 수 없었던 별자리들을 여기저기서 반갑게 만날 수 있었다. 베가(Vega, 직녀성)가 돋보이는 거문고자리, 알타이르(Altair, 견우성)의 독수리자리, 데네브(Deneb)가 알파성인 백조자리, 전갈자리와 궁수자리 등….

문득 타로와 점성술을 이야기해 주던 스승 이야기가 떠올랐다.

어느 여름날 밤 서울 변두리의 오래된 건물의 옥상, 스승은 타로카드 한 덱과 오래된 별지도를 꺼내놓고 있었다.

"승우야, 너는 타로가 단순히 종잇조각이라고 생각하냐?

이 카드들은… 저 하늘의 별자리와 연결되어 있다.

사람의 삶도, 감정도, 운명의 흐름도…

결국은 별들의 움직임과 맞닿아 있지."

승우는 그때 대답 대신 하늘을 올려다봤다. 스승은 손가락으로 하늘의 별자리들을 하나하나 짚어가며 말을 이었다.

"별 카드(The Star)는 천칭자리의 별빛 아래에서 희망을 상징하고…

전차 카드(The Chariot)는 황도 12궁의 게자리와 맞물려 있지.

힘 카드(Strength)는 사자자리의 한여름 태양 아래에서 용기를 말하고…

은둔자 카드(The Hermit)는 처녀자리의 가을 별빛처럼, 고독 속에서 길을 찾는 사람이야."

승우는 그때 처음 알았다. 타로의 스물두 개 메이저 아르카나가 단순한 상징이 아니라, 하늘의 별들과 행성들의 순환, 계절의 흐름, 인간 삶의 리듬과 맞닿아 있다는 것을. 스승의 말은 계속되었다.

"밤하늘에 은하수가 펼쳐질 때,

거기엔 앞으로 네가 상담하게 될 수많은 내담자의 운명이 고요히 흘러가고 있다.

그리고 타로카드는 그 은하수 속 작은 별 하나를,

이 순간, 네 손바닥 위로 불러오는 도구일 뿐이야."

그날 밤 이후로, 승우에게 별자리는 단순한 풍경이 아니었다. 밤하늘을 올려다볼 때마다 그는 타로카드 한 장, 한 장

속에 숨겨진 별빛과 지구 위에서 살아가는 수많은 사람의 숨소리를 함께 떠올렸다.

오늘 밤도 그랬다. 바다 위에 떠오르는 여름 별자리들을 바라보며 승우는 조용히 중얼거렸다.

"스승님…

그때 하신 말씀이…

지금은 더 깊이 이해돼요."

승우는 별빛 아래에서 지난날 스승의 가르침들을 가만히 묵상해 보았다.

'너는 그저 은둔자의 불빛으로 살아가거라.

돈에 대해서도,

사람에 대해서도 욕심을 내서는 안 된다.'

2.

일출 시각을 확인한 승우는 밖으로 나왔다. 동쪽 하늘에서 서서히 동살이 퍼져 나오다가 태양이 천천히 수평선으로 떠오르고 있었다. 민박집 앞 작은 언덕 위, 승우는 가부좌를 틀고 눈을 감은 채 태양의 여린 광선을 내면으로 끌어들였다. 오로지 태양에만 온 정신을 모았다. 태양의 기운을 온몸 구석구석 순환시켰다. 단전이 기운으로 가득 채워지는 느낌이었다.

바람은 짭조름한 소금기를 품었고, 풀잎들은 이슬을 내뱉고 있었다. 승우의 폐 안으로 바다의 기운이 천천히 스며들었다. 가슴 깊이 눌려 있던 피로와 불안들이 조금씩 풀려나갔다.

'숨을 들이쉬고… 내쉰다.'

영혼이 맑아진 것은 아니다. 서울에서의 상담 장면들이 불쑥불쑥 떠오르고, 내담자들의 얼굴이 파도처럼 밀려왔다.

'가엾은 사람들…'

그러나 이 순간만큼은 모두 비워내고 싶었다. 승우가 천천히 민박집 마당으로 내려와 커다란 돌의자에서 시장기를 느끼고 있을 때 민박집의 오래된 승합차에서 여고생으로 보이는 세 명의 아이들이 내렸다. 민박집 아주머니가 말한 그 아이들인 모양이었다. 각자 커다란 백팩 하나씩을 짊어진 아이들, 민박집 아주머니가 환하게 웃으며 그들을 맞았다.

"왔구나! 새벽 첫차를 탔나 보네?"

"네…"

한 여자아이의 웃을 듯 말 듯 어색한 대답이었다. 승우는 그들을 무심히 바라보다 고개를 돌렸다. 하지만 이상하게도 등 뒤에서 묘한 기운이 스쳤다. 마치 얼음처럼 차가운 물에 맨발을 담갔다가 얼른 뺀 듯한 감각이랄까. 그는 다시 고개를 돌려 세 아이를 바라보았다. 한창 들떠있을 아이들의 무표정한 얼굴이 변스럽게 다가왔다.

오전 내내 승우는 바닷가 산책길을 걸었다. 돌계단을 따라 절벽 언덕 위로 올라가 바다를 내려다보았다. 바다의 수평선은 끝없이 펼쳐져 있었지만, 오늘따라 바다는 심란하게 보였다. 승우는 호주머니에서 무작위로 타로카드 한 장을 꺼냈다.

'타워(The Tower)'

승우의 미간이 살짝 찌푸려졌다.

"좋은 징조는 아니네…"

다시 카드를 주머니로 넣으려던 순간, 뒤에서 수런거리는 소리가 들려왔다. 고개를 돌리자, 민박집의 그 여고생들이었다. 세 사람은 눈인사도 없이 승우를 지나쳐 절벽 언덕

끝 널따란 바위로 올라섰다. 한 명은 다리를 덜덜 떨며 바다를 내려다보고 있었고, 다른 한 명은 스마트폰으로 셀카를 찍고 있었으며, 마지막 한 명은 이어폰을 꽂고 고개를 푹 숙인 채 묵묵히 앉아 있었다. 승우는 그 광경을 잠시 지켜보다 다시 시선을 돌렸다. 하지만 머릿속 어딘가에서는 계속 경고등이 켜졌다.

'저 표정… 저 분위기…'

서울에서 봐왔던 내담자들의 얼굴들이 자꾸 오버랩되었다. 점심 무렵, 민박집 마당 오래된 벤치에서 승우는 커피를 마시고 있었다. 그때, 민박집 아주머니가 장을 보고 돌아오며 말했다.

"요즘 애들은 여행 와서도 말이 없어.

셋이 와놓고도 서로 휴대폰만 들여다보고…

뭐가 그리 무거운지… 참."

승우는 그 말을 듣고 가볍게 웃어 보였지만, 속으로는 긴장감이 더 커졌다. 그날 오후, 승우는 일부러 해안 산책로에서 세 아이와 몇 번 마주쳤다. 서로 눈이 마주칠 때마다, 아이들의 표정엔 공통된 무언가가 있었다.

'무기력함, 불안, 그리고… 체념.'

저녁 무렵. 하늘은 붉게 물들고 있었다. 바다 위로 흩어지는 노을빛이 아름다웠지만, 승우의 마음은 불편한 기운이 사로잡고 있었다. 승우가 민박집 테라스를 서성거릴 때, 세 아이가 바다 쪽으로 걸어가는 모습이 보였다. 저녁 바람이 그들의 어깨너머로 머리카락을 흔들고 있었다. 테라스의 승우는 간단히 셔플을 한 후 두 눈을 감은 채 손끝이 가는 대로 타로카드 한 장을 뽑았다.

'소드 10(Ten of Swords)'

지금까지 숱한 상담을 하면서 등장한 카드지만 이처럼 등골이 싸늘해진 적은 없었다. 승우는 자리에서 일어서며 중얼거렸다.

"오늘 밤… 절대 눈을 떼면 안 되겠어."

승우는 서둘러 바다 쪽으로 걸음을 옮겼다. 멀리, 절벽 언덕 바위에서 웅크린 세 여자아이의 실루엣이 점점 더 선명해지고 있었다.

3.

승우는 민박집 아주머니에게 사나흘만 더 머물러도 되겠느냐 물었다. 마침 예약한 사람이 없으니 가능하다는 대답이 돌아왔다.

저녁노을이 바다 끝으로 사라지고, 하늘에는 회색 구름이 낮게 깔려 있었다. 승우는 모래사장을 따라 걸었다. 파도가 밀려와 발등을 적시고 다시 물러갔다. 그날 밤, 민박집 복도를 걷던 승우는 아이들의 방 앞을 지나가다 문틈 사이로 새어 나오는 작은 속삭임을 들었다.

"그냥… 이번에 끝내자."

"그래. 더는 못 버티겠어."

"근데… 혹시 실패하면 어떡해…?"

숨죽인 울음소리, 그리고 침묵, 다시 떨리는 목소리가 들려왔다.

"…그래도… 같이 가자고 했잖아."

승우의 심장이 철렁 내려앉았다. 잠시 눈을 감고 귀를 기울였다. 대화의 끝자락에는 묘한 체념과 공포가 뒤섞여 있었다. 그날 밤, 승우는 쉽게 잠들 수 없었다. 누운 채 천장을 바라보며 중얼거렸다.

"이런 순간에 내가 여기 있는 것도… 우연은 아닐 거야."

그는 자리에서 일어나 창밖을 내다봤다. 바다 쪽에서 희미한 불빛이 깜빡였다. 조용한 민박집의 밤. 어둠 속에서 들려오는 건 바람 소리뿐이었다. 새벽 3시경, 승우는 불길한 꿈속에서 헤매고 있었다. 바닷속 깊은 곳, 검은 물결 속에서 세 개의 작은 불빛이 서서히 가라앉고 있었다. 손을 뻗었지만 닿을 수 없었다. 그 순간, 하늘에서 번개가 치더니 시커먼 구름 기둥으로 떨어졌다. 그리고 세 개의 작은 실루엣이 쪼개진 구름에서 떨어져나왔다. 승우는 깨어나 식은땀을 닦았다. 손이 덜덜 떨렸다.

"더 기다리면 안 돼."

승우는 서랍 속에서 타로카드를 꺼내 세 장을 뽑았다.

    소드 3(Three of Swords), 상처와 고통

    컵 8(Eight of Cups), 버림과 이탈

    죽음(Death), 끝과 새로운 시작

승우는 깊게 숨을 들이쉬었다.

'이건… 경고야.'

아침이 밝아올 무렵, 승우는 세 소녀가 방에서 나오기를 기다리며 마당을 서성거렸다. 잠시 후, 세 사람은 창백한 얼굴로 조용히 마당을 가로질렀다. 승우는 그들을 향해 다가가며 자연스럽게 말을 걸었다.

"아침 산책하러 가나 봐요?"

세 사람은 화들짝 놀라며 돌아보았다.

"네… 그냥… 바람 좀 쐬려고요."

승우는 부드럽게 미소 지었다.

"절벽 쪽으로 가시나요? 거기가 일출이 가장 멋지지요."

"네…"

"저도 그쪽으로 산책하러 가는 중입니다."

함께 절벽이 있는 언덕 위로 올라가는 동안, 승우는 일부러 자연스러운 대화를 이어갔다.

"어디서 왔어요?"

"서울이요."

어제 절벽 위에서 유난히 떨던 아이였다.

"방학 여행?"

"그냥… 친구들끼리…."

대화는 몇 마디 오갔지만, 그들의 표정은 끝까지 굳어 있었다. 두 번째 절벽 위를 둘러보던 아이들이 다시 민박집으로 내려갔다. 승우도 아이들과 좀 떨어져 내려왔다.

'내일은… 꼭 그들을 붙들어야 한다.

그들의 시간이… 다가온 거 같아….'

방으로 들어온 승우는 작은 책상 위에 펼쳐진 타로카드 한 장을 물끄러미 바라보았다. 카드는 마치 살아 숨 쉬듯 반짝였다.

'컵 3(Three of Cups).'

서로 손을 맞잡고 춤추는 세 여인의 모습. 승우는 마지막으로 창밖 바다를 바라보며 중얼거렸다.

'내가 너희 손… 절대 놓지 않을게.'

새벽 공기는 이상할 정도로 무거웠다. 안개가 짙게 깔린 바닷가, 그리고 아침 빛깔이 희붐하게 번져오고 있었다. 승우는 벌써 두 시간째 민박집 마당을 서성이고 있었다. 어젯밤 내내 잠을 이루지 못한 그는 이제 거의 본능처럼 움직이고 있었다. 마음에서는 계속해 경고음이 울렸다. 여느 때보다 승우의 직관력이 예민하게 작동하고 있었다.

'오늘일 거야… 오늘.'

아이들이 방문을 열고 나왔다. 아이들의 표정은 가슴을 찢을 듯이 무거웠다. 아이들이 신발을 신고 마당으로 내려섰을 때, 채소 바구니를 든 민박집 아주머니가 마당으로 들어섰다.

"선생님, 일찍 일어나셨네요."

"네… 그냥… 잠이 안 와서요."

"바닷가 공기 좀 마시고 오세요. 정신이 맑아져요."

승우는 건성으로 고개를 끄덕이며 아이들을 살폈다. 아이들은 벌써 민박집을 나서고 있었다. 승우도 아이들이 의식하지 못하도록 조금 떨어져 그들을 따라갔다. 역시 아이들은 그곳으로 걸어갔다. 잠시 후 절벽 끝으로 다가선 아이들이 두런거렸다.

"…그냥… 이젠 끝내자니까…"

"진짜야? 지금… 바로?"

"그래… 더는 못 기다려…"

승우가 불쑥 몸을 드러내며 아이들에게 다가갔다.

"안녕, 잘 잤니?"

갑자기 나타난 승우를 본 아이들이 멈칫거렸다. 아이들은 서로를 바라보며 당황해하는 눈치였다.

"여기, 잠깐만 앉아 볼래?"

승우는 대꾸 없는 아이들 옆에 앉아 스프레드 천을 펼쳤다. 그리고 타로 덱을 올려놓았다. 절체절명의 순간이라고 생각한 승우는 현란한 셔플을 통해 아이들의 딴생각을 빼앗을 참이었다. 아이들은 선 채로 물끄러미 승우를 바라보고 있었다. 승우는 타로 덱을 오른 손바닥에 올린 후 절반 정도를 빛의 속도로 허공으로 올렸다. 그러자 카드들이 휘리릭 소리를 내며 공중에서 해바라기처럼 둥글게 펼쳐졌다가 사르르륵 승우의 오른손으로 들어갔다. 오른손으로 모아진 카드들은 다시 타원형을 그리며 왼손으로 들어가고, 왼손에서 다시 타원형을 그리며 오른손으로 들어갔다. 이번에는 오른손의 카드들이 스프레드 천 위에서 부채처럼 펴졌다가 접혔다가를 반복했다. 승우의 손이 너무 빨라 현기증이 일 정도였다. 카드들은 승우의 손에서 떨어질 줄 모른 채 한 몸으로 움직였다.

아이들이 자신에게 온전히 빠져들었다고 느낄 때쯤 승우는 한순간 카드를 스프레드 천 위로 뿌리듯이 펼쳤다. 카드들은 한 치의 오차도 없이 똑같은 간격의 긴 타원형으로 펼쳐져, 카드를 선택할 이의 마음에서 사소한 분심도 일어날 수 없을 거 같았다. 승우는 심호흡을 한 번 한 다음 조용히 입을 열었다.

"아저씨가 너희들 표정이 어두워서
타로카드로 너희 세 사람 운명을 한번 읽어보고 싶은데,
여기서 카드 한 장씩만 뽑아보겠니?"

아이들은 이미 승우에게 심리적으로 압도되어 자신들이 여기 온 목적을 잠깐 잊고 있었다. 아이들이 차례로 카드 한 장씩을 뽑아 승우 앞으로 밀었다. 아이들 이름은 소영과 지혜와 미정이었다.

승우는 아이들이 뽑아낸 세 장의 카드를 조심스럽게 펼쳐 들었다. 바닷바람이 스프레드 천 끝을 살짝 펄럭거렸다. 승우는 손으로 카드를 고정하며 아이들의 눈빛을 천천히 바라봤다. 아이들은 어느새 승우 옆으로 다가와 앉아 있었다.

"자, 이제…

아저씨가 너희 마음속 이야기를 카드에서 읽어볼게."

소영이 뽑은 카드는 소드 9(Nine of Swords)였다. 승우가 소영의 카드를 손가락으로 가리켰다.

"네 마음을 보여주는 이 카드는…

소드 9라는 카드야."

승우의 목소리는 다정하면서도 부드러웠다.

"밤이면 잠들기 전…

머릿속에서 끝없이 떠오르는 불안한 생각들,

가슴을 짓누르는 공포,

그리고…

혼자서 끙끙대며 울다가 결국 지쳐버리는 그런 밤들…"

소영의 어깨가 미세하게 떨렸다. 승우는 잠시 숨을 고르고 말을 이었다.

"이 카드는… 그 공포와 불안이

네 잘못이 아니라고 말해주는 카드야.

넌 지금… 너무 오래 혼자 무서워했던 거야."

소영은 입술을 깨물며 고개를 떨궜다. 손끝이 살짝 떨리고 있었다.

다음은 지혜가 뽑은 카드였다. 다음 차례가 된 지혜는 자신의 이야기가 어떻게 나올지 몹시 궁금한 표정이었다. 승우는 카드 표면을 천천히 쓸어내렸다.
"네 마음은 지금…
소드 8(Eight of Swords)로 나왔어."
승우는 카드 속 여인의 이미지를 손가락으로 짚었다.
"몸이 묶이고 두 눈이 가려진 채…
사방이 칼로 둘러싸여 있는 모습.
움직일 수도, 도망칠 수도 없다고 느끼는…
그런 심리상태야."
지혜의 눈이 커졌다.
"제가… 딱 그래요…"
지혜가 처음으로 입을 떼 반응을 보였다.
"학교에서도, 집에서도…
숨을 쉴 공간이 없어요…
어디로 가도… 다 막혀있는 것 같아요…"

승우가 알고 있다는 듯 고개를 끄덕였다.

"하지만…

이 카드의 비밀 하나 알려줄까?"

지혜가 조심스럽게 고개를 들었다.

"사실… 네 주변을 둘러싼 칼들은…

생각보다 멀리 있어. 네가 조금만…

조심스럽게 한 발 내디딘다면…

거기서 빠져나올 수 있어.

그리고 칼을 벗어나면 너만의 아름다운 성이 있는 거야."

지혜의 눈이 촉촉하게 젖어 들었다.

승우가 카드를 미정에게 들어 보였다. 아이들은 조금 전까지 자신들이 무슨 생각을 하고 있었는지조차 잊은 채 승우에게 집중하고 있었다. 승우는 오랜 상담을 통해 내담자들을 자신에게 몰입시키는 힘을 가지고 있었다.

"네 카드는…

펜타클 5(Five of Pentacles)야."

승우는 카드 속 추운 겨울밤, 처참한 모습으로 눈길을 걷는 두 사람의 이미지를 보여주었다.

"가난, 외로움, 버려진 느낌…

아무도 네 사정을 몰라주고…

세상으로부터 완전히 소외된 것 같은 그 감정."

미정이 고개를 푹 숙였다. 미정의 두 손이 무릎 위에서 천천히 모아졌다.

"가끔은… 세상이 일부러 널 버린 것 같겠지."

승우의 목소리는 가엾은 아이들의 마음을 어루만지며 자상하게 이어졌다.

"하지만… 이 카드에도 숨겨진 의미가 있어."

승우가 손가락으로 카드 위의 작은 스테인드글라스 창을 가리켰다.

"여기…

저 멀리 희미하게 보이는 따뜻한 빛.

교회의 불빛처럼… 어디엔가…

널 기다리는 곳이 있다는 의미야."

미정의 어깨가 풀잎처럼 흔들렸다.

승우는 세 아이의 얼굴을 차례로 바라보았다.

"너희가 뽑은 카드들은… 너희가 얼마나 힘든지… 얼마나 오래 혼자 싸워왔는지… 다 보여주고 있어."

승우는 아이들을 토닥거리듯이 말을 이어갔다.

"하지만… 카드들은 또 이렇게 말하고 있어.

'아직은 끝이 아니다.'

'조금만 더… 누군가의 손을 붙잡아 보자.'

'지금… 바로 여기서부터 다시 시작해 보자.'"

세 아이의 눈에는 금방이라도 주르르 흘러내릴 듯 눈물이 고여 있었다. 절망 속에서 미세하게 피어나는 희미한 생의 기운이었다. 하지만 승우는 긴장을 풀 수 없었다. 마음이 시시각각 변하는 십 대이기 때문이다. 세 아이의 마음속에서 언제 어떤 변곡점이 생길지 모를 일이었다. 다만, 승우는 아이들의 마음을 잠시라도 붙잡아 두었다는데 한숨을 돌렸다.

"이제 아저씨 이야기를 들었으니…

한 사람씩 자신의 이야기를 해줄 수 있겠니?"

승우는 아이들이 스스로 자신의 아픔을 이야기해야 한다고 생각했다. 아이들은 한참 머뭇거렸다. 승우가 소영의 눈을 가만히 바라보았다. 맨 먼저 소영이 더듬거리며 말을 하자, 나머지 아이들로 차례로 자신의 이야기를 털어놓았다.

"엄마 아빠… 매일 싸워요.

매일 욕하고, 던지고, 소리 지르고…

집에 있으면 숨이 막혀요…"

"난… 공부 때문에…

모든 게 다 실패 같고…

아무리 해도 안 되니까…

차라리 그냥… 끝내고 싶었어…"

"난… 가난이 싫어요.

가스도 끊기고…

등록금도 못 내고…

밥도 제대로 못 먹어…"

아이들이 털어놓은 이야기는 이랬다.

소영은 거의 매일 짐승처럼 싸워대는 부모님의 부부싸움으로 극심한 우울증을 앓는 중이었다. 엄마는 술에 취하면 집안 집기를 부수기 일쑤고, 아빠는 칼을 들고 설쳐대는 날도 있었다.

처음 볼 때부터 핸드폰을 손에서 놓지 않던 지혜는 공부에 대한 스트레스로 지쳐 있는 상태였다. 자신에게 지나치게 집착하는 엄마를 지혜는 감당하기 어려웠다. 자신의 머리 위에는 엄마가 자신을 감시하기 위해 띄워둔 드론이 자기를 따라다닌다는 망상에 시달릴 정도였다.

아빠가 일찍 세상을 떠난 미정은 지독한 가난으로 더는 살아갈 자신이 없었다. 반지하 방 출입문에는 항상 온갖 고지서가 나풀거렸다. 노래방 도우미로 일하는 엄마는 외박하는 날이 잦았다. 도통 미정에게 신경을 안 쓰는 엄마였다.

세 사람의 흑암 같은 고백을 들은 승우는 형언할 수 없는 슬픈 연민의 눈빛으로 그들을 바라보다가 젖은 목소리로 입을 열었다.

"이제… 너희가 할 일은… 오늘만 더 살아보는 거야."

소영이 눈물을 흘렸다.

"이제 더는 버틸 힘도 미련도 없어요… 그런데… 어떻게…"

승우는 아이들 앞으로 조금 더 다가갔다. 그리고 아이들의 손을 하나씩 잡았다.

"일단… 오늘 하루만… 버텨보자.

아저씨가 타로로 너희를 도와줄게."

타로라는 말이 나오자 흔들리던 아이들 눈빛이 멈추는 거 같았다.

'타로로 우리를 도와 준다고?'

세 사람은 묘한 신비감을 느꼈다. 바람이 다시 불었다.

"자, 그럼. 오늘 하루를 위해 내려가 볼까?"

아이들이 순순히 따라나섰다. 민박집으로 들어오자 아주머니가 의아해하는 표정을 지으며 웃었다.

"아니… 다들 함께 산책하러 갔었어요?

꼭 선생님과 제자들 같아요!"

"아, 그런가요?"

승우는 그제야 안도의 숨을 내쉬었다.

'오늘은… 막았다.'

하지만 그는 알고 있었다. 이건 시작일 뿐이라는 걸.

민박집 마당 한쪽, 등 굽은 소나무 아래 낡은 평상에는 돗자리가 깔려 있었다. 햇살과 바닷바람이 잦아든 늦은 오후, 승우와 아이들이 앉아 있는 평상에는 조금 어색한 시간이 흐르고 있었다.

소영은 손끝을 연신 만지작거리며 불안한 모습을 보였고, 지혜는 시선을 고정하지 못한 채 자꾸 주변을 두리번거렸다. 미정은 두 무릎을 세워 양팔로 끌어안고 미동도 없이 앉아 있었다.

세 사람의 침묵 속엔 오늘 아침 절벽 위에서 미처 쏟아내지 못한 감정들이 떠돌고 있었다. 승우가 침묵을 깨트리며 말을 꺼냈다.

"사실… 나도 여기 올 때 지쳐 있었어."

소영이 슬며시 고개를 들었다. 지혜와 미정도 승우에게 시선을 돌렸다.

"상담한 지 수 년째인데… 가끔 너무 큰 아픔을 마주할 때면… 내 마음도 무너지더라."

승우의 목소리는 낮고 담담히 흘렀다.

"내가 여기 온 것도… 나 자신을 구하러 온 거였어. 숨쉬기조차 힘들었으니까."

아이들은 승우의 다음 말이 궁금한 눈빛이었다.

"사실 나도 너희와 같은 마음일 때가 있었어."

승우가 자신의 이야기를 아이들에게 들려주고 있었다.

"지금도 마찬가지지만, 아저씨는 너무 가난해서 너희처럼 고등학교를 못 다녔어. 중학교 2학년 때 아버지가 돌아가시고 겨우 중학교를 마친 후 서울로 올라왔지. 그때부터 식당이나 주유소에서 일하며 검정고시로 고등학교 과정을 마칠 수 있었어. 대학을 가고 싶었지만, 입대하게 되었고, 제대 후 형의 도움으로 대학을 갈 수 있었지.

그때부터 아저씨는 판검사가 되기 위해 사법시험에 매달렸어. 아저씨의 형이 모든 뒷바라지를 해준 거야. 형의 은혜를 갚기 위해서라도 이를 악물고 공부했지. 하지만 떨어지고 또 떨어지고, 떨어지고 또 떨어지기를 반복한 거야.

그런데 어느 날 형이 뇌종양 말기 암 선고를 받은 거야. 형이 끝내 세상을 떠났어. 그런데 말이야. 슬픔이 채 가시기도 전인데 형이 떠난 다음 해 여동생이 교통사고를 당해 식물인간이 된 거야. 그리고 몇 달 후 여동생도 세상을 떠났어.

아저씨 인생은 거기서 끝이었어. 아무런 희망이 없었지. 술이 아니면 잠들 수 없었어. 날마다 술을 마셨지. 그런데 어느 날 공황장애가 오더라. 갑자기 공포가 밀려와 견딜 수가 없었어. 그 두려움은 일반적인 두려움이 아니었어. 무너진 건물 더미 옆에 몸조차 움직일 수 없는 곳에 갇힌 두려움이랄까.

공포감은 며칠 계속되었는데 마치 다른 사람이 내 몸속으로 들어와 나를 조종하는 것도 같았어. 조금 우선하다 싶으면 다시 발작을 일으켰지. 조금만 높은 데를 걸으면 금방 떨어져 죽을 것 같아 걷지를 못하고, 도롯가를 걸으면 차량이 나를 덮쳐오는 것 같아서 그대로 서서 오줌을 쌌어.

정상적인 생활을 할 수가 없어서 어떻게든 생을 끝내고 싶었어. 오직 그 길만이 고통에서 벗어날 수 있었으니까. 하지만 그때마다 어머니가 떠올랐어. 자식 둘을 먼저 보내고 간신히 숨을 쉬고 있는데 나까지 그러면 어머니는 어찌 될까….

이러지도 저러지도 못하던 그때 나를 심리치료해 주신 분이, 나에게 타로를 가르쳐 준 스승님이야. 지금은 돌아가셨지만…."

아이들은 승우를 애틋한 눈빛으로 바라보고 있었다.

"지금 너희가 겪고 있는 고통은 물리적 고통이라기보다는 정신적, 심리적 영향이 커."

승우는 시무룩해진 아이들의 눈빛을 응시하며 말을 이었다.

"그래서… 내가 너희한테 부탁하고 싶은 게 있어."

"부탁…이요?"

지혜가 의심스러운 눈으로 물었다.

"그래. 오늘부터…

내가 말하는 몇 가지를 따라줄 수 있을까?"

미정이 눈썹을 찌푸렸다.

"왜…요?"

"너희가 여기에 온 이유…

그거… 정말 끝이라고 생각해서였지?"

세 사람은 아무 말이 없었다.

"근데… 세상에는…

끝나기 전에 한 번쯤 확인해야 할 게 있어."

승우는 타로 주머니에서 카드를 꺼냈다. 승우는 아이들 앞에서 다시 한번 신들린 듯한 셔플을 보여주었다. 잠시 후

넋을 잃고 바라보는 세 사람 앞으로 카드를 펼쳤다.

그리고 세 장의 카드를 뽑았다.

바보(The Fool),

별(The Star),

컵 3(Three of Cups) 카드였다.

"이게… 지금 너희 상태야."

승우는 첫 번째 카드를 가리켰다.

"바보. 무모하고, 앞뒤 안 가리고 뛰어들려고 하는…

하지만 동시에… 새로운 가능성을 가진 사람."

그다음 두 번째 카드.

"별. 절망 끝에서 피어나는 작은 희망."

그리고 마지막 카드.

"컵 3. 서로의 손을 잡고… 다시 일어설 수 있는 힘."

소영이 작은 주먹을 말아쥐고 입술을 누르며 숨을 삼켰다.

지혜가 조금 더듬거리며 물었다.

"…진짜… 우린… 그런 건가요…."

이어서 미정이가 물었다.

"그럼… 우리가… 살아 있는 것도…

혹시… 그런 의미가 있어서인가요?"

승우는 고개를 끄덕였다.

"난 그렇게 믿어.

그리고… 앞으로 사흘 동안 그걸 증명하기 위해…

너희한테 부탁하는 거야.

첫째 날은 바닷가에서 아침 해가 떠오를 때 서로 손바닥을 맞대고 '살아 있음'을 느끼는 시간을 가질 것.

둘째 날은 자신이 좋아했던 것들을 적어보기. 좋아했던 사람이든, 노래든, 음식이든, 장소든…

셋째 날은 가슴 깊이 묻어두었던 상처 털어놓기."

"그렇게 하면 뭐가 바뀌는데요?…"

지혜가 여전히 회의적인 얼굴로 물었다.

"안 바뀔 수도 있어.

근데… 너희는 벌써 버텨내고 살아냈어.

지금까지 너희가 느껴보지 못한 시간이

내일 기다리고 있는 거야.

너희는 아직 나이가 어려서 모르겠지만

아저씨가 살아보니

'개똥밭에 굴러도 이승이 낫다'라는 속담이 딱 맞아.

이 시간 이후 너희 시간

아저씨가 보증할게"

승우는 아이들의 의식을 서서히 지배해갔다. 세 사람은 서로의 얼굴을 바라보았다. 그리고 아주 천천히… 고개를 끄덕였다.

"…알겠어요.

사흘… 해볼게요."

소영이가 먼저 나서자, 지혜와 미정이도 뒤이어 고개를 끄덕였다.

바람이 민박집 마당을 지나가며 세 소녀의 머리카락을 스쳤다. 승우는 바다로 시선을 돌렸다. 수평선 너머로 작은 빛줄기 하나가 구름 사이로 스며 나오고 있었다.

'해보는 거야….'

승우가 중얼거렸다.

4.

저녁 무렵, 민박집 마당 가 등 굽은 소나무의 솔잎 사이로 붉은 노을빛이 스며들었다. 서늘한 바람이 갈매기 소리를 실어와 승우와 아이들이 앉아 있는 평상 주위로 부려놓았다. 아이들은 승우와 약속한 대로 잘 따라주었다. 일출이 시작되기 전 아이들은 바닷가로 나와 승우가 가르쳐 준 대로 눈을 감은 채 서로 손바닥을 맞대며 살아 있는 온기를 느끼는 시간을 가졌고, 밤이면 자신들이 좋아했던 것들을 하나하나 말없이 적어 내려갔다.

아이들은 조금씩 평정심을 찾아가는 거 같았다.

"지난번 대충 들었지만, 오늘은 너희가…

다시 한번 한 사람씩… 자신의 얘기를 해줬으면 해."

낯빛이 조금 어두워진 아이들을 승우가 부드러운 눈빛으로 감싸자 소영이가 먼저 자그마한 목소리로 입을 열었다.

"나는… 거의 매일 밤… 집에서 싸우는 소리 들으면서 잠들어요."

소영의 목소리는 떨렸고, 눈동자엔 벌써 눈물이 고여 있었다.

"엄마는… 술만 마시면 소리 지르고… 아빠는 그런 엄마한테 욕하고… 가끔은… 물건도 던지고… 벽에는 온통 찢긴 자국들이었어요."

소영은 숨을 크게 들이쉬었다.

"어느 날… 새벽까지 싸우는 소리를 듣다가 더는 참을 수가 없어서 집을 뛰쳐나왔어요.

비 오는 날이었는데…

우산도 못 챙기고 그냥 맨발로 뛰쳐나왔어요."

소영의 목소리는 점점 기어들어 갔다.

"그날… 길가에서 한참 울다가…

그냥… 이대로 사라졌으면 좋겠다고 생각했어요."

말을 마친 소영은 고개를 푹 숙였다. 잠시 침묵이 이어졌다. 그리고 이번엔 지혜가 입술을 깨물었다.

"나는… 공부가… 너무… 너무… 무서웠어요."

지혜의 목소리는 금세 떨려왔다.

"중학교 때까진… 그럭저럭 잘했는데… 고등학교 입학하니까… 갑자기… 숨이 막혀요."

지혜가 양손으로 머리를 감싸 쥐었다.

"시험 볼 때마다… 심장이 터질 것 같고…

점수 나오는 날엔… 엄마가 다그치는 환청이 계속 들려 그냥… 죽고 싶었어요."

지혜의 말은 끊어졌다가, 다시 이어졌다.

"가끔은… 책상 위에 칼을 올려놓고… 한참을 쳐다볼 때도 있어요."

지혜 눈에서 눈물이 주르륵 흘러내렸다.

"근데… 겁나서…

그것도 못 하겠더라고요…"

지혜는 끝내 입술을 깨물며 어깨를 들썩거렸다. 미정이는 오랫동안 말이 없었다. 승우는 조용히 기다려주었다. 미정이 깊게 숨을 들이쉬었다.

"나는… 가난한 게…

너무 싫었어요."

미정이 목소리에는 체념이 묻어나고 있었다.

"월세도 몇 달째 못 내고… 가스도 끊기기 일쑤고… 겨울엔… 찬물로 세수를 하고 학교에 가야 했어요."

미정이 눈썹이 가늘게 떨렸다.

"학교 급식도… 못 먹는 날 많아요. 돈이 없어서…. 새벽이면 몸을 가누지 못할 만큼 취해서 들어오던 엄마는, 내게 신경을 안 썼어요. 내가 밥을 먹었는지 안 먹었는지, 학교에서 무슨 일이 있었는지, 내가 어디가 아픈지…

너무나 외로웠어요.

학교에서도 가까이하는 친구가 없었어요."

미정이는 말을 잠시 멈췄다가 이어졌다.

"매일 생각했어요. 이렇게 사느니… 차라리… 끝내는 게 낫지 않을까…"

세 사람의 고백이 끝났을 때, 평상 위엔 무거운 침묵이 내려앉았다. 저녁노을은 이미 사라지고 어둠이 밀려오고 있었다. 승우는 조용히 숨을 들이쉬었다.

"너희가 지금까지 버텨온 것만으로도 정말 대단한 거야. 그렇게 상처를 입으면서도… 여기까지 왔잖아."

승우가 천천히 타로카드 한 장을 펼쳤다.

힘(Strength) 카드였다.

"이건… 너희가 가진 내면의 힘이야."

"우리에게도… 힘이… 있긴 하나요?"

"물론이지."

승우는 고개를 끄덕였다.

"너희가 지금까지 견뎌온 시간이 그걸 증명해.

그리고… 앞으로도…

그 힘을 조금씩 키워가면 돼."

아이들은 서로 어깨를 기대듯 앉아 있었다. 처음으로 그들의 침묵 속엔 조금씩 온기가 스며들고 있었다. 밤하늘의 별들이 하나둘씩 제빛을 되찾으며 깜빡거렸다. 파도 소리와 뒤섞인 별빛들이 아이들의 어깨 위로 고요히 떨어지고 있었다.

민박집 승우의 방에는 촛불이 켜져 있었다. 오래된 접시에서는 세이지 스머지가 하늘하늘 연기를 피워 올리며 그 특유의 향기로 방안을 채웠다. 승우가 아이들을 자신의 방으로 불렀다. 신비로운 분위기를 조금 어색해하며 방으로 들어온 아이들에게 잠시 눈을 감게 하고 긴장을 풀어주었다.

"오늘은… 내가 묻고 싶은 질문을 할 거야."

승우가 카드 덱을 들었다. 손끝에서 흘러내리는 카드들의 부드러운 소리가 아이들의 마음을 끌어당기고 있었다.

"너희가 정말로 원하는 건 무엇일까?"

승우가 천천히 세 장의 카드를 펼쳤다.

　달(The Moon)

　컵 에이스(Ace of Cups)

　소드 6(Six of Swords)

승우가 달 카드를 들어 아이들 앞으로 슬며시 밀었다.

"지금 너희 마음속엔… 두려움과 혼란이 가득해.

밤길을 걷는 사람처럼… 앞이 보이지 않고…

자신도 어디로 가는지 모르는 상태."

소영이 가는 숨을 삼키고, 지혜가 입술을 깨물었다.

"하지만…"

승우는 두 번째 카드를 가리켰다.

"이 컵 에이스는… 새로운 감정의 시작.

너희 마음 어딘가에… 살고 싶다는 아주 작은 물방울이 생기기 시작했다는 뜻이야."

미정의 눈동자가 흔들렸다.

"그건… 너희가 이틀 전만 해도 몰랐던 감정일 거야."

승우는 세 번째 카드를 들었다.

"소드 6.

이건… 어두운 강을 건너…

조금씩 다른 곳으로 이동하는 카드야."

그는 아이들의 눈을 차례로 바라보며 말을 이었다.

"아직… 모든 게 해결된 건 아니야.

가난도, 상처도, 두려움도… 그대로일 거야.

하지만… 너희가 지금 내 앞에 이렇게 앉아 있다는 것.

그 자체가 이미… 작은 이동의 시작이야."

"진짜… 우리… 조금은… 괜찮아질 수 있을까요?"

지혜가 숨죽인 채 물었다.

승우는 카드 중 '컵 에이스'를 가만히 들어 세 사람으로 밀었다.

"이건… 너희 몫이야."

"네?"

"서울로 돌아갈 때까지 이 카드… 너희 방에 두고…

매일 아침 한 번씩 보기만 해.

이 카드엔… '다시 시작할 힘'이 담겨 있으니까."

창문을 넘어온 바람이 촛불을 흔들어 대고 있었다.

"그리고…"

승우가 마지막으로 덧붙였다.

"혹시 내일도 내 얘기… 조금만 더 들어줄 수 있겠어?"

세 사람은 잠시 서로를 바라보다가 천천히… 아주 천천히 고개를 끄덕였다.

5.

여름 바다의 아침은 언제나 조금 이르게 찾아왔다. 민박집 마당을 가로지르는 햇살은 어제보다 조금 더 투명해 보였다. 승우는 평상에서 녹차를 음미하듯 마시며 아이들의 방을 바라보고 있었다. 아이들 방 낡은 커튼에 세 사람의 그림자가 어른거렸다. 그들은 이른 새벽부터 서두르고 있었다. 짧았지만 깊었던 사흘의 시간이 이제 끝나가고 있었다.

"선생님…"

소영의 목소리가 승우의 생각을 깨웠다. 셋은 이미 백팩을 메고 나와 있었다. 지혜와 미정은 고개를 숙인 채 묵묵히 서 있었다.

"이제… 서울로 돌아가요…"

아이들의 눈가가 조금 붉어져 있었다. 승우는 천천히 고개를 끄덕였다.

"응. 돌아가야지."

지혜가 조심스럽게 물었다.

"그럼… 선생님은… 이제 못 보는 건가요?"

승우는 웃으며 가방을 들었다.

"아니야. 내 연락처 어제 줬잖아. 언제든 찾아와."

"진짜… 가도 돼요…?"

"그래. 그리고… 살아가는 게…

생각보다 더 대단한 일이야."

그들은 함께 민박집 대문 앞까지 걸어 나왔다. 민박집 아주머니가 커다란 비닐봉지 하나를 내밀었다.

"가면서 먹어. 집에서 만든 찐빵이야."

"감사합니다…"

민박집 승합차가 아이들을 기다리고 있었다.

"선생님… 저… 어젯밤 처음으로… 깊이 자고 싶었어요."

승우는 잠시 멈춰서 소영이가 하는 말의 무게를 천천히 받아들였다.

"그래. 잘했어."

지혜도 뒤따라 말했다.

"저는… 오늘 아침 햇살… 너무… 좋았어요."

미정은 여전히 아무 말이 없었지만, 걸음걸이엔 어제와 다른 힘이 실려 있었다. 승합차의 엔진 소리와 함께 이 짧았던 동해의 시간이 끝나려 하고 있었다. 승우가 아이들을 한 명씩 꼭 안아주었다.

"혹시… 다시 힘들어지면 혼자 참지 말고… 꼭 연락해."

소영이가 주머니에서 종이쪽지를 꺼냈다.

"저… 사흘 동안 선생님이 했던 말들… 조금씩 적어봤어요."

소영이가 내민 종이에는 이런 문장들이 적혀 있었다.

'지금 네가 살아 있는 것만으로도 충분하다.'

'죽고 싶을 만큼 힘들면… 누구한테든 말해라.'

'오늘 하루만 더 버텨도, 내일은 조금 다를 수 있다.'

승우는 그 종이를 받아 손에 꼭 쥐었다.

"고마워. 잘 가."

승합차 문이 열리고, 세 사람은 차례로 올라탔다. 승합차가 먼지 바람을 일으키며 출발했다. 승우는 그 자리에서 한참 서 있었다. 멀어지는 버스의 뒷모습. 그 속에 담긴 세 사람의 작은 생존의 의지가 승우의 가슴 한가운데를 오래도록 울렸다.

"잘 가… 그리고… 살아줘."

서울의 가을 하늘은 한층 맑았다. 구름 한 점 없는 파란 하늘 아래, 바람은 가볍게 골목길을 스치고 지나갔다. 승우는 찻잔을 든 채 창밖을 바라보고 있었다. 햇살은 유리창을 통해 부드럽게 스며들었고, 카페 안에는 여전히 새소리와 물소리가 잔잔하게 흘렀다.

"선생님~!"

문이 열리며 소영의 발랄한 목소리가 들려왔다. 그 뒤로 지혜와 미정도 함께 들어섰다.

"어?, 셋이 같이 오네?"

"오늘 약속했거든요."

지혜가 수줍게 웃었다.

"처음으로 셋이 만난 거예요."

소영이의 목소리가 조금 들떠 있었다.

"그리고… 선생님이랑…

같이 가고 싶은 데가 있어서요."

미정은 여전히 말수는 적었지만, 미정의 눈빛엔 그날 동해에서 봤던 그 어두운 그림자가 사라져 보였다.
"어디 가고 싶은데?"
"한강이요."
"한강…?"
"네. 그냥… 어느 순간부터… '한강' 하면 떠오르는 생각들이 있었거든요."
'셋이 처음 만났다는 한강…' 순간, 승우의 가슴이 먹먹해졌다. 아이들이 '한강'이라는 단어에 얼마나 깊은 감정을 쌓아두고 있었는지 잘 알고 있었다. 하지만 그들의 표정에는 이제 절망의 그림자가 없었다. 그들은 함께 지하철을 타고 한강공원으로 향했다.
가을빛으로 물든 은행나무 가로수 아래, 소영과 지혜, 미정은 나란히 걷고 있었다. 승우는 그들의 뒷모습을 조용히 따라가며 문득, 마음속 깊은 곳에서 뜨겁게 차오르는 감정을 느꼈다.
'저 아이들이 이렇게 걷고 있다는 것. 그것만으로도… 얼마나 기적 같은 일인가.'

강바람이 불어왔다. 지혜가 팔을 벌리며 말했다.

"이렇게 시원한 공기… 처음 느껴봐요…"

소영이 맞장구쳤다.

"저도요. 이렇게 웃은 거…

언제였는지 기억도 안 나요."

미정은 강가 벤치에서 하늘을 올려다보았다.

"그냥… 살아 있어서… 좋아요."

잠시 후, 소영이 핸드폰을 꺼냈다.

"선생님… 우리 사진 찍어주세요."

세 사람은 벤치에 나란히 앉았다. 지혜는 소심하게 브이 포즈를, 소영은 두 팔을 들었고, 미정은 활짝 미소 지었다. 승우는 핸드폰 카메라 너머로 아이들의 모습을 바라보며 조용히 셔터를 눌렀다.

"선생님… 앞으로도… 가끔… 우리… 만나도 되죠?"

승우는 천천히 고개를 끄덕였다.

"물론이지."

"선생님…

정말 고마워요."

승우는 조용히 웃었다.

"그 고마움…

나중에 너희가 누군가한테

꼭 돌려줘."

아이들이 고개를 끄덕였다. 그날 밤, 승우는 카페로 다시 컵 3(Three of Cups) 카드를 꺼내 보았다. 서로 손을 맞잡고 춤추는 세 여인의 모습, 승우는 카드 위에 손을 얹으며 조용히 눈을 감았다.

"고맙다… 그리고…

잘 살아줘서…

정말… 고마워."

* 출연 카드 정리

메이저 - 타워(The Tower)

타워 카드는 갑작스러운 충격, 붕괴, 예기치 않은 위기를 상징한다. 소설 속에서 승우가 절벽 언덕에서 이 카드를 뽑는 장면은 앞으로 발생할 수 있는 극단적 사건, 즉 세 소녀의 동반 자살 시도를 암시하는 불길한 징조로 등장한다. 이 카드는 불안의 직감, 임박한 위험, 깨달음의 순간이 임박했음을 경고한다.

마이너 – 소드 10(Ten of Swords)

소드 10 카드는 완전한 절망, 감정적 바닥, 그리고 극한의 고통 상태를 의미한다. 절벽 위 장면에서 승우가 뽑은 이 카드는 세 아이의 심리상태가 이미 한계점에 도달해 있음을 상징한다. 더 이상 내려갈 곳 없는 절박함 속에서 승우가 즉각적인 개입을 결심하게 만드는 카드이다.

마이너 – 소드 9(Nine of Swords)

이 카드는 밤마다 몰려오는 불안, 악몽, 죄책감, 공포를 의미한다. 소영이 뽑은 이 카드의 해석에서 승우는 '혼자 울다 잠드는 긴 밤들', '벗어날 수 없는 불안'의 감정을 읽어낸다. 카드의 이미지 속 침대 가장자리에 앉아 머리를 싸쥔 여인의 모습은 소영의 현실과 내면 고통을 고스란히 반영한다.

마이너 - 소드 8(Eight of Swords)

소드 8은 심리적 구속, 무력감, 현실 도피 욕구를 상징한다. 지혜가 뽑은 이 카드에서 승우는 '사방이 칼로 둘러싸인 채, 두 눈이 가려지고 몸이 묶인 절망감'을 읽어낸다. 하지만 동시에 승우는 '사실 그 칼들은 생각보다 멀리 있다'는 희망의 메시지를 전하며 작은 탈출구가 존재함을 알려준다.

마이너 - 펜타클 5(Five of Pentacles)

이 카드는 가난, 상실감, 외로움, 사회적 소외를 상징한다. 미정이 뽑은 카드에서 승우는 '겨울밤 추위 속을 맨발로 걷는 외로운 사람들'의 이미지를 통해 미정의 극심한 빈곤과 정서적 고립 상태를 읽어낸다. 동시에 카드의 배경에 희미하게 비치는 '스테인드글라스 창의 불빛'을 지적하며, 아직은 도움받을 가능성이 남아있음을 암시한다.

메이저 - 바보(The Fool)

바보 카드는 무모함과 동시에 새로운 시작의 가능성을 품고 있다. 소설 후반부, 승우가 아이들에게 사흘간의 실천과제를 주기 전 뽑은 카드로, '당장이라도 무모하게 뛰어들 위험'을 뜻하면서도 '인생의 새로운 여정이 시작될 수 있다'는 긍정의 가능성 또한 내포한다.

메이저 – 별(The Star)

별 카드는 절망 끝에서의 희망, 영혼의 치유, 미래에 대한 신뢰를 상징한다. 승우가 아이들에게 세 장의 카드 중 하나로 이 카드를 보여주며 '절망의 끝에서 피어나는 작은 희망'을 강조한다. 이 카드는 아이들이 아주 작은 생의 의지를 다시 품는 결정적 심리적 계기를 만들어낸다.

마이너 – 컵 3(Three of Cups)

이 카드는 우정, 연대, 회복, 기쁨을 뜻한다. 소설 속에서 두 번 등장하는데, 처음엔 절벽 사건 직후 승우가 뽑아 '세 사람의 유대감과 함께 살아갈 가능성'을 예시하고, 마지막 장면에서는 서울에서 세 아이가 함께 카페에 등장하는 장면에서 '새로운 인연과 우정의 시작'을 상징하며 마무리된다.

메이저 – 힘(Strength)

내면의 용기, 인내, 부드러운 힘을 뜻한다. 세 아이가 자신의 상처를 털어놓은 장면 이후 등장하며, 승우는 '너희가 지금껏 버텨온 것만으로도 이미 내면의 힘을 증명했다'라고 격려한다. 세 아이의 회복을 응원하는 카드이다.

메이저 – 달(The Moon)

혼란, 불안, 환상, 두려움을 상징한다. 촛불 리딩 장면에서 승우가 뽑은 카드로 '앞이 보이지 않는 심리적 혼돈 상태'에 빠진 세 아이의 현재 상태를 명확히 보여준다. 불안한 내면 풍경과 현실감 상실 상태를 묘사하는 카드로 쓰인다.

마이너 – 컵 에이스(Ace of Cups)

새로운 감정의 시작, 치유의 물줄기, 생명력의 회복을 상징한다. '살고 싶은 아주 작은 마음의 싹'을 의미하며, 승우는 이 카드를 아이들에게 '지금 너희 안에 생겨나기 시작한 작은 희망의 물방울'로 설명한다. 이후 이 카드는 민박집에 두고 매일 아침 아이들이 바라보는 심리적 처방용 상징물로 등장한다.

마이너 - 소드 6(Six of Swords)

심리적 이동, 회복을 향한 여정, 어두운 곳을 건너는 과정을 의미한다. 이 카드에서 승우는 아이들에게 '아직 모든 문제가 해결된 건 아니지만, 너희는 이미 첫걸음을 내디뎠다.'라는 메시지를 준다. 심리적 터널 끝의 빛 같은 카드로 소설 후반부 전환점에 등장한다.

Ⅷ. 순환

어느 날 불쑥 유진이 카페 문을 열고 들어왔다. 승우는 깜짝 놀라 유진을 바라보고만 있었다. 예전보다 훨씬 성숙해진 모습의 유진이 생글생글 웃으며 다가왔다.
"선생님, 저 서울로 이사 했어요!"
"응? 언제? 왜?"
"여수에서는 나쁜 기억들이 종종 떠올라서
벗어나고 싶다는 생각이 끈히 따라다녀서요."
"그랬구나."
"벌써 서울 온 지 석 달째예요.
직장도 구했고요."
"그럼 집은 어디야?"
유진은 웃기만 한 채 얼른 대답을 안 했다. 승우가 유진을 빤히 쳐다보자 그때야 입을 열었다.

"문래동 자이 아파트요."

"우리 동네?"

"네."

늘 한쪽이 비어 있는 듯한 승우의 가슴이 무언가로 잠깐 채워졌다가 되돌아갔다. 승우의 머릿속에서도 메이저 아르카나의 어떤 카드 하나가 여우별처럼 나타났다가 사라졌다.

"선생님, 저 틈틈이 타로를 배워보고 싶어요.

선생님께 도움받은 이후로

선생님이 제게 보여준 타로카드들이

머릿속을 떠나지 않았어요.

그러면서 타로를 배워두면 세상 살아가는데

많은 도움이 될 거 같다는 생각을 해왔어요."

"글쎄, 난 누구에게 타로를 가르쳐본 적이 없는데…"

"정말요? 그럼 저를 첫 제자로 삼아주세요."

사실 유진이가 남자친구에게 받은 폭력적인 상처는 쉽게 치유되기 어려운 것이었다. 여수에서 나쁜 기억들이 떠올랐다거나 타로를 배우고 싶다는 생각이 끈했다는 것은, 바로 그런 의미였다. 유진이가 사는 곳이 여수가 아닌, 승우 카페와 좀 더 가까운 곳이었다면 승우는 유진이를 여러 차례 카페로 불렀을 것이다.

유진이 다녀간 다음 날, 카페 문을 닫은 승우는 상담실 테이블 위에 메이저 아르카나 카드 22장을 모두 펼쳐놓고 물끄러미 바라보았다. 승우의 시선은 천천히 0번 바보(The Fool) 카드에서 21번 세계 카드까지 미끄러지고 있었다. 그러다 컴퓨터 앞으로 다가가 글을 써 내려가기 시작했다.

0.

화려하던 단풍이 을씨년스럽게 시르죽어가던 겨울 초입이었다. 직장생활에서 번아웃을 겪던 지후는 회사를 그만두고 처음으로 3개월의 휴식기를 갖기로 했다. 당분간은 정해진 계획도, 목표도 없었다. 그저 산들바람처럼 숨을 좀 쉬고 싶을 뿐이었다. 하지만 금세 짓누르는 무료함을 견딜 수 없어, 그는 인문학 스쿨에서 강연 하나를 신청하고 돌아왔다. '감정을 이해하는 미술'이라는 주제인데 며칠 후 별 기대 없이 참석한 강의실에서, 그는 하윤을 처음 보았다.

굽이치는 머리카락이 어깨 위로 조용히 흘러내리던 그녀는, 강의에는 별 관심이 없는 듯 앞줄에서 열심히 노트에다 무언가를 그리고 있었다. 종이 위로 스치듯 내려앉는 그녀의 손끝이 왠지 모르게 아름다워 보였다. 지후는 그날 처음으로 누군가에게 이유 없이 마음이 가는 감각을 알게 되었다. 이유가 없었고, 설명할 수도 없어서, 그 감정은 더 자유롭고, 더 뜨겁고, 더 무모하였을지 모른다.

그것이 바보의 사랑이었다.

하윤 역시 처음엔 지후를 의식할 틈이 없었다. 그러다 쉬는 시간, 지후가 멈칫거리며 말을 걸었다.

"혹시… 그린 그림 좀 볼 수 있을까요?"

그 한마디에는 쑥스러운 표정이 비껴있었다. 하지만 진심은 고스란히 느껴졌다. 하윤은 조용히 고개를 끄덕이며 그림을 보여주었다. 그림엔 새 한 마리가 있었다. 자유롭게 날고 있는 작은 새.

"이 새, 이상할 만큼 자유로워 보이네요."

지후는 새를 보는 순간 이유 없이 가슴이 뛰었다. 하윤은 가만히 미소를 지었다.

"이 새가 저 자신이었으면 좋겠어요.

언젠가는, 정말 저렇게… 날 수 있었으면."

자신도 모르게 흘러나온 말이었다.

그 순간, 지후는 미처 깨닫지 못했지만, 그는 그녀의 첫 번째 소망이자, 마지막 겨울의 별이 되기 시작한 것이다.

그들은 그 후 자주 만났다. 영화도 보고, 전시회도 다니고, 거리를 걸으며 격의 없는 대화를 즐겼다. 하지만 의미를 둔 대화들은 아닐지라도 마음을 다한 말들을 주고받았다. 그때 그들은 서로 어떻게 다툴 수 있는지도 몰랐고, 어떻게 상처를 주는지도 몰랐으며, 어떻게 끝을 말하는지도 몰랐다. 오직 '지금'만 있었고, 그 지금은 매일 새롭고 찬란할 뿐이었다.

그때의 지후는 몰랐다. 그들이 어떤 길을 걸을지, 얼마나 많은 여정을 거칠지, 그리고 마지막에는 어디로 향하게 될지를….

* 메이저 아르카나 0번 바보(The Fool)

TO. 유진 : 타로 카드는 항상 전체를 볼 줄 알아야 해. 특히 메이저 카드는 하나의 흐름으로 염두에 두고 읽는 것이고, 메이저든 마이너 아르카나든 어떤 카드가 등장하면 그 카드만 바라볼 게 아니라, 그 카드의 앞뒤 카드와도 연결할 줄 알아야 하지. 그런 의미에서 먼저 메이저 아르카나 카드를 쉽게 이해하도록 연애 리딩으로 연결해 볼 거야.

0번 바보 카드는 새로운 시작, 미지의 여정, 순수한 믿음, 무한한 가능성, 두려움 없는 사랑을 상징해. 연애 리딩에서 이 카드는 사랑이 이제 막 시작된 상태, 아무것도 모르는 순수한 설렘, 미래에 대한 계산 없이 온전히 몰입하는 감정의 시작을 뜻하지. 이들은 아직 아무것도 모르기 때문에, 사랑이 위험한지도 모르고, 상처가 올 수도 있다는 것도 모르고, 그래서 더 자유롭고 더 빛나게 사랑할 수 있었던 시기였어.

카드 속 인물은 벼랑 끝에서 태양을 향해 미소 지으며 걷고 있지. 그 발밑에는 낭떠러지가 있지만, 그는 두려움보다 기대와 호기심으로 충만한 상태야. 지후는 하윤이라는 이름도, 예술도, 사랑도 아무것도 모르던 상태에서 마음을 열었고, 하윤 역시 지후의 진심 앞에서 자신의 꿈조차 다시 바라보게 되는 시작점에 서게 된 거야. 그들의 관계는 아직 정의되지 않았고, 계획되지 않았고, 그러므로 오히려 무한한 가능성과 자유의 에너지로 가득했던 것이지.

승우는 유진에게 자신이 쓴 글을 이메일로 보내주었다.

1.
지후와 하윤의 인연은 예고 없이 시작되었다. 바보 카드처럼 순수하고 자유롭게, 아무런 계산도 없이 두 사람은 서로를 향해 걸어 들어갔다. 그날의 설렘은 한 편의 시였고, 그 시는 계속 이어졌다.
지후는 고백을 결심하게 된다. 그는 '바보처럼' 순수한 호감만으로는 부족하다고 느꼈다. 마음속에서 작은 불씨가 타올랐다. 이 감정이 사랑이라면, 이제는 말하고 싶었다.
하윤에게 고백한 이후, 지후의 일상은 더 티 나게 바뀌어 가고 있었다. 예전처럼 친구들과 카톡으로 농담을 주고받으며 무심하게 웃던 시간도, 혼자 넷플릭스에서 영화를 즐기던 저녁도 이제는 조금씩 다른 색깔을 띠어갔다.
그 변곡점의 주인공은 하윤이었다.
"주말에 뭐해?"
하윤의 톡이 올 때마다 지후의 심장은 쿵 하고 울렸다. 화면을 바라보는 순간, 그는 사춘기 소년처럼 웃고 있는 자신의 얼굴을 발견하였다. 지후는 지금이야말로 자신의 능력을 발휘할 때라는 확신이 피어올랐다. 마치 오래된 악보 속 숨겨진 음표가 갑자기 선명하게 들려오는 것처럼.

토요일 오후, 지후는 노트북 앞에서 하윤과의 다음 만남을 계획하고 있었다. 평소 같으면 즉흥적으로 "우리 어디 갈까?" 정도로 끝냈겠지만, 오늘은 달랐다.

"음… 하윤이 좋아하는 거… 카페? 아니면 전시회? 아니, 그보다는…"

지후는 웹 브라우저를 열어 서울 근교의 소규모 프리마켓 일정과 체험 공방 정보를 검색해 보았다. 지후의 손끝이 빠르게 키보드 위를 오갔다. 하윤과 나눴던 대화들이 머릿속에서 퍼즐 조각처럼 맞춰졌.

'나 요즘 캔들 공방 한번 가보고 싶어.'

'작은 소품샵 구경하는 거 좋아해.'

'사람 너무 복잡한 곳은 별로…'

지후는 드디어 하나의 장소를 골랐다. 성수동의 작은 캔들 공방. 예약도 미리 해두고 하윤에게는 일부러 구체적인 정보는 말하지 않았다.

"그냥… 주말에 나랑 같이 가자. 장소는 가서 알려줄게."
하윤은 궁금하다는 듯 웃으며 고개를 끄덕였다. 그리고 토요일, 지후는 그녀를 기다리고 있었다. 회색 후드티와 청바지 차림이었지만, 그 안의 마음은 한없이 들떠 있었다. 하윤이 나타났을 때, 그녀의 얼굴에는 수수한 화장과 가벼운 립글로스가 얹혀 있었다. '아휴, 왜 저리 예쁜 거야?…' 지후는 숨 멎은 듯 하윤을 바라보다가 서둘러 시선을 돌렸다.
"어디 가는 건데?"
"따라와 보면 알아."
장난기 어린 미소를 지으며 지후는 하윤의 손목을 끌었다. 이전보다 조금 더 자연스러운 스킨십이었다. 캔들 공방 앞에서 하윤은 눈을 동그랗게 뜨고 주변을 둘러보았다.
"여기… 내가 가보고 싶다고 했던 데잖아! 언제 예약했어?"
"응, 엊그제."
지후는 어깨를 으쓱하며 웃었다. 테이블 위에는 다양한 향오일과 색색의 왁스, 장식용 드라이플라워가 준비되어 있었다. 강사의 설명이 시작되자, 두 사람은 나란히 앉아 작은 유리컵에다 저마다의 향과 색을 담아보았다.

"네 향은 어떤 거로 할 거야?"

"음… 라벤더랑 시트러스 조금 넣을래. 너는?"

"난… 네 옆에서 잘 맡을 수 있는 향."

"그게 뭐야?"

"내가 만든 거."

하윤은 장갑 낀 손으로 입가를 가리며 웃었다.

왁스를 녹이고, 색을 넣고, 향을 섞는 동안 지후의 마음속에서는 또 다른 무언가가 점점 단단해지고 있었다.

'이제부터는 내가 만들어 가는 거야.'

모든 선택과 행동이 하나의 작은 의식처럼 느껴졌다. 두 사람이 만든 캔들이 굳어갈 무렵, 지후가 슬며시 입을 열었다.

"이거… 오늘의 기념품이네."

"응, 집에 가서 잘 둘게."

하윤은 양손에 캔들을 들고 눈부시게 웃었다.

그때 지후의 머릿속에는 하나의 문장이 맴돌았다.

'지금부터, 난 너와의 모든 순간을 창조할 거야.'

마법사 카드처럼, 지후는 이제 하윤을 향한 자신만의 도구와 능력을 깨닫고 있었다. 머릿속에는 더 많은 아이디어가 떠오르고 있었다. 다가올 계절, 다가올 데이트, 그리고 언젠가 있을 더 큰 고백까지….

하지만 그건 아직 이른 이야기였다. 오늘은 그저, 하윤 곁에서 함께 웃을 수 있는 시간만으로도 더 바랄 게 없었다.

* 메이저 아르카나 마법사(The Magician)

TO. 유진 : 오늘의 지후는 마법사 카드의 본질을 그대로 닮아 있어. 마법사는 손에 지팡이, 칼, 컵, 펜타클이라는 네 가지 도구를 쥐고 세상에 자신의 의지를 펼칠 준비가 된 사람이지. 지후 역시 더는 수동적인 감정의 흐름에만 머물지 않아. 그는 스스로 선택하고, 계획하고, 행동으로 옮기기 시작한 거야. 하윤이 좋아하는 것들을 기억하고 그에 걸맞게 하루를 설계하며, 두 사람의 관계에 적극적인 에너지를 불어넣고 있어. 이것이 바로 마법사가 상징하는 '의지의 실현'과 '현실 창조의 시작'이야. 사랑 앞에서 지후는 더는 머뭇거리지 않아. 그는 이제 자신의 손으로 두 사람의 미래를 하나씩 그려나가려 하고 있어. 이 순간이 마법처럼 빛나는 이유도 바로 거기에 있는 거야. 그리고 마법사 카드에는 무한대 기호(∞)가 머리 위에 있는데, 이는 잠재력과 창조성, 무한한 가능성을 의미해. 지후와 하윤의 사랑은 이제 시작이야. 이제는 선택과 집중, 창조와 실천의 시간이지.

2.
두 사람의 연애는 따스하게 계속되었다. 하지만 함께하는 시간이 즐거우면서도, 어느 순간부터 하윤은 묘한 침묵 모드로 빠져들었다. 지후가 아무리 말을 걸어도, 하윤은 종종 멍하니 창밖을 바라볼 뿐이었다.
"무슨 일 있어?"
지후의 물음에도 그녀는 고개를 저으며 웃었다.
"아니야, 그냥 요즘 생각이 많아서…"
지후에게는 일말의 불안감이 스치며 지나갔다. 하윤은 지후의 진심을 알고 있지만, 사랑이란 게 이처럼 순조롭게 흘러가도 되는 걸까 하는 의문을 품기 시작한 것이다. 겉으로는 평온해도 마음속 깊은 곳에서는 아직 말로 표현하지 못한 감정들이 파도처럼 밀려오고 있었다. 대책 없이 리듬을 타는 자신의 내면이 낯설기조차 하였다. 그래서 하윤은 말 대신 느낌을 간직하고, 감정을 되새김질하며, 천천히 마음속 무언가를 해석하려 애쓰고 있었다. 거침없이 다가오는 따뜻한 지후의 손길이 좋았고, 내밀하게 밀착하며 함께한 순간들이 소중하게 다가왔다. 하지만 그녀는 본능적으로 알았다. 이 감정을 섣불리 정의하거나 언어로 옮겨 버리면, 무언가 중요한 것을 놓칠지도 모른다는 것을.

밤이 되면 하윤은 거실 창가에 앉아 일기를 썼다.

'지후는 따뜻하고 좋은 사람이다. 그의 마음은 분명하지만… 나는 왜 때때로 두려울까? 내가 진짜 원하는 사랑은 어떤 모습일까?'

그녀는 자신도 알 수 없는 감정의 정체를 알고 싶었다.

하윤은 지금 마음을 서두르는 일 없이, 영혼 깊은 곳의 진실한 감정이 올라오기를 기다리고 있었다. 그리고 그 기다림이 침묵이라는 형태로 나타난 것이다. 하윤이 조용히 내면을 들여다보는 동안, 지후는 점점 더 '존재로서의 사랑'을 배워나가고 있었다.

하윤은 점점 존재감이 커지는 지후를 밀어내지도 않았고, 그렇다고 와락 당기지도 않았다. 대신, 있는 그대로 머물며 침묵 속에서 더 깊이 지켜보고 두 사람의 사랑을 묵상하고 있었다.

하윤은 여전히 조용했다. 하지만 그 조용함 속에서 그녀의 마음은 천천히, 그러나 분명하게 지후를 향해 깊어지고 있었다. 그녀는 지후의 따뜻한 손을 잡고, 속삭였다.

"고마워…. 내 마음이 아직 정리 중일 수도 있는데, 그래도 나를 기다려줘서."

지후는 미소 지었다.

"넌 그냥 그 자리에 있어. 난 너의 속도가 좋아."

그날 이후, 둘은 말로만 사랑을 나누지 않았다. 지후는 까무러칠 만큼 부드러운 하윤의 속살에서 여체의 신비를 느낄 수 있었고, 하윤은 단단해진 남자의 육신이 뿜어대는 입김으로 정신이 혼미해졌다.

이제 그들은 서로의 침묵 속에서조차 사랑을 느꼈고, 그것이야말로 여사제의 마법 같은 사랑 방식이었다.

* 여사제(The High Priestess)

TO. 유진 : 2번 여사제는 직관, 침묵, 무의식, 감정의 깊이, 숨겨진 진실을 상징해. 이 카드가 연애에서 등장할 때는 겉보기엔 평온하지만, 내면 깊은 곳에서 감정이 요동치고 있음을 뜻하지. 여사제는 두 기둥 사이에 앉아 있어. 하나는 검은색(B, Boaz), 하나는 흰색(J, Jachin)이야. 이는 양면성, 진실과 감정 사이의 갈등을 의미해. 하윤의 마음도 비슷한 거야. 겉으로는 사랑하지만, 속으로는 혼란이 있었지. 여사제는 두루마리(율법서)를 무릎에 얹고, 그것을 반쯤 가리고 있어. 이는 아직 드러나지 않은 진심이나, 숨기고 있는 감정이 있음을 말해. 하윤은 지후를 사랑하면서도, 자신의 진짜 감정에 확신이 없어 말을 아끼고 있었던 것이지. 여사제는 달의 상징(초승달, 석류 무늬의 베일) 속에 앉아 있는데, 이것은 무의식, 꿈, 여성의 직관적인 감성을 나타내. 하윤은 지금 생각보다 느끼는 것이 더 많은 상태이고, 말보다 느낌과 기류로 지후와 연결되고 있어.

3.

봄이 왔다. 봄뜻이 완연한 여린 햇살은 부드러웠고, 풀기를 머금은 바람은 따뜻했다. 지후와 하윤은 어느덧 만난 지 일 년이 지나가고 있었다. 이전의 서툰 고백, 조심스러운 침묵, 말로는 다하지 못했던 감정의 물결… 그 모든 시간이 지나고, 이제는 서로의 존재만으로도 충분히 삶의 의미가 되는 사랑이 되었다. 지후는 하윤과 함께 도시 외곽 공원으로 소풍을 나갔다.

피크닉 매트를 펼치고, 직접 싸 온 도시락을 꺼냈다. 김밥, 과일, 주먹밥…

"이거 다 직접 만든 거야?"

"응"

"김밥이 이렇게 예쁘면 어떡하지? 주먹밥에는 꽃이 피었네?"

하윤은 감탄을 연발하며 도시락을 살피다가 작게 접은 쪽지를 발견하고는 조심스레 펼쳤다.

"너와 함께하는 시간이 요즘 내 하루 중 가장 따뜻한 시간이야."

하윤은 지후의 손을 끌어 깍지를 끼었다.

"나도 그래. 너랑 있으면 마음이 자꾸 풍요로워져. 마치…

나 자신도 사랑받는 사람이라는 걸 자꾸만 느끼게 돼."

그날 오후, 하윤은 꽃이 가득 핀 공원에서 지후에게 가만히 말을 꺼냈다.

"나 사실, 그림 그리고 싶어. 미술 전공한 거, 한동안 포기했었는데…. 지금은 네가 자꾸 나를 믿어줘서, 다시 해보고 싶다는 생각이 들어."

지후는 뭔가 느낌이 이상하다 싶으면서도 반가운 표정을 지었다.

"너는 원래부터 예술적인 사람이야. 이제 네가 피어날 시간이 된 것 같아."

그때 하윤은 느꼈다. 지후와 함께한 이 시간이, 자신에게 어떤 '자기회복'과 '자기꽃피움'의 계절이었음을. 사랑은 단순한 감정이 아니라, 자신을 다시 사랑하게 만드는 힘이었음을. 이들의 관계는 이제 서로에게 영양을 주는 흙이 되었고, 그 위에서 서로의 꿈과 정서가 자라나는 '정원'이 되어가고 있었다.

하윤은 집으로 돌아온 후, 오래된 스케치북을 꺼냈다. 페이지마다 묻어 있는 시간의 흔적들, 잊고 있었던 선과 색들이 다시 손끝에서 살아 움직이는 느낌이었다. 창밖으로 불어오는 봄바람을 맞으며, 하윤은 천천히 연필을 들어 새로운 선을 그었다. 곁에는 지후가 공원에서 꺾어 준 노란 개나리가 유리컵에 담겨 있었다. 그 개나리를 바라보다가, 하윤은 속삭였다.

"고마워, 네가 아니었으면…

난 아직도 나를 잃어버린 채로 있었을 거야."

며칠 후, 하윤은 자신이 그린 수채화를 봉투에 담아 지후에게 건넸다. '당신과 함께한 봄'이라는 제목 아래에는 피크닉 매트 위에서 함께 웃던 두 사람의 모습이 담겨 있었다. 지후는 그 그림을 한참 동안 바라보다가, 하윤의 이마에 입을 맞췄다.

"너의 봄이 이제 시작된 것 같아.

그리고 나도 그 안에 함께 있어서 행복해."

두 사람 사이에는 따뜻한 기운이 번져갔다. 마치 새로운 계절이 또다시, 더 깊은 곳에서 꽃을 피우기 시작하는 거 같았다.

* 황후(The Empress)

TO. 유진 : 3번 황후는 풍요, 생명력, 창조성, 돌봄, 성장을 상징하는 카드야. 연애 리딩에서 여황제가 등장하면, 관계가 안정기에 접어들며 '감정의 열매'가 맺히는 시기임을 나타내지. 여황제는 자연 속에 앉아 있고, 그녀 주위엔 밀밭과 숲, 강이 흐르고 있어. 이는 자연의 풍요, 사랑의 결실, 관계의 성숙을 의미해. 지후와 하윤은 이제 서로에게 위로와 영감이 되는 관계로 자랐어. 황후는 임신한 모습으로 묘사되기도 해. 이는 새로운 창조, 아이디어의 출현, 혹은 실제로 새로운 생명의 가능성도 암시하지. 하윤은 자신의 꿈인 그림을 다시 시작하려 하고, 지후는 이를 감싸 안고 응원해주고 있어. 황후는 감정과 신체를 있는 그대로 받아들이는 에너지야. 두 사람은 서로 있는 그대로 받아들이며, 말보다 감각적이고 따뜻한 교감을 이어가는 단계에 이른 거야.

4.

지후와 하윤은 천천히 서로의 몸을 알아갔다. 마치 오래도록 준비되어 온 약속처럼, 지후는 하윤의 눈을 바라보며 한 번도 서두르는 일이 없었다. 눈빛으로, 입술로 하윤의 몸 깊은 곳까지 사랑을 확인해주었다. 하윤은 이마에서 발끝까지 타고 흐르는 지후의 입술과 손길이 욕망이라기보다는 보호 본능처럼 느껴졌다. 거친 숨소리가 천천히 섞이다가, 마지막이 되면 하윤의 온몸은 경련을 일으켰고 지후는 하윤의 목을 끌어안은 채 모든 사랑을 쏟아냈다.

두 사람 사이에는 말 대신 따뜻한 체온과 서로를 향한 신뢰가 조용히 흘렀다. 그것은 사랑의 증명이자, 신뢰의 형상이었다. 서로를 받아들이고, 감싸고, 한 사람의 세계로 들어가는 의식 같았다.

지후는 송골송골 땀이 난 하윤의 이마에 입을 맞추며 속삭였다.

"내가 너를 지켜줄게. 오래도록."

하윤과 사랑을 나눌수록 하윤은 지후의 외눈부처가 되어갔다.

봄이 깊어가던 어느 날, 지후는 조심스럽게 입을 열었다.

"나 요즘 진지하게 미래를 고민하고 있어.

너랑 아침저녁으로 함께하는 미래 말이야."

하윤은 조용히 지후를 바라보았다. 그의 눈빛은 장난이 아눈, 오히려 낯설 정도로 티 없이 맑아 보였다. 그동안 웃고, 기대고, 껴안으며 한몸이 되었던 연애에서 한 단계 성숙한 눈빛이었다.

"회사에서도 이제 실무 맡게 됐고, 월세 생활도 슬슬 정리하고 싶고…

나, 네 옆에서 좀 더 안정적인 사람이 되고 싶어."

지후는 하윤을 만난 이후 번아웃에서 해방된 새로운 직장 생활을 활기차게 이어가고 있었다. 하윤은 지후의 그 말이 고마우면서도 두려웠다. 사랑은 감정으로 충분하다고 믿었던 그녀에게 지후의 말은 '사랑의 책임'이라는 무게를 처음으로 느끼게 해주었다.

며칠 후, 지후는 하윤을 데리고 작은 아파트 단지로 들어섰다.

"여기, 전세 매물이 나왔다고 해서 한 번 와봤어.

아직 결정은 안 했는데…

우리, 같이 살게 된다면 이런 곳이면 좋겠다고 생각했어."

하윤은 아무 말 없이 그 자리에 서 있었다. 지후는 자신에게 '감정'만 주는 사람이 아니라, 삶의 '토대'를 주려는 사람이라는 것을 알았다. 지후는 하윤에게 허공에 떠 있는 사랑이 아닌, 땅 위에서 단단히 뿌린 내린 사랑을 보여주고 있었다. 그리고 그 사랑은 황제 카드가 상징하는 구조, 안정, 계획, 보호의 힘이었다.

며칠 후, 하윤은 다시 공원으로 지후를 불렀다. 그녀는 작은 스케치북을 열어, 그날 봤던 아파트 단지를 그린 그림을 지후에게 보여주었다.

"이곳에서 우리의 삶을 그려도 괜찮겠지?"

지후는 아무 말 없이 웃으며 고개를 끄덕였다. 사랑은 설레는 감정만이 아니라, 한 걸음씩 단단히 쌓아 올리는 '기둥' 같은 것이라는 걸 그들은 알았다. 지후와 하윤은 서서히 사랑의 구조를 함께 짓고 있었다. 황제의 기반 위에서, 다음 장의 사랑을 기다리며.

* 황제(The Emperor)

TO. 유진 : 4번 황제는 구조, 책임, 보호, 권위, 현실적 기반을 상징해. 연애 리딩에서 이 카드는 사랑이 감정을 넘어 삶의 설계로 나아가는 시기임을 알려주는 것이야. 황제는 돌로 된 단단한 왕좌에 앉아 있어. 이는 감정의 흐름보다 현실의 질서와 구조를 우선시하는 태도를 뜻하지. 지후는 감정만 나누던 연애를 넘어, 하윤과 함께 살아갈 기반을 설계하기 시작한 것이야. 그의 손에는 왕홀과 구가 들려 있어. 이는 권위와 책임, 보호자의 역할을 의미해. 지후는 하윤을 보호하고, 그녀가 자신의 꿈을 실현할 수 있도록 현실적 안정을 주려는 사람으로 성장하고 있어. 황제는 주변의 척박한 바위산과 함께 그려졌는데, 이는 쉽지 않은 현실과 도전 속에서도 굳건히 지탱하는 의지를 의미해. 지후는 말없이, 하지만 확고히 사랑의 기반을 다지고 있는 중이야.

5.
지후와 하윤의 연애는 두 사람만의 이야기로 머물 수 없었다. 지후가 하윤을 위해 집을 알아보며 미래를 설계한 이후, 두 사람은 자연스럽게 '결혼'이라는 단어를 꺼내기 시작했다.
"요즘 너랑 함께 있는 시간이 그냥 연애 같진 않아.
이제는 우리가 함께 살아가야겠다는 마음이 점점 더 커지고 있어."

하윤은 고개를 끄덕였다.

"나도 그래. 사랑만으로는 부족하다는 말, 이해될 줄 몰랐는데…

이제는 사랑이 더 커지면 약속이 필요하다는 걸 알겠어."

그들은 부모님께 인사를 드리기로 마음먹었다. 하윤은 긴장한 표정이었으나, 지후는 따뜻하게 그녀의 손을 감싸며 말했다.

"우린 서로 믿잖아. 그게 가장 큰 축복이야."

하윤의 부모님은 지후를 바라보다가, 정중하게 물었다.

"우리 하윤이 곁을 한결같이 지켜줄 수 있나요?"

지후는 주저 없이 말씀드렸다.

"네. 가정도, 행복도 경영이라 생각합니다.

하윤이를 위해 최고의 행복 CEO가 되겠습니다."

하윤의 아버지는 믿음직스럽다는 듯이 고개를 끄덕였고, 어머니는 눈시울을 붉어졌다. 그날 밤, 두 사람은 하윤이 어릴 때부터 다니던 성당을 찾았다. 축복을 받기 위해서가 아니라, 단지 마음이 그쪽으로 이끌렸기 때문이다. 고요한 성당에서 두 사람이 제단 위 커다란 십자고상을 바라보며 감사기도를 올리는 동안, 성모님 상의의 자비로운 표정이 두 사람을 감쌌다. 하윤이 지후에게 속삭였다.

"우리의 사랑이 이렇게 진심이 될 줄은 몰랐어."

지후도 속삭였다.

"이제는 믿음이 됐고, 곧 약속될 거야."

제단의 꽃바구니에는 장미꽃이 없었는데 어디선가 장미 향이 흐르는 거 같았다.

성당을 나서던 두 사람의 그림자가 가로등 불빛 아래 길게 드리워졌다. 지후는 하윤의 손을 꼭 감아쥐었다.

"우린 이제 사랑이 아니라, 하나의 길을 함께 걷는 거야."

하윤은 고개를 끄덕였다. 그녀는 더이상 두렵지 않았다. 이 사랑은 이제 축복받을 수 있는 이름을 갖게 되었기 때문이다. 그들의 사랑은 교황의 문턱을 지나, 하나의 약속으로 피어났다.

* 교황(The Hierophant)

TO. 유진 : 5번 교황은 전통, 약속, 공동체의 승인, 가치관의 공유, 신성한 결합을 상징해. 이 카드는 단순한 감정을 넘어 '공적인 관계'로 발전하는 시기를 의미하지. 교황은 제단 위에서 두 사람에게 축복을 내리고 있어. 이는 공식적인 결합, 예식, 부모의 승인, 종교적 또는 사회적 약속을 나타내는 거야. 지후와 하윤은 이제 서로의 사랑을 사회 속에서 인정받고자 하는 단계에 도달했어. 이 카드에서 두 제자가 무릎을 꿇고 있는 모습은 가르침과 배우려는 태도, 그리고 영적 결합을 상징해. 이는 단순한 연애가 아니라, 서로에게서 삶을 배우고 영적으로도 성장하려는 관계임을 뜻하지. 교황의 손은 하늘과 땅을 잇고 있으며, 세 개의 십자가가 있는 왕관은 육체-정신-영혼의 조화를 의미해. 즉, 단순한 '연애 감정'에서 정신적 동반자, 영혼의 연인으로 나아가는 전환점이야.

6.
지후와 하윤은 서로에게 익숙하고 든든한 존재가 되어있었다. 함께 보내는 시간이 자연스러웠고, 서로의 하루를 나누는 일이 일상이 되었다. 하지만 사랑은 언제나 한 방향으로만 흐르지 않는다. 하윤에게 미술 학원의 강사 제안이 들어왔다. 그것도 파리. 그녀가 오래전부터 꿈꿨던 도시였다.

짧으면 1년, 길면 3년.

해외에서의 커리어는 꿈같은 기회였지만, 그만큼 두려움도 컸다. 지후와의 관계를 어떻게 해야 할지, 매일 밤 깊은 고민이 하윤을 흔들어댔다. 뒤척이다 일어나고, 뒤척이다 일어나기를 반복한 그녀였다. 그녀는 지후에게 말하지 못하고 있었다. 아니, 말할 용기조차 없었다.

지후는 눈치채고도 묻지 않았다. 혼자 흔들리며 멍하니 하늘을 올려다보고는 하였다. 하윤이 없이는 하루도 못 버티는 시간처럼 보내왔다. 지후의 한숨이 가로등 불빛을 부옇게 에워쌌다.

그러던 어느 날, 지후는 힘없이 말을 꺼냈다.

"나 말고 너 자신을 먼저 선택해.

네가 가고 싶은 길이라면…

내가 붙잡지 않을게."

하윤의 눈에서 눈물이 갈쌍거렸다.

"하지만… 그게 이별이라는 뜻이라면,

나는 어떻게 해…?"

지후는 잠시 침묵하다가 입을 열었다.

"이건 우리가 헤어지는 게 아니라,

네가 더 넓은 세상을 보고 돌아오기로 '약속'하는 거야.

난 너를 기다릴 수 있어.

대신 너도 네 마음을 분명히 해줬으면 좋겠어.

그게 사랑이니까. 선택하는 거니까."

하윤은 그때 깨달았다. 사랑은 서로를 붙드는 일이 아니라, 서로를 믿고 선택하는 용기라는 것을. 그녀는 조용히 고개를 끄덕였다.

"나는 널 선택할 거야.

오늘도, 파리에서도,

그리고 돌아오는 날에도."

그날 밤 두 사람은 서로에게 아낌없이 몸을 내어주었다. 파도가 심해지자 정박한 배는 사정없이 요동을 쳤다. 하윤의 달콤한 살결이 지후에게 환희가 되어주었고, 거친 파도와 같은 지후의 몸짓이 하윤에게 환희가 되었다. 오랫동안 볼 수 없다는 애절한 몸부림이었다.

하얀 허벅지 사이에서 일어난 전율이 단전을 타고 목구멍까지 차올라 폭발하기 직전 하윤이 소리쳤다.

"지후야, 사랑해"

"응, 나도 사랑해"

그러고는 두 사람의 뜨거운 비명이 서로 포개진 입안에서 부딪쳐 상대 몸속으로 깊숙이 파고들었다. 두 사람의 영혼이 하나가 된 순간이었다.

하윤은 인천공항에서 파리행 비행기를 기다렸다. 지후는 공항에서 그녀를 꼭 껴안으며 귓속말로 속삭였다.

"사랑은 붙드는 게 아니라… 선택하는 거야.

너를 기다릴게. 매일, 그 믿음으로."

하윤은 지후를 올려다보며 미소 지었다. 그녀는 비로소 알았다. 이별처럼 느껴지는 순간이, 사실은 서로를 더욱 강하게 연결하는 '선택의 의식'이라는 것을. 지후와 하윤의 사랑은 이제, 하늘의 축복 아래 선택이라는 새로운 이름을 얻은 것이다.

* 연인(The Lovers)

TO. 유진 : 6번 연인 카드는 표면적으로는 사랑과 결합을 뜻하지만, 실제로는 선택, 유혹, 내면의 갈등, 감정의 진실성을 상징해.

이 카드는 사랑이라는 감정이 '선택의 책임'을 동반하게 되는 중요한 전환점을 말하는 것이지. 카드에는 남자와 여자, 그리고 그 위에 천사 라파엘이 있어. 이는 영혼의 결합, 즉 단순한 육체적 끌림이 아닌 운명적인 선택을 의미해. 지후와 하윤은 이제 서로의 '존재'를 넘어, 삶의 결정 앞에서 서로를 선택해야 하는 순간에 서 있는 것이야. 카드의 남자 뒤에는 불타는 나무(욕망), 여자 뒤에는 지혜의 나무와 뱀이 있는데, 이는 감정과 이성, 현실과 이상, 갈망과 인내 사이에서 갈등하는 인간의 모습을 상징하는 거야. 하윤은 꿈과 사랑 사이에서 갈등했고, 지후는 그 선택을 강요하지 않고 자유의지를 존중해주었어. 카드 속 천사는 손을 들고 있는데, 이는 신성한 축복과 동시에 양심의 소리를 상징해. 이 선택은 시험이지만, 동시에 진정한 사랑으로 나아가는 통과의례라고 할 수 있어.

7.
파리의 겨울은 생각보다 길고 외로웠다. 하윤은 미술 학원 수업과 포트폴리오 작업하느라 매일매일 바쁘게 보내면서도, 지후를 향한 그리움을 마음 깊이 안고 살아가고 있었다. 그리움이 깊어질수록 외로움도 살 떨리게 하였다. 새로운 언어, 낯선 사람들, 생경한 질서들….

때로는 자신이 선택한 길이 맞는 걸까 혼란스러웠지만, 그럴 때마다 하윤은 스케치북 구석을 지키는 지후의 작은 문장을 되새겼다.

"사랑은 믿음이고, 기다림은 용기의 다른 이름이야."

한편, 지후 역시 서울에서 새로운 도전에 몰두하고 있었다. 하윤이 떠난 후, 그는 퇴근 후의 공허함을 이겨내기 위해 야간 MBA 수업에 등록하고, 독립출판 프로젝트에도 참여하기 시작했다. 하윤에게 어울리는 사람이 되기 위해서, 그리고 자신의 삶도 견고히 세우기 위해서였다. 어느 날, 지후는 책상 앞에 앉아 하윤에게 편지를 썼다.

"우리의 거리는 지금 전쟁터야.

그리움과 고독이 뒤섞여 매일 우릴 시험하지.

하지만, 나는 이 전차 위에서 흔들리지 않으려 애쓰고 있어. 너에게 다시 닿는 그날, 나는 내가 원하는 모습으로 서고 싶거든."

지후는 펜을 놓고 창밖을 바라보았다. 저만치서 하윤이 손을 흔들며 걸어오는 듯하였다. 가슴이 쿵 내려앉았다. 눈물이 주르르 흘러내렸다. 유리창을 이마로 쿵쿵 찧어댔다. 세상은 그대로인데 하윤이가 없다는 모순이 자신을 파괴할 거 같았다.

겨울이 끝나고 있었고, 다시 봄이 오고 있었다. 지후는 느꼈다. 사랑이란, 단지 서로의 곁에 있는 것이 아니라, 서로를 향해 달리는 '의지' 그 자체라는 것을.

개나리와 벚꽃, 진달래와 목련이 떠나고 아카시아 향기가 분분할 즈음 하윤은 한국으로 돌아왔다. 공항에서 마주한 순간, 두 사람은 잠시 멍하니 서 있었다. 하윤의 눈에서 금방이라도 눈물이 터질 듯하였다. 지후가 먼저 다가가 하윤을 껴안았다. 두 사람의 어깨가 소리 없이 흔들렸다. 지후는 하윤의 냄새를 깊숙이 빨아들였다. 현기증이 일었다. 지후가 하윤의 뺨을 어루만지며 눈물을 닦아주었다.

"잘 돌아왔어.

우리, 다시 시작이야."

하윤이 눈물 젖은 눈으로 고개를 끄덕였다.

"아니, 우리 계속 달려온 거야.

지금 이 순간까지."

전차는 멈추지 않았다. 두 사람은 이제 각자의 삶을 다잡고, 그 위에서 같은 방향을 향해 달리는 '동반자'가 되어있었다.

* 전차(The Chariot)

TO. 유진 : 7번 전차는 의지, 승리, 자기 통제, 목표 향해 전진하기, 감정과 이성 사이의 균형을 상징해. 연애 리딩에서 전차가 등장하면, 장거리 연애, 각자의 싸움, 성숙을 위한 거리 두기 같은 상황과 연결되는 거야. 전차 위의 전사는 왕관을 쓰고 강하게 중심을 잡고 있지. 이는 자기 삶의 주도권을 쥐고, 흔들림 없이 나아가려는 의지를 나타내는 거야. 지후는 혼자 남겨졌지만, 자신을 이끄는 힘을 키워가고 있어. 전차를 끄는 두 마리의 스핑크스는 서로 다른 방향을 바라보는데 이는 감정과 이성, 과거와 미래 사이의 충돌을 상징하는 거야. 하윤과 지후는 사랑과 성장, 그 둘 사이에서 균형을 찾기 위해 노력 중이지. 도시를 벗어난 길 위에 서 있는 전차는 새로운 여정, 승리를 향한 출발을 암시해. 두 사람은 물리적으로는 떨어져 있지만, 내면은 같은 방향으로 나가는 중이야.

8.
하윤이 파리에서 돌아온 뒤, 지후와 하윤은 함께하며 꿈 같은 시간을 보냈다. 하지만 두 사람의 허니문 같은 시간은 잠시뿐이었다. 공항에서의 재회는 영화 같았지만, 현실은 생각보다 복잡하게 돌아갔다. 하윤은 차츰 숨 막힐 듯 이어지는 일상이 적응하기 힘들었고, 지후는 그사이 더 바빠진 회사 일과 병행하던 공부로 지쳐 갔다. 두 사람은 갈수록 말수가 줄었고, 사소한 일에도 작은 다툼이 일어났다.
"왜 네가 먼저 말 안 해?"
"그건 너도 마찬가지잖아."
서로 그토록 기다려왔지만, 막상 함께 있으니 서로 예민함과 상처가 더 선명히 드러났다. 한쪽에서 강한 바람을 일으키면 부드럽게 휘어주면 될 터인데 바로 맞받아쳤다. 어느 날, 심하게 다툰 후 하윤은 문을 쾅 닫고 나가버렸다. 하윤이 남기고 간 냉기가 지후에게 아프게 파고들었다. 지후는 혼자 남겨진 방 안에서 주먹을 꼭 쥐었다. 예전 같으면, 그냥 외면했을지도 모른다. 하지만 이제는 아니었다. 그는 하윤이 좋아하던 아이스라떼를 들고 그녀를 찾아 나섰다. 공원 벤치에 앉아 있던 하윤은 지후를 보자마자 눈물을 터트릴 듯한 표정을 지었다. 지후는 말없이 옆에 앉아 커피를 건넸다.

"미안해, 너를 이해하려 하기보다,
내 감정만 앞세웠던 것 같아."
하윤은 천천히 컵을 받아들며 말했다.
"나도 그래. 나도 너를 다그쳤던 것 같아.
지금 우리에게 필요한 건 싸움이 아니라, 기다림이었는데…"

그날, 둘은 손을 잡고 오래 걸었다. 말없이 걷는 동안 서로의 새뜻한 온기가 느껴졌다. 그리고 그들은 알았다. 사랑은 서로에게 강해지는 것이 아니라, 상대방의 감정을 기다려주는 조용한 힘이라는 걸

그날 이후, 지후는 출근이 늦은 하윤을 위해 아침상을 차려두었다. 퇴근길마다 싱싱한 과일 몇 개를 사서 냉장실에 넣어두고는 아침이면 간단한 계란프라이, 토스트와 우유 그리고 과일을 곁들인 아침을 준비해 둔 채 대문을 나섰다. 며칠 후 지후는 자신의 호주머니에서 작은 쪽지를 발

견하였다.

'네가 나에게 보여주는 사랑은
말보다 조용하고, 힘보다 따뜻해.
그리고 난 그런 사랑을, 매일 배우고 있어.'
지후와 하윤은 이제 안다. 사랑은 힘센 사자를 억누르는 전쟁이 아니라, 그 사자의 눈을 바라보며 부드럽게 다가가는 용기의 기술이라는 것을.

*** 힘(Strength)**

TO. 유진 : 8번 힘 카드는 온유한 인내, 내면의 통제, 부드러운 힘, 감정의 길들이기를 상징하는데, 특히 연애 리딩에서 이 카드는 감정의 폭발보다 포용과 기다림, 사람을 바꾸려는 시도보다 있는 그대로 안아주는 태도를 말해. 카드 속 여성은 사자와 마주한 채, 입을 억지로 닫게 하거나 싸우지 않고 조용히 바라보고 있어. 이는 억지스러운 통제나 힘이 아닌, 사랑과 인내로 관계를 다스리는 방식을 나타내는 것이지. 지후와 하윤은 감정을 쏟아내는 대신, 부드러운 대화와 기다림으로 위기를 넘겼어. 카드 속 그녀의 머리 위에는 무한대 기호(∞)가 있는데, 이는 내면의 평화와 끈기, 지속되는 마음을 의미하는 거야. 두 사람은 이제 즉각적인 만족이 아닌, 오래 가는 감정을 배우는 중이지. 이 카드는 감정을 이기려는 싸움이 아니라, 감정을 이해하려는 용기를 말해. 싸움보다 더 강한 것은, 용서하고 품을 수 있는 부드러움이라는 걸 보여주고 있어.

9.

초여름 무렵, 지후와 하윤은 평온한 일상을 보내고 있었다. 주말이면 함께 장을 보고, 저녁을 만들어 먹고, 산책하며 하루를 정리했다. 표면적으로는 아무 문제가 없어 보였다. 그런데 어느 순간부터 하윤은 조금씩 말수가 줄어들었다. 밤이 되면 가끔 창밖을 오래 바라보며 멍하니 앉아 있기도 하고, 지후와 대화 중에도 자주 생각에 잠겼다. 지후는 조심스럽게 물었다.

"요즘 무슨 고민 있어?"

하윤은 고개를 저었다.

"아니야, 그냥… 내 안에서 뭔가 정리가 안 된 기분이야."

하윤은 최근 그림이 잘 그려지지 않았다. 파리에서 돌아온 뒤로는 오히려 '무언가 큰 작품을 내놔야 한다'라는 조급함이 그녀를 짓눌렀고, 그 와중에 지후와의 안정된 일상은 때때로 창작 열정을 잃어가는 것 같은 착각을 불러왔다. 지후는 염려스러웠지만, 억지로 끼어들지 않았다. 대신 이렇게 말했다.

"혹시 혼자만의 시간이 필요하다면… 괜찮아.
그건 우리 사이가 멀어진다는 게 아니라,
더 깊어질 수 있는 시간일 수도 있으니까."

며칠 후, 하윤은 작은 여행 가방을 챙겨 서울 근교의 한 미술 창작 레지던스로 들어갔다. 핸드폰은 자주 꺼두었고, 지후에게 하루 한두 번 짧은 문자를 보내는 정도였다. 세상과 잠시 단절한 채, 사라져가는 예술혼을 다시 지피려 애썼다. 사랑도 중요하지만 그림은 자신의 정체성이자 존재 이유였다.

지후는 혼자 남은 시간 동안, 하윤에게 집착하기보다는 자신 역시 '나'를 돌아보는 시간을 보내며, 자신에게 집중하고 있었다. 밤마다 지후는 일기장에 자신에게 질문을 남겼.

'나는 하윤을 사랑한다.
그런데 나는 나 자신을 얼마나 이해하고 있을까?'

'나는 누군가의 빛이 되려 하면서,
내 안의 어둠은 피하고 있진 않을까?'

지후는 하윤에게 답을 기다리지 않았다. 진짜 사랑은 침묵 속에서도 신뢰할 수 있는 능력,

그리고 함께 있으면서도 혼자가 될 수 있는 용기에서 피어난다는 것을 알았기 때문이다.

레지던스에서 돌아온 날, 하윤은 말없이 지후를 안았다. 그리고 그의 귓가에 조용히 속삭였다.

"나 다시 돌아왔어.

그리고 이제야 진짜 나를 찾은 것 같아."

지후는 아무 말 없이 그녀를 꼭 안았다. 그들의 사랑은 이제, 말하지 않아도 통하는 신뢰와

함께 있어도, 혼자일 수 있는 여유를 갖게 되었다. 그렇게 두 사람은, 은둔자의 등불처럼 조용히 그러나 분명하게 서로의 길을 밝혀주고 있었다.

* 은둔자(The Hermit)

TO. 유진 : 9번 은둔자는 고요한 거리 두기, 자기성찰, 내면의 진리 탐색, 혼자만의 시간을 상징하는 카드야. 연애 리딩에서 이 카드는 사랑의 혼란이나 위기라기보다는, 관계 속 '자기 탐색'이 필요한 시기를 말하지. 은둔자는 손에 등불을 들고 있어. 이는 타인을 비추는 것이 아닌, 자기 안을 비추는 빛이야. 하윤은 외부의 사랑보다 먼저 자신이 진짜 원하는 삶과 감정을 마주하려 하고 있어. 은둔자는 산 정상에서 혼자 서 있는데. 이는 관계에서 한발 물러나, 고요한 고독을 통해 삶의 방향을 찾는 상징이야. 지후도 하윤을 기다리며 스스로 내면을 들여다보는 시간을 보내고 있어. 이 카드는 침묵 속에 감춰진 깊은 사랑과 기다림의 힘을 보여주는 거야. 말하지 않아도 믿는 것, 함께하지 않아도 연결된 감정이 존재하는 거지.

10.

하윤이 다시 돌아온 이후, 지후와 하윤은 한층 더 단단해진 관계를 만들어 갔다. 이사할 계획도 세웠고, 저녁에는 각자의 일과를 나누며 웃음 지었다. 평온한 나날이었다. 모든 게 잘 흘러가고 있는 듯싶었다. 그런데 어느 날, 지후의 회사에 대규모 구조조정 소식이 전해졌다. 지후는 회사에서 중요한 프로젝트를 맡고 있었지만, 갑작스러운 해외 자회사 통폐합으로 그의 팀이 통째로 해체되는 상황이 벌어졌다.

"내가 아무리 노력해도… 세상이 나를 이렇게 던져버릴 수도 있구나."

지후는 모든 게 무너지는 기분이었다. 오르막이 있으면 내리막도 있다지만, 한창 일할 나이의 지후에게는 불현듯 찾아온 삶의 변곡점이 큰 충격으로 다가왔다. 하윤은 곁에서 안타깝게 지켜볼 뿐, 무엇이라 위로할 수 없었다. 예전 같았으면 '괜찮아, 다시 시작하면 돼' 하면서 안아주었겠지만, 이번에는 그 말이 무의미하게 느껴졌다. 며칠 후, 지후는 하윤에게 힘없이 말했다.

"나 잠깐 부산에 내려가 있을게.

아버지 가게 도와드리면서, 머리도 식히고 싶어.

지금은 내 마음이 너무 요동쳐서 견딜 수 없을 거 같아."

하윤은 무거운 표정으로 고개를 끄덕였다.

"그래, 다녀와. 대신… 잊지 말았으면 해.
아무리 힘들어도 넌 혼자가 아니라는 사실을."
그는 고개를 끄덕였다. 그리고 짐을 싸서, 서울을 피하듯 떠났다. 부산으로 내려간 지후는 바다를 보며 자주 생각에 잠겼다. 자신이 통제할 수 없는 세상의 흐름 속에서 사랑도, 일도, 인생도 마치 수레바퀴처럼 돌고 있다는 것을 느꼈다.
'왜 지금, 이 시점에서 이런 일이 벌어졌을까?'
'왜 하필, 이제 막 모든 것이 자리를 잡으려 할 때…'
하지만 그는 곧 깨달았다. 운명은 때때로 우리를 흔들어 놓지만, 그 흔들림 속에서 진짜 중심을 찾는 건 '내가 선택하는 방향'이라는 것을. 그는 하윤에게 메시지를 보냈다.
"하윤아, 인생의 수레바퀴가 기울어가지만
나는 네 손을 놓고 싶지 않아.
내가 다시 돌아가면, 더 강한 내가 되어있을 거야.
그건 운명이 아니라,
내가 너를 다시 선택하는 의지야."
한 달 뒤, 지후는 다시 서울로 돌아왔다. 하윤은 그를 말

없이 안아주었다. 지후의 입술이 다가왔다. 하윤의 향기를 맡으니 지후는 생기가 돌았다. 하윤의 달콤한 혀를 한참 음미하자

하윤이 몸을 부르르 떨었다. 지후가 하윤을 내려다보며 속삭였다.

"세상이 우리를 흔들어도,

우리가 서로 다시 선택하면,

그게 우리의 운명이야."

하윤은 눈을 감고 고개를 끄덕였다. 그녀는 이제 알았다. 운명이란 단지 하늘이 정해주는 것이 아니라, 흔들릴 때마다 서로 붙드는 선택이라는 것을. 수레바퀴는 계속 돌겠지만, 그들만의 중심은 단단히 세워져 있었다.

* 운명의 수레바퀴(The Wheel of Fortune)

TO. 유진 : 10번 운명의 수레바퀴는 인생의 흐름 속 예측할 수 없는 전환점, 운명의 흐름, 순환과 변화를 상징해. 연애 리딩에서는 이 카드가 나올 때, 종종 갑작스러운 변화나 사건, 기회 또는 위기가 발생하지. 거대한 수레바퀴는 돌고, 또 돌며 운명의 흐름을 바

꾸는 거야. 이는 두 사람이 통제할 수 없는 상황을 맞게 됨을 의미해. 지후의 구조조정, 하윤의 불안, 이 모든 것이 수레바퀴의 회전 속에 들어있어. 수레바퀴에는 4방향의 신성한 상징과 생명체들이 둘러싸여 있는데, 이는 변화 속에서도 지켜야 할 '중심'이 있다는 메시지야. 지후는 삶이 요동치는 순간, 다시 하윤을 좀 더 강하게 붙들기로 한다. 이 카드는 운명은 스스로 통제할 수 없지만, 그 운명을 마주하는 태도는 스스로 선택할 수 있다는 점을 강조하는 것이야.

11.
지후가 서울로 돌아온 후, 둘은 더 조심스럽게 서로를 대했다. 한 달간의 거리 두기는 오히려 서로 더 깊이 이해하게 만든 시간이었지만, 그와 동시에 두 사람은 이제 '사랑 이후의 현실'을 냉정히 마주하고 있었다. 지후는 예전처럼 잘 나가는 회사원이 아니었고, 재취업을 준비하면서 심한 경제적 불안을 느끼고 있었기 때문이다.
하윤은 미술 강사 제안이 들어왔지만, 비현실적 계약 조건이나 방향성에서 고민이 깊었다. 무엇보다 함께 살아가는 일이 여러 가지로 버거웠다. 사랑이 순간순간 행복을 가져다줄지라도 현실의 차가운 벽 앞에서는 서로의 삶을 위한 밑절미가 되어줄 수 없었다. 가난, 사랑, 현실은 극복할 수 없는 무게감으로 다가왔다. 둘은 어느 날 밤, 카페에서 조용히 앉아 대화를 나눴다.

"우리, 앞으로 어떻게 해야 할까?"

지후가 물었다.

"사랑만으로 모든 걸 감당할 수 있을까?

네 꿈, 내 일, 우리가 함께 사는 미래까지…"

하윤은 잠시 침묵하다가, 커피잔을 내려놓으며 입을 열었다.

"우리 이제 진짜 '판단'이 필요한 시기가 온 것 같아.

그냥 좋아서 함께 있는 게 아니라,

함께 살아갈 수 있는지 자신에게 솔직해져야 할 때."

그 말은 차갑지 않았다. 오히려 매우 따뜻하고 담백했다. 하윤과 지후는 그날 밤늦게까지 서로 마주한 절박한 현실과 감정을, 감정이 아닌 이성으로 마주 보며 이야기했다. 서로에게 솔직해지기 위해, 감정을 억누르고 진실을 꺼내는 일은 쉬운 일이 아니었다. 하지만 그 시간은 둘 사이의 신뢰를 더 견고하게 만들었다.

며칠 뒤, 하윤은 이메일 한 통을 지후에게 보여주었다.

"이거, 그림 작업으로 독립 레이블과 6개월 협업할 기회야.
그런데 지방에 한동안 내려가 있어야 해.
같이 못 지낼 수도 있어."

지후는 조금 놀랐지만, 곧 웃으며 말했다.

"너라면 그 선택을 했을 때 더 빛날 거야.
나도 내 자리를 정리하면서,
이 시간 동안 내가 어떤 사람인지 더 깊이 돌아볼게."

그들은 단지 감정에 휩쓸리지 않고, 자신의 가치와 상대방의 삶을 '공정하게 판단'하며 사랑을 선택했다. 그 순간, 정의의 검이 그들 사이를 가르는 것이 아니라, 오히려 두 사람을 진실로 잇는 '다리'처럼 작용하고 있었다.

지후는 한동안 못 볼 하윤을 기차역까지 배웅했다. 하윤은 가방을 메고 게이트 앞에 섰다.

"다녀올게. 이번엔 내가 조금 떨어져 있을게.
하지만 우리, 마음만큼은 가까이 있는 거니까."

지후는 그녀를 꼭 안았다.

"나는 네 선택을 믿어.

그리고 그 선택이 옳았다는 걸

우리가 결국 함께 증명할 거야."

정의의 여신은 감정의 판결자가 아니었다. 그녀는 사랑이 진짜인지, 책임질 수 있는 감정인지를 묻는 정직한 거울이었다.

＊ 정의(Justice)

TO. 유진 : 11번 정의 카드는 균형, 진실, 공정함, 선택의 책임, 감정보다 이성을 상징해. 이 카드는 감정에 치우치지 않고, 현실적 판단과 솔직한 선택이 요구되는 시기를 말하지. 카드 속 정의의 여신은 한 손에 검, 한 손에 저울을 들고 있는데, 검은 진실을 가리는 냉정한 이성, 저울은 두 사람의 입장과 현실을 공정히 보는 균형을 상징하는 거야. 지후와 하윤은 서로의 삶을 감정이 아닌 '진심으로 대하려는 책임감'으로 마주했어. 카드 속 그녀는 정면을 응시하며, 두려움 없이 진실을 바라보고 있어. 이는 도망치지 않고, 관계의 본질을 직시하는 용기를 상징하는 거야. 이 시기 두 사람은 '좋아한다.'라는 감정 너머, 서로의 미래를 책임질 준비가 되었는지 고민하는 단계에 들어선 것이야. 정의 카드는 때로 이별 혹은 결혼과 같은 중요한 결정을 예고하기도 해. 단순히 함께 있는 것이 아닌, 어떤 삶을 함께 선택할 것인가를 결정할 시기이지.

12.
하윤이 지방으로 내려간 지도 어느덧 석달이 흘렀다. 계절은 봄에서 여름으로 천천히 몸을 기울였고, 하루해는 점점 더 길어졌지만, 두 사람의 대화는 점점 짧아졌다. 처음엔 자주 안부를 묻는 전화와 메시지를 주고받았는데 시간이 흐르며 두 사람의 대화는 점점 줄어든 것이다. 지후는 다 이해한다고는 하지만 어느 순간부터 묘한 공허함이 마음속을 잠식해왔다.
하윤 역시 매일 밤잠 설치며 작업하느라 지후에게 마음 쏠 여유조차 없어진 나날을 보냈다. 하루는 지후가 전화를 걸어왔다. 하윤은 피곤한 목소리로 받았다.
"나중에 얘기하면 안 될까? 지금 너무 정신이 없어…"
지후는 가슴이 덜컹하였지만, 전화를 끊고 한참을 멍하니 앉아 있었다. 마치 어디에도 발 디딜 곳이 없는 듯한 기분이었다. 상실감이 밀물처럼 몰려오던 그 순간, 그에게는 문득 이런 생각이 떠올랐다.

'혹시… 우리가 이렇게 떨어져 있는 게

무너지는 게 아니라,

잠시 거꾸로 매달리는 시간이 아닐까?'

그날 밤, 그는 산책하다가 벤치에 앉아 들고나온 일기장을 펼쳤다.

"사랑은 나아가기만 하는 것이 아니라,

때로는 멈춰 서서 바라봐야만 깊어지는 것이다."

며칠 후, 하윤에게서 손편지가 도착했다. 그 안에는 이런 문장이 담겨 있었다.

"요즘 나 혼자만의 시간 속에서

우리가 함께했던 순간들을 되새기고 있어.

널 사랑하는 마음이 사라진 게 아니라,

그 마음을 어떻게 품어야 할지

지금은 잠시 모르겠는 거야."

지후는 그 편지를 가슴에 안고 오랫동안 눈을 감았다. 사랑은 정해진 길로만 가는 게 아닌 모양이었다. 그는 그제야 깨달았다. 이 사랑이 흔들리는 게 아니라, 사라지는 게 아니라 거꾸로 매달려 다른 방향으로 자라고 있다는 것을. 사랑은 한 방향으로만 존재하는 게 아니었다. 삶의 방향이 서로 달라도, 살을 부대끼며 살지 않아도 사랑은 얼마든지 존재할 수 있다는 것을 지후는 어렴풋이 깨달아 가고 있었다.

겨울이 다가오는 어느 날, 지후는 조용히 집 안을 정리하다가 하윤이 그려 준 그림 한 점을 꺼냈다. 노란 라넌큘러스 한 송이. 꽃말은 '나는 당신의 말 없는 사랑을 믿어요.' 지후는 그 그림 앞에 앉아 조용히 중얼거렸다.

"괜찮아.

우리 지금은 매달려 있지만,

이건 무너지려는 게 아니야.

우리는 다른 방향으로 자라고 있는 거야."

그의 말은 허공으로 흩어졌지만, 분명히 하윤의 마음 어딘가에도 닿고 있을 것이다. 왜냐하면, 그들은 여전히, 말 없는 사랑을 이어가고 있으니까.

* 매달린 사람(The Hanged Man)

TO. 유진 : 12번 매달린 사람은 중단, 내면의 변화, 희생, 인내, 관점 전환을 상징하는 카드야. 이 카드는 관계가 겉보기엔 정체된 것 같아도, 실은 더 깊은 이해와 새로운 전환을 위한 준비기임을 말하는 것이지. 카드 속 인물은 거꾸로 나무에 매달려 있지만, 얼굴에는 고통이 아닌 평온함이 담겨 있어. 이는 의도적 멈춤과 내면의 수용을 상징하는 거야. 지후와 하윤은 지금 '진행'이 아닌 '성찰'이라는 형태로 사랑을 이어가고 있어. 카드 속 매달린 사람의 머리 주변의 빛나는 후광은 영적인 통찰과 내면의 깨어남을 나타내는데, 겉으로는 대화가 줄었지만, 두 사람은 서로를 다시 바라보는 시기를 지나고 있는 거야. 이 카드는 감정의 격류를 억지로 밀어붙이는 것이 아닌, 자연스럽게 머무는 시간을 받아들이는 지혜를 상징하는 거야.

13.

초여름이 다 식어갈 무렵, 바람마저 가벼운 회한을 품고 스쳐 가는 저녁이었다. 하윤은 긴 작업을 마치고 마침내 서울로 돌아왔다. 마주 선 두 사람 사이엔 계절보다도 더

긴 시간이 흘러 있었다. 그들은 오래도록 서로를 바라보았다. 그러나 그 눈빛 안에는 설렘보다 먼저, 낯섦과 조심스러움이 가라앉아 있었다.

지후는 하윤의 얼굴을 보자 문득, 그리움이 왜 이토록 고통스러운 감정인지 깨달았다. 숱한 날들 속에서 미뤄두었던 감정들이 조용히 고개를 들었다. 서운함은 늘 말없이 곁을 지켰고, 외로움은 어느새 지후의 그림자가 되어있었다.

하윤 또한 마찬가지였다. 도시를 떠나있던 동안, 그녀는 지후를 향한 마음에 점점 더 많은 침묵을 덧칠해야 했다. 그리움은 죄책감과 뒤섞여 무겁게 가슴을 짓눌렀다. 그날 밤, 그들은 예전처럼 공원으로 산책을 나섰다. 여름의 끝자락에서 해는 길게 지고 있었고, 붉은 노을이 잔잔하게 나뭇잎 위에 쌓이고 있었다. 그들은 나란히 걷다가, 어느 벤치 앞에서 조용히 걸음을 멈췄다. 잠시 침묵이 흘렀다.

하윤이 먼저, 아주 조심스럽게 입을 열었다.

"지후야… 우리 이대로 계속 가면,

언젠가 서로를 미워하게 될 것 같아."

그녀의 목소리는 바람에 섞여 부서지는 잎사귀처럼 들렸

다. 지후는 그 말을 들은 순간, 마음 깊은 곳에 놓여 있던 무언가가 천천히 부서지는 소리를 들었다. 그러나 그는 고개를 들지 않았다. 감정이 무너지지 않도록, 마지막 남은 자존심의 벽을 붙들고 서 있었다.

"너와 함께한 시간은 정말…

살아 있는 느낌이었어.

하지만 지금 우리는…

처음 우리가 바라보던 방향과는 너무 다른 곳에 와 있는 것 같아.

우리, 사랑이라는 이유로 서로를 계속 아프게 하고 있어."

지후의 말은 담담했지만, 그 목소리엔 오래된 슬픔이 묻어 있었다. 하윤은 아무 말도 할 수 없었다. 눈물을 삼킨 채, 하늘을 올려다보았다. 태양이 지고 있었다. 그들의 사랑도 그렇게, 빛의 너머로 천천히 저물고 있었다. 그날 밤, 그들은 말없이 헤어졌다. 눈물도, 오열도 없었다. 다만 아주 조용하고, 너무나 명확하게 그들은 서로를, 한 시대의 사랑을 떠나보냈다. 그것은 마치 삶의 한 페이지를 스스로 접는 의식 같았다. 무언가를 끝낸다는 것은 곧, 다시 시작한다는 뜻이었으므로….

며칠 후, 지후는 하윤에게 마지막 편지를 보냈다.

"나는 우리가 끝났다고 생각하지 않아.

우리는 다만, 이전의 방식으로 사랑하는 것을 멈춘 거야. 사랑은 형태를 바꿔 살아남기도 하니까. 나는 네가 내 삶에 있었음을, 어떤 방식으로든 기억할 거야.

그리고 그 기억이 내 안에서 꽃처럼 피어나기를 바란다.

슬픔도, 후회도, 다 지나가겠지.

하지만 너는 나에게, 언제까지나 봄이었어."

하윤은 그 편지를 두 손으로 조심스럽게 접어 품에 안았다. 창밖에는 가을이 가까워지고 있었다. 그녀는 울지 않았다. 눈물 대신, 오래 굳어 있던 마음 한쪽이 천천히 열리고 있었다. 그것은 새로운 계절이 오는 소리였다. 사랑의 죽음은, 어쩌면 삶의 또 다른 문을 여는 방식일지도 몰랐다.

그날 이후, 지후와 하윤은 매일 연락하지는 않았다. 하지만 서로가 없는 공간에서 그들은 더 깊이 자기 자신으로 다시 태어났다. 가끔은 지나가는 사람들 틈에서 낯익은 옷차림과 뒷모습에 가슴이 저리기도 했지만, 그 감정은 슬픔이 아니라, 고마움과 평온이었다.

죽음은 끝이 아니었다. 그것은 더 단단한 사랑이 되어, 서로의 삶 안에 조용히 숨 쉬는 시작이었다.

* 죽음(Death)

TO. 유진 : 13번 죽음 카드는 겉보기엔 무섭지만, 사실 깊은 치유와 재생, 새로운 시작을 위한 이별을 의미해. 이 카드는 관계의 종료, 혹은 기존 관계 방식의 종말을 암시하면서도, 그 끝은 새로운 전환을 위한 정화 과정이기도 해. 카드 속 해골이 말을 타고 지나가는 모습은 피할 수 없는 변화와 정리를 상징하지. 지후와 하윤은 서로를 여전히 아끼지만, 지금까지의 방식으로는 함께 나아갈 수 없음을 받아들인 것이야. 죽음의 카드 뒤로는 떠오르는 해가 그려져 있어. 이것은 끝이 곧 새로운 시작의 문임을 뜻하는 것이야. 이별은 곧 새로운 삶의 여백을 만들어 주는 '열림'이지. 카드 속 흰 장미는 순수한 의도와 정화의 상징인데, 이별은 미움이 아니라, 오히려 순수한 사랑의 형태로 서로를 놓아주는 행위임을 생각하기 바라.

14.

지후와 하윤이 조용히 이별을 택한 지 몇 달이 흐르고, 세상은 어느덧 낙엽이 스치는 늦가을로 물들어 있었다. 다 타오르고 난 뒤 남은 온기는, 마음 깊은 곳에서 은근하게 이어지는 숨결처럼 서로를 전보다 더 진하게 감싸고 있었다. 둘은 서로 완전히 놓지도, 다시 붙잡지도 않은 채 각자의 삶을 살아갔다. 그러나 그사이에는 묵직하고도 투명한 감정의 강이 흐르고 있었다. 그것은 바로 절제의 강이었다. 무언가를 억제하거나 누르기보다는, 서로의 리듬을 기다려 주는, 서두르지 않는 사랑의 방식이었다.

지후는 이직한 스타트업에서 새로운 팀원들과 함께 머리를 맞대며 프로젝트를 구상했고, 하루의 끝마다 요가 매트 위에 앉아 조용히 호흡을 가다듬었다. 외부의 혼란보다 더 무서웠던 내면의 파도를 가라앉히는 법을, 그는 이제 조금씩 배워가고 있었다.

날마다 일기장을 펼쳤다. 지나간 감정에 이름을 붙이고, 새로 움트는 생각에는 물을 주는 일이 어느덧 지후에게 하루의 의식이 되었다.

하윤은 작업실에서 여러 개의 캔버스를 세워두고, 자신에게 남겨진 사랑의 결들을 물감으로 풀어내고 있었다. 한 번도 사용하지 않았던 연보랏빛과 옅은 금색을 처음으로 섞기 시작했다. 연보랏빛은 그리움이었고, 옅은 금색은 다시 태어난 평온함이었다. 과거에는 감정이 불쑥 솟구쳐 그녀의 붓을 휘젓곤 했지만, 이제는 한 획을 그리기 전 충분히 멈춰 서는 여유를 가질 수 있었다. 사랑은 격정의 순간이 아니라 다르면서도 함께 흐르려는 리듬의 조화라는 사실을, 그녀는 천천히 깨달아 가고 있었다.

서촌의 작은 골목 북카페. 시간이 흘러 우연히 마주친 그 순간은 마치 절제의 천사가 이끄는 인연의 재조율처럼 조용하고도 부드러웠다. 커피 향보다 더 깊은 기억의 향기가 먼저 두 사람을 감쌌고, 첫인사는 무심한 듯, 그러나 오랜 기다림 끝의 인내처럼 향기로웠다.

지후는 잔을 내려놓으며 입을 열었다.

"예전과는 다르지만, 지금… 나는 참 고마워."

하윤도 조용히 미소를 흘렸다.

"우리, 그땐 너무 많이 쏟아냈지. 지금은 조용히 섞이는 법을 알아가는 중인 것 같아."

그 말은, 단순한 감정의 고백이 아니라, 절제의 미학이었다. 서로를 이해하려는 인내, 다시 다가가는 용기, 그리고 상처마저도 조용히 감싸주는 포용. 두 사람은 다시 연인이 될지도, 아닐지도 모른다. 그러나 분명한 건, 그들은 떨어져 지내도 더 깊은 사람으로 서로에게 머물고 있었다.

카페를 나와, 두 사람은 잠시 골목을 함께 걸었다. 예전과는 다르게, 손은 잡지 않았다. 하지만 그 거리는 편안했고, 더는 어색하지 않았다.

하윤은 말했다.

"우리, 사랑이 아니더라도

참 좋은 관계인 것 같아."

지후는 고개를 끄덕이며 미소 지었다.

"그래. 어쩌면 지금, 이게,

가장 건강한 사랑의 모습일지도 몰라."

그날, 두 사람은 다시 시작하지 않았다. 하지만 서로의 마음 한 귀퉁이에 조용히 들어와 앉았다. 사랑은 그렇게, 절제의 잔잔한 강물 위에 다시 흘러가고 있었다.

* 절제(Temperance)

TO. 유진 : 14번 절제 카드는 조화, 균형, 인내, 중용, 감정의 흐름 조율, 서로 다른 에너지의 융합을 상징해. 연애 리딩에서 이 카드는 격정의 시기를 지나, 관계를 다시 건강하게 가꾸는 시기를 나타내는 거야. 카드 속 천사는 한쪽 컵의 물을 다른 컵으로 옮기고 있는데, 이는 감정과 감정 사이의 흐름, 서로 다른 마음을 부드럽게 섞는 과정을 뜻하지. 지후와 하윤은 이제 서로에게 조급함 없이 천천히 다가가는 방법을 배우고 있어. 이 카드에서 천사가 한 발은 물에, 한 발은 땅에 딛고 있는 모습은 감정(물)과 현실(땅) 사이의 균형을 나타내는 거야. 두 사람은 감정에만 휘둘리지 않고, 현실 속에서 평온한 관계를 유지할 수 있는 힘을 갖게 되었지. 카드 배경 속, 해 뜨는 언덕은 희망과 새로운 가능성을 상징하는데, 이는 이 관계가 끝난 것이 아니라, 새로운 형태로 다시 태어날 준비 중임을 의미하는 거야. 지후와 하윤의 만남은 단지 과거의 연장을 넘어서, 절제라는 미덕을 통해 성숙해진 관계로 나아가는 가능성의 문을 여는 것이야. 이처럼 절제는 사랑의 끝이 아니라, 또 다른 사랑의 시작일 수 있어.

15.

절제의 시간을 통해 서로의 부재를 견디며 안정을 되찾았던 지후와 하윤. 하지만 평온은 언제나 잠시의 휴식일 뿐, 감춰졌던 갈망은 몸속에서 꿈틀거리며 살아 있었다. 오랜만의 재회 이후, 두 사람은 조심스레 관계를 이어갔지만, 그것은 애써 무너지지 않으려는 살얼음 위를 걷는 듯한 불안한 평화였다. 그날 밤, 장마가 다시 찾아와 창밖을 두드리던 늦은 시각이었다. 하윤의 목소리는 술기운이 젖어 낮게 떨렸다.

"그냥, 네 목소리 듣고 싶었어. 지금 올래?"

목소리 너머의 공허는 지후를 끌어당기는 무언의 주문이었다. 지후는 머뭇거릴 이유가 없었다. 하윤은 문을 열자마자 아무 말 없이 거실로 들어서는 지후를 와락 끌어안았다. 젖은 머리카락 사이로 퍼지는 술 냄새, 그리고 말없이 흐르던 눈물. 두 사람은 침묵한 채 서로의 체온을 확인하듯 천천히 입술을 맞댔다. 그 입맞춤은 다정하기보다는 절박하면서도 갈망으로 찌들어 있었다. 어둠 속에서 하윤은 천천히 지후의 셔츠 단추를 풀어내며 속삭였다.

"오늘은, 아무 말도 하지 말아줘…"

지후는 아무 말이 없었다. 대신 그녀의 어깨선을 따라 천천히 입술을 내렸다. 오랫동안 헤어져 있었지만, 그들은 서로의 살냄새를 뼈저리게 간직하고 있었다. 숨결과 숨결이 얽히며, 오래도록 잊고 있었던 익숙한 감각이 다시 피어났다. 이마를 맞대며 서로의 눈을 바라보다가, 어느새 둘은 침대 위에서 손끝으로, 입술로, 피부의 언어로 서로를 말하고 있었다. 지후의 손이 쉴 새 없이 하윤의 허리를 따라 흐르고 허벅지 사이를 오르내렸다, 지후가 마침내 얼굴을 하윤의 허벅지 사이로 묻자, 하윤은 그의 머리를 힘껏 끌어안으며 깊은 신음을 연신 토해냈다. 빗소리는 여전히 창문을 두드리고 있었고, 두 사람은 마치 둘만 있는 세상처럼 서로의 틈을 거칠게 파고들었다. 그 방에서는 오랫동안 깊은 숲속을 울리는 밤 짐승 울음소리가 들렸다.

하지만 사실 그들은 사랑을 나눈 것이 아니었다. 육체를 통해 감정을 덮고, 상처 위의 욕망을 덧칠하며 그 순간만큼은 모든 고통을 잊고 싶었던 것이다. 지후는 하윤의 등을 끌어안고 그녀의 이름을 조용히 불렀다. 그러나 대답은 없었다. 오직 들려오는 것은 고요한 숨소리, 그리고 다시 찾아온 허무였다.

아침이 되자, 하윤은 커튼 사이로 들어오는 희미한 빛을 등진 채 지후에게 등을 돌렸다.

"지후야… 어젯밤은 실수였던 것 같아.

난 아직 너랑 다시 시작할 준비가 안 됐어."

그 말에 지후는 아무 말도 하지 못한 채 고개를 떨궜다. 어젯밤 그녀의 몸을 감싸 안았던 손끝에는 아직 따뜻한 체온이 남아있었지만, 그것은 사랑의 증거가 아니었다. 지후는 깨달았다. 그가 하윤을 사랑해서가 아니라, 그녀를 통해 허기를 채우려 했다는 것을. 사랑의 탈을 쓴 집착, 욕망의 무늬를 닮은 애착. 그 모든 것이 바로 자신을 조용히 휘감고 있었던 사슬이었다.

며칠 후, 지후는 비 오는 카페 구석에서 하염없이 커피잔을 바라보았다. 비문증처럼 눈앞에서 아른거리는 것은 하윤의 격렬한 몸짓, 거침없이 신음을 토해내던 숨결 그리고 마지막 절정으로 치닫던 떨림이었다. 감정은 사라져도 육체는 기억하고 있었다. 그것이 악마의 힘이었다.

하윤 역시 혼란스러웠다. 지후의 품 안에서 잠든 새벽, 자신이 느낀 평온은 사랑이 아니라 오래된 중독이었다. 외로움이 고개를 들면 언제나 지후를 찾았고, 익숙한 위안은 늘 그의 온기였다. 그들은 사랑이 아닌, 감정의 무너진 잔해 속에서 서로를 확인하려 한 육체의 기억, 마음의 허기를 잠시 잊기 위한 기만이었다. 그들은 자유롭게 사랑하는 법을 배운 적이 없었다. 사랑이란 이름으로 서로를 소유하고, 욕망이라는 그늘에서 스스로 속이며, 결국은 서로에게 사슬이 되어버렸다. 여전히 누군가를 필요로 하고, 누군가에게 구속되고 싶어 하는 본능이 솟구쳤을 뿐이다. 그것이 바로, 악마의 밤이었다.

며칠 후, 지후는 하윤에게 마지막으로 문자를 보냈다.

"너를 붙잡고 싶었던 건

사랑했던 기억 속의 나를 붙잡고 싶었던 거 같아.

이제는 그 기억마저도 흘려보낼까 해."

하윤은 그 문자를 읽고 한참을 가만히 앉아 있었다. 그리고 자신에게 속삭였다.

"미안해.

우리는 서로 너무 사랑해서

오히려 자유롭게 해주지 못했나 봐."

그날 이후, 두 사람은 다시는 연락하지 않았다. 하지만 그 침묵은 무겁지 않았다. 그들은 드디어, 감정의 사슬을 풀어낸, 사랑 없는 날의 평화를 맞이하고 있었다.

* 악마(The Devil)

TO. 유진 : 15번 악마 카드는 유혹, 집착, 감정적 의존, 중독, 그림자의 에너지를 상징하는데 이 카드는 관계에 내재된 집착, 불균형, 본능적 갈망, 통제욕을 드러내는 것이야. 카드 속 악마는 남녀 두 인물을 사슬로 묶고 있어. 이는 겉보기엔 자유로워 보이나, 사실은 감정적 구속 상태에 있다는 뜻이야. 지후와 하윤은 서로 완전히 놓았다고 믿었지만, 감정적 미련과 유혹에 여전히 묶여 있었던 거지. 이 사슬은 헐렁하게 걸려 있어서 스스로 벗어날 수 있는데, 이는 자기 인식만 있다면, 얼마든지 빠져나올 수 있는 상태임을 상징하는 것이야. 지훈과 하윤 두 사람은 모두 자신이 무엇에 얽매여 있는지를 자각할 수 있었지. 악마는 탐욕, 본능, 쾌락, 소유욕을 자극해. 이 카드의 핵심은 "사랑의 이름으로, 나의 두려움을 상대에게 덮어씌우는 것"에 대한 경고야.

16.

악마의 그림자를 걷어낸 후에도, 지후와 하윤의 마음속에는 끝내 입 밖으로 꺼내지 못한 감정들이 아슬아슬하게 매달려 있었다. 마치 오래된 성의 벽돌 틈 사이로 파고든 이끼처럼, 지워진 줄 알았던 마음들은 그곳에서 고요히, 그러나 분명히 살아 있었다. 그들은 각자의 삶을 살아가며 서로를 떠나보낸 줄 알았다. 일상 속 무수한 장면들―다른 사람과의 대화, 계절의 변화, 바쁜 업무와 어설픈 웃음들―그 모든 것들이 이별을 봉인하는 듯했지만, 사실은 내면 깊숙한 곳에서, 말로 다 설명할 수 없는 차원의 어딘가에서, 여전히 그들은 연결되어 있었다. 그 연결은 눈으로 확인할 수 없었지만, 피처럼 자연스럽게 순환하고 있었고, 전류처럼 조용하면서도 강하게 전해졌다. 그렇게 묻혀 있던 감정은 어느 날 불쑥 불꽃처럼 피어올랐다. 하윤의 첫 개인전이 열렸다는데 지후는 초대장조차 못 받은 것이다.
우연히 SNS 피드 한쪽에서 발견한 하윤의 전시 소식. 순간 그의 심장은 얼어붙었다가 이내 천천히 무너져내렸다. 사별이 아닌 이상 완전한 이별은 없었다. 아무리 헤어진 사이라 하지만, 세상 누구보다 기뻐하고, 축하하고, 격려해 줄 지후가 아닌가.

언젠가 친구가 한 말이 언뜻 뇌리를 스쳤다.

"여자는 남자와는 달리 한 번 돌아서면 찬서리가 내려."

하지만 하윤은 두 사람의 사랑만큼은 소중하게 기억해줄 것이라 믿었다. 이제 그녀의 삶 속에서 '지후'라는 이름이 완전히 삭제된 것만 같았다. 마치 그 모든 시간이, 기억이, 둘 사이를 잇던 끈이 하나의 착각이었기라도 한 듯….

"나에게는 아무런 말 한마디 없이… 전시를 열었다고?"

지후는 말끝을 삼켰지만, 마음속에서는 무너진 탑의 잔해가 날카롭게 흩날리고 있었다. 그날 밤, 그는 결국 참아왔던 감정을 언어의 형태로 터뜨렸다. 날카로운 섬광을 일으키는 번갯불처럼 그 메시지는 불쑥 그녀에게로 꽂혔다.

"너에게 나는 아무 의미도 없는 존재가 된 거야?

왜 그 어떤 말도 없이, 그냥 지워진 거야?

우리가 부대껴왔던 시간이 그런 거였어?"

하윤은 그 메시지를 읽는 순간 심호흡조차 잊었다. 눈앞의 글자들이 흐려졌고 기억 속의 지후가 선명해졌다. 그녀도 그를 잊지 못한 채 살아왔고, 오히려 초대 못 한 이유가 자신을 억지로 단절시키기 위한 마지막 몸부림이었다는 걸 그제야 인정할 수밖에 없었다. 그날 밤, 둘은 아무 말도 주고받지 않았다. 하지만 침묵 속에서 말보다 더 깊은 번개 같은 자각이 번졌다. 무의식에서 들려오는 천둥소리처럼, 진실은 그들 각자의 마음속에서 울렸다.

"우리는 서로를 사랑한 게 아니라,

사랑이라는 이미지에만 매달려 있었구나."

그 깨달음은 잔인한 것이었다. 지금까지 간직해온 기억, 지켜왔다고 믿었던 신념들이 바닥도 없는 절벽 위에서 와르르 무너져 내리는 느낌. 모든 게 무너지고 나서야 비로소 깨닫는 진실이, 때로는 세상의 어떤 말보다 잔혹하고 정직할 수 있었다.

며칠 뒤, 하윤은 전시장 한 귀퉁이에서 조용히 서 있는 지후를 마주했다. 그는 아무 말 없이 자신의 존재조차 숨기듯 그녀의 그림을 응시하고 있었다. 그 그림 속에는 부서진

성채 위에 홀로 선 인물이 그려져 있었다. 검은 하늘 아래, 낡고 무너진 돌담이 자신의 어깨처럼 내려앉은 가운데…. 인물의 발끝에서 작고 여린 싹 하나가 고요히 피어나고 있었다. 어둠의 바닥에서 솟구친 그 생명의 조각은, 묵묵히 자기 몫의 봄을 준비하는 듯 보였다. 지후는 천천히 입을 열었다.

"이제야 알겠어.

우리가 함께 쌓았던 건, 사랑이라기보다

사랑 '같은' 구조였던 것 같아."

하윤은 그의 눈을 바라보았다. 한때의 다정과 절망, 오해와 열망이 섞여 있는 그 눈 속에서 자신의 얼굴을 본 듯하였다. 그리고 조용히 고개를 끄덕였다.

"응. 하지만… 그게 무너지고 나서야 비로소 나도, 그리고 너도 진짜 나 자신으로 다시 서는 법을 배우게 될 거야."

전시장의 조명 아래, 무너진 탑은 그림 속에서도, 마음속에서도 이미 내려앉고 있었다. 그러나 그 폐허 위에는 새로운 존재가 싹트고 있었다. 이제는 사랑이라는 이름이 아니어도, 그들 각자가 온전히 '자기 자신'으로 설 수 있는 땅 위에.

전시장을 나서며 지후는 다시 돌아보지 않았다. 하윤도 그를 부르지 않았다. 그러나 그날 이후, 두 사람은 매일 조금씩 자기 삶의 잿더미를 정리하기 시작했다. 불타버린 탑 위엔 아무것도 남지 않았지만, 그 자리에선 자기 자신으로 온전히 서려는 작고 단단한 의지가 자라고 있었다. 그것이 바로 탑이 무너진 자리에만 피어나는 진실의 싹, 자유의 시작이었다.

* 탑(The Tower)

TO. 유진 : 16번 탑 카드는 충격적 깨달음, 붕괴, 진실의 폭로, 믿음의 무너짐을 상징해. 연애 리딩에서 이 카드는 관계의 핵심 구조가 무너지는 사건을 뜻하지만, 그 무너짐 속에서 거짓 없는 진실과 깊은 내면의 성찰이 시작되는 거야. 카드 속 벼락이 치는 탑은 인위적으로 쌓아 올린 자아나 감정의 거짓 구조를 의미해. 지후와 하윤은 서로를 향한 사랑이 아니라, 사랑해야만 했던 '기억'과 '이상화된 감정'을 쌓고 있었던 것이지. 카드의 두 인물이 탑에서 떨어지듯 날아가는 모습은 자존심, 기대, 관계의 환상에서의 추락을 상징하는데, 그러나 그것은 파멸이 아니라, 자기 자신으로 돌아오는 시작이야. 잿더미 속에서도 새로운 토양이 시작될 수 있음을 암시하는 카드야. 탑은 무너지지만, 무너지기 전엔 결코 새롭게 지을 수 없는 거지.

17.
탑이 무너지듯 사랑이 사그라진 뒤, 무언가를 '잃었다'라는 감정이 오랫동안 지후를 휩싸고 있었다. 사랑이 지나간 자리에서 자신을 바라보지 못하게 된 상태가 된 것이다. 거울을 봐도 자신의 눈빛이 낯설었고, 어쩌다 웃음이 나와도 그 웃음이 어디서 비롯된 건지 알 수 없었다.
하지만 시간은 흘렀다. 견디겠다며 애쓰지 않아도 어느샌가 조금씩 무언가가 회복되고 있었다. 마음의 상처가 아물었다기보다는 새로운 살결로 덧입혀지고 있었다. 그 변화는 소란스러운 게 아니었다. 무논의 잔잔한 파문처럼 마음이 가라앉아 있었다.
어느 날 밤, 지후는 퇴근을 하다가 문득 총총히 떠 있는 별들을 올려다보았다. 바람에는 싱그러운 풀기가 묻혀 있었고, 이른 아침 숲에서 내려온 공기처럼 머리를 맑게 하였다.

"이런 맑은 하늘 아래 서 있는 내가… 이상하게 낯설지 않네."

그는 천천히 숨을 들이켰다. 하윤을 잃었다는 거친 감정도 더는 상처를 주어서는 안 된다는 사랑의 여진으로 바뀌어 있었다. 그것은 아픔의 재연이 아니라 기억의 위로였다. 사랑의 잔해가 아닌, 사랑이 지나간 자리에서 피어난 내면의 평화였다. 지나간 사랑이 조금이라도 추한 모습이어서는 아니 되었다.

하윤 역시 자신만의 별빛을 맞이하고 있었다. 새로운 그림을 마무리한 밤, 그녀는 도시를 벗어나 바닷가를 찾았다. 그곳은 둘이 함께 간 적 없던 곳이었다. 치유되는 자연 속 '자신만의 공간'을 만들고 싶다는 생각이 그녀를 이끌었다. 빨간 등대가 서 있는 방파제에서 그녀는 파도 소리를 두 귀로 모았다. 그리고 하늘을 올려다보았다. 바다 위로 떨어진 달빛이 윤슬을 피워내고 있었다. 하윤은 지후를 떠올렸다. 예전에는 지후를 떠올리기만 해도 마음이 무너져내렸다. 하지만 이제는 아니었다. 오히려 그 기억은, 추운 겨울 멀리 떨어진 섬에서 새어 나오는 민가의 불빛처럼 따스한 것이었다. 사랑과는 공존하기 힘들었던 자신의 예술혼, 그것을 지켜주기 위해 지후는 자신의 사랑을 희생한 셈이다. 하지만 각자의 삶을 위해 사랑을 정리해 왔던 여정은 두 사람 모두에게 감당하기 힘든 일이었다.
"고마워, 지후야. 지금의 나를 있게 해줘서."
그녀는 눈을 감고 숨을 고르며, 마음속 어딘가에서 작고 단단한 씨앗이 움트는 소리를 들었다. 그 씨앗은 외로움의 열매가 아니라, 화가로서의 자존감과 감사하는 잎을 틔우는 생명체였다. 그녀는 자신이 얼마나 멀리 왔는지 느꼈다. 그리고 그 길이 혼자의 길이 아니었음을 알고 있다. 과거는 지나갔지만, 그 여정에서 누구보다 자신을 깊이 이해하게 해준 사람….
며칠 뒤, 지후는 우연히 들른 구립도서관에서 한 중앙일간지를 펼쳤다. 낯익은 이름, 그리고 낯익은 미소가 신문 한 면 전체를 차지하고 있었다. 하윤이었다. 자신의 그림 세계를 설명하는 인터뷰의 문장 하나하나가 지후의 가슴속으로 아주 천천히 스며들었다.

"사랑이 지나간 뒤, 저는 비로소 저를 돌보는 법을 배웠어요. 그 시절 함께했던 사람에게 지금은 깊이 감사해요. 이별 여정에서 그는 제게 상처를 주기보다는 제가 자신을 더 잘 알게 해준 거울 같은 존재였거든요."

지후의 가슴 어딘가 뭉쳐있던 무언가가 풀리는 듯한 기분이 들었다. 해명도, 사과도, 재회의 약속도 필요치 않았다. 하윤이 온전해졌다는 사실, 그리고 자신 또한 무너지지 않고 다시 걸어 나왔다는 사실이 충분히 다가왔다.

이제 그들의 사랑은 끝이 아니라 아쿠아리우스(Aquarius)[1]의 별빛으로 남아있었다. 사랑의 길을 잃은 이에게 방향을 알려주는 사달멜리크(Sadalmelik)처럼, 그 별빛은 서로의 삶을 따스하게 비추고 있었다. 사랑은 사라진 것이 아니라, 고요히 형태를 바꾸어 마음속에서 반짝이고 있었다.

그해 겨울, 지후는 새로운 프로젝트팀원이 되어 새로운 사람들을 만나고 있었다. 하윤도 전시가 끝난 후, 소규모 아틀리에를 열었다. 어느 날 지후는 지하철 안에서 창밖을

---

1 아쿠아리우스(Aquarius): 물병자리, 사달멜리크(Sadalmelik): 물병자리에서 가장 밝은 별(알파별)

흐르는 야경을 바라보다가 자신도 모르게 미소를 지었다.

"이제야 진짜 나로 살아가는 기분이 든다."

하윤도 작업실에서 노트를 꺼내 이런 글을 적었다.

"모든 것이 무너진 후에도 별은 지울 수 없었다.

그리고 나는,

그 빛을 따라

비로소 나를 걸어가기 시작한다."

그들은 각자 원하는 길을 가지만, 사랑의 순기능을 믿을 수 있게 된 사람들이었다. 커다란 별 하나가 두 사람의 마음 한가운데 고요히, 그러나 분명히 빛나고 있었다.

* 별(The Star)

TO. 유진 : 17번 별 카드는 희망, 치유, 믿음, 재생, 영혼의 평온을 상징해. 연애 리딩에서 이 카드는 고통과 상실 이후, 다시금 사랑과 삶에 대한 희망을 품는 회복의 시기를 나타내지. 카드에서 발가벗은 여인이 물병 두 개로 물을 땅과 물 위에 붓고 있는데, 이는 감정(물)을 나눠주고, 땅(현실)에 스며들게 하며 자신과 세상 모두를 조화롭게 치유하는 행위를 뜻하는 거야. 카드의 밤하늘의 별들은 영감과 희망, 인도하는 영혼의 등불을 의미해. 이제 두 사람은 서로를 붙잡지 않더라도, 각자의 길 위에서 새로운 희망을 품고 걸어갈 힘을 회복한 것이야. 이 카드는 자극적이지 않지만, 가장 깊고 조용한 회복의 상징이야. 아픔은 지나갔고, 남은 것은 빛나는 기억과 내면의 정화이지.

18.
지후는 요즘 부쩍 생경한 꿈을 꾸곤 한다. 어젯밤도 꿈속에서 알 수 없는 누군가를 떠올리며 걷고 있었다. 여느 때와 다름없는 저녁 산책이었지만, 이상하게 달빛이 따라오는 거 같았다. 불빛 하나 없이 어두운 동네 뒷길, 벽돌담에 기대어 핸드폰을 꺼내 들었을 때였다. 카메라가 켜졌고, 화면 속 풍경 너머로 낯선 고양이 한 마리가 그를 뚫어지게 바라보고 있었다. 지후는 무심코 카메라 셔터를 눌렀다.
"지금도 날 생각해?"
하윤의 말이 어디선가 되살아났다. 순간, 등줄기를 따라 싸한 기운이 스쳤다. 고양이는 이내 담장 너머로 사라졌고, 지후는 혼자 남겨졌다. 지후가 열어본 핸드폰 사진첩에는 믿을 수 없는 장면이 남아있었다. 고양이 뒤편, 흐릿한 잔상처럼 하윤이 웃고 있었다. 물론, 현실일 리 없었다. 그날 이후 지후는 같은 꿈을 반복해서 꿨다. 똑같은 골목, 똑같은 대사. 하윤은 항상 등을 보인 채 걷다가, 어느 순간 멈춰 뒤를 돌아봤다.

"넌 지금도 날 생각해?"

지후는 대답하려 애썼지만, 언제나 입이 떨어지기 전 꿈에서 깨어났다.

하윤 역시 자주 잠을 설치곤 했다. 꿈에서 누군가의 뒷모습을 쫓아가는 장면이 반복됐다. 누군지도 모른 채, 마치 잃어버린 물건을 찾듯 허겁지겁 따라갔지만 끝내 가까이 갈 수 없었다. 어느 날, 그녀는 서랍 깊숙이 넣어두었던 오래된 녹음기를 발견했다. 그것은 오래전 지후가 선물한 것이었다. 자신도 모르게 건전지를 갈아 넣고는 재생 버튼을 누르자, 낮게 울리는 목소리가 들려왔다.

"이 밤이 언제 끝날지는 모르겠지만,

네가 그 끝에 서 있길 바랄게."

그 순간, 하윤은 숨을 커억 삼켰다. 기억나지 않던 목소리의 온기가 목 끝까지 차올랐다. 그날 밤 그녀는 일기장을 펼쳤다.

"이상하게도, 잊고 지낸 감정이 아니라 아직 진행 중인 마음 같았다. 시간은 흘렀지만, 마음은 아직도 달의 뒤편 어딘가에서 숨어 있는 듯 흐릿하다."

며칠 뒤, 지후는 꿈에서 핸드폰의 사진을 다시 들여다봤다. 이번에는 고양이는 없고, 담장 위엔 흐릿한 그림자만 남아있었다. 꿈에서 깨어난 지후는 만일 꿈속에서 그 사진을 찍지 않았더라면, 무언가를 놓쳤을 것 같다는 예감에 사로잡혔다. 서로를 떠난 이후 다시 만나지 않았지만, 어느 밤의 달빛 아래에서는 여전히 서로 응시하고 있는지도 모른다. 무의식의 흐름처럼…. 현실과 꿈, 기억과 환상은 달의 그림자처럼 겹쳐지고 있었다. 달은, 오늘도 말없이 그들을 함께 비추고 있었다.

어느 날 밤, 지후는 다시 꿈을 꿨다. 무슨 이유에선지 지후의 무의식이 예전 기억들을 흔들고 있는 거 같았다. 이번엔 하윤이 아니라, 자신이 과거의 지후를 바라보는 중이었는데 어쩐지 힘이 없어 보였다. 지후는 과거의 자신에게 속삭였다.

"괜찮아. 넌 최선을 다했어.

그리고 지금, 넌 더 나은 삶이 되고 있어."

과거의 지후가 소리 없이 웃었다. 지후가 잠에서 깨어났을 때 창밖에는 달빛이 조용히 방안을 가로질러 흐르고 있었다. 하윤도 그날 밤 작업실에서 그림을 그리고 있었다. 그녀의 붓끝에서 흐릿하지만 부드럽고 단단한 곡선이 탄생하고 있었다. 오래전 지후와 처음 관계를 시작할 때 지후에게 받은 영감이 작동할 때만 붓끝에서 살아나는 신비한 곡선이었다.

"지후야,

이 감정은 너에게 닿지 않아도 괜찮아.

이건 이제 나만의 것이니까.

그리고 난 이걸,

마침내 사랑하게 되었어."

달이 지배하는 밤은 아직 끝나지 않았다. 그러나 그 안에서 그들은 자신을, 감정을, 그리고 진짜 치유의 방향을 천천히 배우고 있었다. 사랑이라는 감정은 참으로 생명력이 길었다. 물론 단말마 같은 비명을 지른 채 죽어버린 사랑도 흔하지만….

* 달(The Moon)

TO. 유진 : 18번 달 카드는 무의식, 환상, 감정의 혼란, 두려움, 숨겨진 진실, 내면의 미로를 상징해. 이 카드는 감정이 명확하지 않거나, 감춰진 진심과 과거의 그림자에 영향을 받는 상태를 나타내는 것이야. 달빛은 해처럼 밝지 않고, 희미하고 흐릿하게 길을 비추지. 이는 감정이 잘 보이지 않고, 혼란스러운 상태를 의미해. 지후와 하윤은 서로를 놓았다고 믿지만, 무의식은 여전히 서로를 불러내고 있는 거야. 카드에서 물가에서 개와 늑대가 달을 향해 짖고 있는데 이는 본능과 이성 사이의 긴장, 그리고 내면에 숨어 있는 원초적 감정을 뜻한다고 보면 돼. 물속에서 게(또는 전갈)가 올라오는 모습은 숨겨진 감정, 억눌린 욕망이 떠오르고 있음을 상징해. 이별 뒤에도 완전히 지워지지 않은 감정이 꿈, 기억, 우연 속에서 다시 떠오르는 시기라는 거지.

19.

긴 겨울이 지나고 봄이 왔다. 꽃이 피고, 햇살이 도시를 부드럽게 덮을 무렵, 지후는 집 근처의 작은 공원에서 햇살을 맞으며 책을 읽고 있었다. 예전 같았으면 하윤을 떠올렸을 시간. 하지만 오늘의 그는, 그저 그 순간의 자신으로 존재하고 있었다. 햇빛은 어느 여인의 보드라운 살결처럼 다가왔고, 바람은 오래된 기억을 쓰다듬듯 살며시 지나갔다.

책장을 덮고 고개를 들었을 때, 지후는 처음으로 스스로가 평온하다고 느꼈다.

"아, 내가 나를 완전히 사랑하고 있구나…"

그는 혼잣말처럼 중얼거리며 살짝 웃었다.

하윤은 아틀리에의 창문을 활짝 열고 햇살을 들였다. 햇빛은 그림 위로 내려앉아 그녀의 손끝과 머리카락을 부드럽게 감쌌다. 그녀는 이제 지후의 이름이 뇌리를 스쳐도 감정의 결이 사라졌고 그의 부재는 아무런 공허감 없이 스며들었다.

"지후야, 나 잘 살아.

그리고 넌, 내가 빛나는 존재라는 걸 처음으로 알려준 사람이야."

지후는 책을 덮고 벤치에서 일어섰다. 가볍게 몸을 풀며 산책을 하던 중, 공원 분수대 옆에서 장난감을 들고 노는 꼬마와 눈이 마주쳤다. 아이의 손에는 투명한 풍선이 달린 막대가 들려 있었고, 그 풍선 안에는 노란 해바라기 모양의 종이 인형이 웃고 있었다.

"아저씨, 이거 봐요! 해님이에요!"

아이는 자랑하듯 웃으며 막대를 흔들었고, 풍선은 햇살 속에서 투명하게 반짝였다. 지후는 순간 이상할 만큼 가슴이 벅차올랐다. 그 아이의 환한 얼굴과 눈이 부신 햇살이 겹쳐지며, 자신도 모르게 따뜻한 눈물이 났다. 아이는 그 눈물을 보고 당황한 듯 물었다.

"왜 울어요?"

지후는 고개를 저으며 웃었다.

"너무 밝아서 그런가 봐. 너도, 해님도."

그리고 그는 그 순간을 오래도록 기억하고 싶었다. 누군가를 사랑한 소중한 기억도, 그 사랑이 떠난 자리로 떨어진 햇살도, 그 모든 것이 오늘의 자신을 이루는 한 조각이라는 것을 알았다. 그로부터 며칠 후, 한 독립 아트페어에서 지후와 하윤은 다시 한번 마주쳤다.

"오랜만이야."

지후가 먼저 웃으며 인사를 건넸다.

"응. 더 좋아졌네, 얼굴이."

하윤도 미소 지었다. 둘 사이엔 어떤 분심도 없었다. 더는 서로를 붙잡고자 하는 마음도, 붙잡히고 싶어 하는 그늘도 없었다. 지후와 하윤은 서로 바라보며 '네가 늘 행복하길 바라' 하는 진심을 어떤 말보다 깊이 느꼈다. 햇살은 계속해서 두 사람을 덮고 있었다. 이제 그들에게 사랑은 소유욕이 아닌, 서로의 존재를 환하게 비춘 따뜻한 기억이었다. 지후는 아트페어를 나선 후, 집으로 돌아와 자신도 모르게 노트북을 열고 한 문장을 적었다.

"나는 다시 사랑할 수 있을 것이다.

그리고 그 사랑은, 예전보다 훨씬 더 건강하고, 따뜻할 것이다."

하윤은 전시 마감 후, 커다란 창문 앞에 앉아 햇살이 눈을 감길 때까지 그대로 앉아 있었다. 그리고 속삭였다.

"사랑은 결국,

나 자신을 다시 만나게 해준 빛이었구나."

그날, 서울 하늘에는 구름 한 점 없이 찬란한 태양이 떴다. 그리고 그 태양은 지후와 하윤, 두 사람의 새로운 삶과 사랑의 아침을 부드럽게 밝히고 있었다.

*** 태양(The Sun)**

TO. 유진 : 19번 태양은 밝음, 회복의 완성, 기쁨, 진실, 성공, 새로운 사랑과 가능성을 상징하는 카드야. 연애 리딩에서 이 카드는 자아가 온전히 회복된 후에 만나는 건강한 사랑, 혹은 더는 아픔이 아닌 빛으로 남은 관계를 의미해. 카드에는 어린아이가 벌거벗은 채로 말을 타고 태양 아래 서 있는데 이는 가식 없고 순수한 상태로 돌아간 자아, 그리고 더 이상 숨기거나 싸우지 않는 투명한 감정을 상징하지. 카드 배경의 해바라기와 밝은 태양은 성숙한 희망, 생명력, 성실한 기쁨을 나타내는 것이야. 이들은 이제 어둠을 지나 삶의 본래 빛과 조우하는 시기에 있어. 태양 카드는 종종 새로운 연애의 가능성, 우정 속의 따뜻한 연대, 혹은 자신과 완전한 화해를 뜻하기도 해.

20.

태양의 계절이 지나고, 어느덧 가을이 되었다. 흐릿한 찬기가 서린 바람이 불었지만, 나뭇잎 위로 번지는 햇살은 여전히 따스한 온기를 품고 있었다. 지후는 자전거를 끌고 한강으로 나갔다. 길가를 덮고 있던 낙엽들이 바람 따라 부스럭거리며 자전거 바퀴를 스칠 때마다, 마음 깊은 곳에서 조용한 해방감이 밀려왔다. 한때는 두려워하던 고요였다. 이제는 그 고요 속에서도 자신을 놓아줄 수 있었다. 자전거 도로에는 서늘한 가을바람을 즐기며 달리는 사람들이 끝없이 이어졌다. 안양천이 한강과 만나는 한강합수부를 지나, 가양대교 방향으로 달리던 지후는 강변 데크 휴식처에서 숨죽인 채 흐르는 강물을 바라보았다. 자그마한 오리 두 마리가 둥근 파문을 그리며 앞으로, 앞으로 나아가고 있었다. 마냥 평화로워 보이는 오리를 바라보며, 지후는 지나온 모든 사랑과 이별이 하나의 긴 이야기처럼 가만히 정리되어 가는 느낌을 받았다. 더는 어떤 파랑에도 요동치는 심장이 아니었다. 지후는 한 번 더, 자신의 삶을 새롭게 사랑할 준비가 되어있었다.

며칠 전, 지후는 낯선 꿈을 꿨다. 꿈속에서 그는 병원 복도를 걷고 있었다. 희미하게 깜빡이는 형광등 불빛 아래, 차가운 회색 타일 바닥이 발밑에서 미세한 울림을 냈다. 의미 없이 열리는 자동문 너머로 사람들이 분주히 오가고 있었지만, 지후는 끌려가듯 어느 병실에서 멈춰 섰다. 문을 열자, 침대에 누운 여인이 보였다. 산소호흡기를 낀 채 고요히 누운 그녀는 전혀 낯선 사람이었다. 지후는 한 발짝, 또 한 발짝 그녀 곁으로 다가갔다. 무표정한 얼굴 위로 희미한 조명이 쏟아졌고, 그 아래에서 그녀는 눈을 뜨지 않은 채 속삭였다.

"너 아직도 거기 있니?"

지후는 깜짝 놀라 뒤를 돌아봤다. 하지만 아무도 없었다. 그녀의 입은 닫힌 채였고, 방안은 고요만 흘렀다. 그런데도 분명히 들렸다. '거기'는 그녀 곁이 아니라, 한 여자를 잊지 못해 스스로 가둬둔 어떤 시간이었다. 그때, 병실의 창문이 열리고 거센 바람이 들어왔다. 침대 머리맡의 액자 하나가 바닥으로 떨어져 깨졌다. 지후는 몸을 숙여 액자 조각을 들었다. 유리 파편 사이에는 누군가와 함께 찍은 사진 한 장. 웃고 있는 그녀, 그리고 어딘지 모르게 어두운 표정의 자신. 그 사진을 바라보는 지후의 입이 가만히 열렸다.

"… 이젠 그때의 나를 놓아줄게."

순간, 병실 벽이 허물어지듯 사라지고, 무너진 풍경 속에는 하얀 안개가 휩싸였다. 안개 사이로 멀리, 누군가 나팔을 불고 있었다. 나팔 소리는 뼛속 깊은 곳까지 파고들었다. 지후는 깜짝 놀라며 눈을 떴다. 그날 아침, 지후는 이불 속에서 가만히 손을 모았다. 꿈속의 병실과 그녀의 목소리, 나팔 소리, 그리고 마지막으로 느꼈던 이상한 평온함. 그 모든 것이 생생하게 남아있었다. 마치 누군가 그에게 '이제 다시 일어나도 괜찮다'라고 말해주는 것 같았다. 알람 소리가 들려 지후는 휴대폰을 꺼냈다.

「하윤 개인전 :『다시 피어나는 몸』 – 초대합니다」

장소 : 성수동 A갤러리

일정 : 10. 13. – 10. 21.

지후는 화면을 한참 바라보았다. '가야 할까?' 스스로 물을 필요가 없었다. 당연히 가기로 정해져 있는 자신이었다. 한 치의 망설임도, 감정의 흔들림도 없었다. 그저 자동응답이었다. 부름에 대한, 내면의 목소리에 대한….

하윤의 전시 첫날, 지후가 갤러리로 들어섰다. 하얀 벽과 부드러운 조명이 만든 조용한 공간 안에서 사람들의 발걸음 소리조차 맑게 울렸다. 그가 천천히 그림들을 따라 걷던 중, 한 작품 앞에서 발길이 멈췄다.

제목은 「소리 없는 기도」

캔버스에는 눈을 감은 인물이 고요한 물속에 잠겨있는 모습이 그려져 있었다. 그 물은 고통의 상징이 아니었다. 기억과 상처, 꿈과 후회의 모든 것이 스며든 심연이었다. 그리고 그 인물은 물속의 빛을 향해 눈을 감고 있었다. 지후는 그 그림 앞에서 오래도록 서 있었다. 문득, 가슴 한편에서 무언가가 울컥 솟구쳐 올랐다. 정말 오랜만이었다. 스스로 '살아 있음'을 느꼈던 순간이…. 얽매이던 과거가 사라졌고, 누군가의 피드백을 바라는 마음도 사라졌다.

지후가 중얼거렸다.

"… 그래, 나도 다시 살아나고 있어."

이것은 자신에게 건넨, 진심 어린 선언이었다.

하윤은 조금 떨어진 곳에서 지후를 지켜보고 있었다. 지후가 그 그림 앞에서 오래 멈춰 있을 거라는 걸 하윤은 이미 알고 있었다. 잠시 후, 그들의 눈이 마주쳤다. 하윤이 서서히 다가왔다.

"와줘서 고마워."

"아니, 초대해줘서 내가 고맙지."

지후가 웃으며 대답했다. 그들은 함께 마지막 그림을 바라보았다. 그림 속 인물은 바닥에서 손을 뻗어 빛을 향해 일어서고 있었다. 그 아래 한 문장이 적혀 있었다.

"끝났다고 생각한 순간,

비로소 다시 살아나기 시작한다."

두 사람은 말없이 그림을 바라보다가 마치 함께 숨을 내쉬듯 가볍게 웃었다. 두 사람은 서로의 인생에서 '과거'가 아닌, 각자의 부활을 증명하는 조용한 증인이 되었다.

전시장을 나서며 지후는 말했다.

"하윤아,

이제 너를 사랑했던 나도,

너로 인해 무너졌던 나도

모두 고맙고 사랑스러워."

하윤은 고개를 끄덕였다.

"이제 너와 나

밝은 빛 속에서 기억할 수 있을 것 같아."

그들은 다시 연인이 되지는 않았다. 하지만 그보다 더 깊은 사람, 삶의 어떤 진실을 함께 통과한 존재로 남았다. 그날, 갤러리 창밖 하늘에는 긴 구름 뒤로 햇살이 새어 나왔다. 누군가는 그것을 심판이 끝난 후 들려오는 부활의 나팔 소리처럼 느꼈을지도 모른다.

*** 심판(Judgment)**

TO. 유진 : 20번 심판 카드는 부활, 진정한 용서, 내면의 소환, 영적 각성, 인생의 결단점을 상징해. 연애 리딩에서 이 카드는 관계의 진실한 정리, 이별 후 재회 가능성, 혹은 과거의 인연을 통해 자신을 다시 깨우는 시기를 나타내지. 천사가 나팔을 불고, 무덤 속, 인물들이 다시 일어나는 모습은 잠들어 있던 감정, 잊었다고 생각한 진심이 다시 살아나는 순간을 상징하는 거야. 하지만 그것은 되돌아감이 아닌 진정한 수용과 통합이지. 심판은 두려운 심판이 아니라, 진실을 직면한 뒤에 오는 '자유의 선언'이야. 지후와 하윤은 서로를 향한 감정이 아니라, 그 감정을 경험한 자기 자신을 다시 불러내는 시간에 다다른 것이야.

21.
찬 바람이 코끝을 스치고, 바다는 더욱 깊은 푸름으로 빛났다. 하윤은 전시가 끝난 뒤 자신에게 휴식을 선물하듯 남해의 조용한 마을로 떠났다. 해 질 무렵, 그녀는 모래사장을 맨발로 걸었다. 밀려왔다 밀려가는 파도는 마치 감정과 기억이 출렁이는 리듬 같았다. 하윤은 바닷가 모래를 두 손으로 움켜쥐었다. 손끝에서 조약돌 하나가 잡혔다. 조약돌을 손바닥 위로 살며시 옮겼다. 축축한 조약돌을 가만히 바라보다가, 하윤의 낮은 목소리가 바람 타고 흘렀다.
"이제야… 진짜 나를 사랑할 수 있을 것 같아."
이 언어에는 슬픔도, 미련도 없었다. 그저 오랜 계절을 건너온 사람만이 가질 수 있는 깊고 투명한 평화가 머물고 있었다.

며칠 뒤, 숙소로 돌아온 하윤에게 작은 택배 하나가 기다리고 있었다. 보낸 사람 이름은 없었고, 주소만 손글씨로 적혀 있었다. 상자를 열자, 한 권의 책과 얇은 편지 봉투가 놓여 있었다. 책의 표지는 그녀가 SNS에 올렸던 드로잉과 닮아 있었다. 그리고 편지 속엔 짧은 문장 하나가 적혀 있었다.

"당신의 그림 한 점으로,
이 책의 마지막 문장이 완성됐어요.
그러니 이건 우리의 공동작업입니다."

하윤은 편지를 쥔 채 오래도록 움직이지 않았다. 그리고 미소 지었다. 그건 '우리가 다시 시작할까?'가 아닌, '우린 서로 잘 끝낼 수 있었구나' 하는 미소였다. 마음이 다시 엉키지 않은 채, 오히려 더 선명하게 기억 속에서 빛나는 듯한 느낌. 그녀는 편지를 조심스럽게 다시 접어 자신의 스케치북 첫 페이지에다 붙였다. 그리고 그 아래 글을 남겼다.

"마침표는 끝이 아니야.
우리 각자의 문장이 스스로 완성된다는 걸 알게 된 순간이니까."

그 무렵, 지후는 출간을 앞둔 책의 마지막 교정을 마쳤다. 그리고 자신의 이름이 적힌 표지를 가만히 쓰다듬으며 하윤의 드로잉을 떠올렸다. 그 드로잉은 아무 말 없이 모든 걸 말해주는 것이었다. 지후는 그 그림을 한참 바라보다 아주 작게 속삭였다.

"잘 지내고 있구나. 그리고 나도 그래."

시간이 흘러, 지후는 강연 중 "당신이 가장 사랑했던 사람은 누구였나요?"라는 질문을 받았다. 그는 망설이지 않았.

"가장 사랑했던 사람은 내가 나를 모르던 시절 나를 이해해주려 했던 사람이었어요. 그 사람 덕분에 나는 나를 알아가는 법을 배웠고, 그래서 결국, 나 자신을 사랑할 수 있게 됐습니다."

지후의 말은 강연장을 채운 모든 이의 마음속으로 작은 울림처럼 번져갔다. 지후 자신은 이제 하윤을 '그리워하는 사람'이 아니었다. 그는 하윤과 함께한 모든 계절을 품은 사람, 자신의 세계 안에 그녀를 품고 완성으로 나아간 사람이었다. 그날의 하늘은, 겨울답지 않게 맑고 투명했다.

그건 어쩌면 끝까지 걸어온 이들이 누리는 작고도 확실한 해방의 날씨였다.

겨울이 깊어지던 어느 날, 하윤은 작업실 벽에 작은 메모 하나를 붙였다.

"당신을 사랑해서 행복했지만,

이제 나는 나를 사랑하며 더 빛날 수 있어요."

지후는 그의 책에 이런 헌사를 남겼다.

"이 책은 사랑이 끝나고도

우리가 서로 존중하며 살아가는 법을 배운

그 모든 여정에 바칩니다.

To H."

그들의 사랑은 이제 다시 시작되지 않았다. 그러나 그 사랑은 완전히 순환을 마치고 각자의 세계를 풍요롭게 만들며 영원히 그들 안에 살아 있었다. 그것이 바로 진짜 '세계'였다.

* 세계(The World)

TO. 유진 : 드디어 메이저 아르카나 마지막 카드까지 온 거야. 이 21번 세계 카드는 완성, 통합, 자유, 새로운 시작의 준비, 삶의 순환이 닫히는 순간을 상징하지. 연애 리딩에서 이 카드는 한 관계가 진정한 의미에서 끝났거나, 혹은 더 높은 수준의 이해와 조화를 통해 새로운 단계로 이행되는 상태를 나타내는 거야. 카드 속 여성은 리스를 통과하며 춤추고 있는데, 이는 삶의 한 사이클이 끝나고 새로운 차원으로 이행하는 의식이야. 지후와 하윤도 각자의 여정을 완성하고 자기 삶의 중심으로 돌아와 있지. 카드 사방에 있는 네 생명체(독수리, 황소, 사자, 천사)는 삶의 네 요소(생각, 감정, 욕망, 영혼)가 균형을 이루는 통합을 상징해. 그들의 감정, 관계, 이별, 성숙이 온전한 조화를 이뤘다는 의미야. 지금까지 메이저 아르카나 카드를 유진이가 좀 더 쉽게 이해하도록 이야기로 꾸며봤는데, 카드들을 가만히 들여다보면서 이 이야기들을 연결하여 보면 어렵지 않게 이해하게 될 거야.

유진이가 승우에게 답장을 보내왔다. 승우가 이메일을 보낼 때마다 유진이가 꼬박꼬박 답장을 보내와서 승우는 늘 유진이와 마주하는 느낌이었다.

"선생님,
선생님 덕분에 메이저 아르카나 카드 22장이
머릿속에 모두 그려져요.
카드 하나하나 암기하려 했다면
머리 나쁜 제가 고생 좀 했을 거예요.
사실 선생님의 이메일을 받으며
타로를 공부한다는 생각보다
사랑을 새롭게 묵상하는 시간이었어요.
그리고 마지막 세계 카드를 읽고 나서야
왜 선생님이 제게
이런 방식으로 타로를 알려주셨는지
깨달았어요.
과거의 모든 기억이 깨끗이 씻겨진 느낌이에요.
선생님, 내일 저녁 뵈러 갈게요.
-유진 드림"

• 메이저 아르카나 •

0. 바보   1. 마법사   2. 여사제   3. 황후

4. 황제   5. 사제   6. 연인   7. 전차

8. 힘   9. 은둔자   10. 운명의 수레바퀴   11. 정의

12. 매달린 사람   13. 죽음   14. 절제   15. 악마

16. 탑   17. 별   18. 달   19. 태양

20. 심판   21. 세계

• 마이너 아르카나 • 지팡이(Wand)

지팡이 1

지팡이 2

지팡이 3

지팡이 4

지팡이 5

지팡이 6

지팡이 7

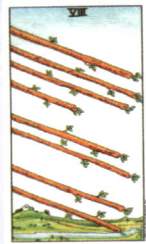
지팡이 8

지팡이 9

지팡이 10

지팡이 시종

지팡이 기사

지팡이 여왕

지팡이 왕

• 마이너 아르카나 • 검(Sword)

검 1    검 2    검 3    검 4

검 5    검 6    검 7    검 8

검 9    검 10    검 시종    검 기사

검 여왕

검 왕

• 마이너 아르카나 • 컵(Cup)

컵 1	컵 2	컵 3	컵 4
컵 5	컵 6	컵 7	컵 8
컵 9	컵 10	컵 시종	컵 기사

컵 여왕

컵 왕

• 마이너 아르카나 • 동전(Pentacle)

동전 1

동전 2

동전 3

동전 4

동전 5

동전 6

동전 7

동전 8

동전 9

동전 10

동전 시종

동전 기사

동전 여왕

동전 왕